永郎 **김윤식**
평전

김 학 동 지음
오 윤 정 편저

국학자료원

▉ 독사진 — 경회루에서(1949)

▉ 강진읍에 흐르는 탐진강 하구에서 바라본 바다의 모습(1983)

■ 생가의 입구(2014)

■ 생가 입구에서 바라본 대숲이
우거진 집 뒤의 산기슭(2014)

■ 안채 내부의 영랑의 초상

■ 안채(2014)

생가와 이어진 돌담(2014)

생가로 가는 골목길의 옛모습(1983)

■ 사랑채 앞에 영랑이 아버지와 함께 심었다고 하는 은행나무(2014)

■ 안채 옆의 또 하나의 다른 은행나무(2014)

■ 복원 생가 안에 건립된 시비들
左 동백 님에 빗나는 마음
　　누이의 마음아 나를 보아라
　　마당 앞 맑은 새암을
右 사개 틀닌 古風의 뒷마루에
　　내 마음 고요히 고흔 봄길 우에

■ 동성동 영랑로에 건립된 영랑의 동상(2014)

■ 생가 앞에서 가족과 함께(1944)

■ 시문학 창간 당시의 시문학동인들

■ 장녀 이화여학교 재학 당시 고향집에서 가족들과

■ 강진청년회에서 소공원에 세운 시비(1983)

복원된 생가 마당에 세운 시비(2014)

생가 복원과 함께 그 앞 소공원에 세운 시비(1998)

2012년에 개관된 시문학기념관(2014)

기념관 앞에 전시된 13명의 시문학동인들

영랑(永郎) 김윤식 평전

영랑(永郎)
김윤식 평전

김 학 동 지음

국학자료원

책머리에

이 책은 전체를 6부, 부록을 둘로 나누어 편성하고 있다. 먼저 제1부 '생애와 문학'에서는 영랑이 살고 간 전 역정歷程을 살펴보았고, 제2부 '정감적 구경과 자아의 사회적 확대'에서는 영랑의 시작세계를 통시적 차원에서 고찰하였다. 제3부 '심상과 모티프 및 영향과 원천의 문제'에서는 '봄─5월'과 '죽음─무덤'의 심상과 모티프, 그리고 영향과 원천 및 상호텍스트성 문제를 비교문학적 차원에서 살펴보았다. 제4부 '작품론 몇 가지'에서는 몇몇 작품을 심층적으로 분석하였으며, 제5부 '시와 산문'에서는 영랑의 문학을 서지적 차원에서 살펴보았다. 제6부에서는 영랑이 즐겨 구사한 전라도 방언과 시적 배경으로서 향토적 자연의 문제, 그리고 영랑의 전기와 서지적 차원에서 아직도 해결하지 못한 몇 가지 문제점들을 미래의 과제로서 제시하였다.

'부록'에서는 서지와 전기적 국면의 보완작업으로서, 먼저 '부록1'에서는 전 시편을 대상으로 원전연구를 한 셈이라 할 수 있다. 이를 위해 신문이나 잡지 및 시집의 초판과 재판 등 3단계로 나누어 그 차이점을 밝혔다. 그리고 '부록2'에서는 영랑의 간략한 가계도와 생애연보 및 작품연보로 편성하였다.

한 사람의 작가를 연구한다는 것이 그리 쉽지가 않다. 더구나 영랑과 같은 시인은 떠난 지가 벌써 60년이 훨씬 넘게 흘렀다. 그의 전기적 국면을 연구한다는 것은 너무나 많은 세월이 흘러서 그가 남긴 흔적들이 거의 지워져 가고 있는 것이다. 근래에 새로 복원된 생가나 그의 유적들이 그가 살고 간 사실과 얼마나 접근하고 있는가도 문제가 된다.

　그 복원된 생가나 유적들이 오늘을 살고 있는 우리들의 취향이나 목적에 부합되도록 되어 있는지도 모를 일이다. 이러한 현상은 영랑에게만 국한되는 것이 아닌 것이다. 어느 작가이건 그가 살았던 시대의 사람들과 오늘을 살고 있는 우리들의 삶의 모습이 사뭇 다르게 변화하고 있기 때문이다. 그래서 연구자는 복원된 오늘의 현상을 통해서 작가의 삶의 궤적을 조심스럽게 접근해야만 할 것이다.

　내가 영랑을 연구한지도 많은 세월이 흘렀다. 그에 관련된 책이나 연구논문도 여러 차례 썼다. 그러나 그때마다 무엇인가 잘못 된 것 같기도 하고 미흡한 점이 하나둘이 아니었다. 그가 태어난 고향을 찾은 것도 몇 차례나 된다. 그때마다 무엇인가 새로운 것들이 발견되기도 했다. 그러나 무엇인가 잘못된 것 같기도 하고 미흡한 것 같기도 한 것은 그때나 지금이나 마찬가지다.

　학문이란 것이 결과만이 중요한 것이 아니라, 자신의 삶의 경험을 통해서 새로 깨닫게 되는 것도 있게 마련이다. 이것은 학문이 하나의 과정이라는 것을 말하고 있는 것이다. 똑같은 대상을 두고도 그때마다 다르게 보이고 또 그렇게 볼 수가 있다. 이것은 변화해가는 자신의 삶과 자아의 거울에 비쳐지는 대상이 새로운 모습으로 다가서기 때문이다. 그래서 우리들이 하는 학문의 지속성과 변화는 영원한 것인지도 모른다.

우리가 몇 백 년 전의 고전을 읽고 감동을 받는 것도 바로 이 때문이다. 그 고전이 제작될 당시의 사람들이 어떻게 받아들였는지 모르지만, 그것이 오늘날의 우리들에게 새로운 감동으로 다가서기 때문이다. 그렇다고 그 고전이 제작 당시의 사람들이 느낀 감동과 오늘날 우리들이 느끼는 감동과 같다고만 할 수가 없다. 서로 다르게 느껴지기도 한다. 그렇다고 그것이 잘못 되었다는 것은 더욱 아니다. 그만큼 세월의 흐름을 따라 사람들의 삶의 양태가 변화해왔기 때문에 서로 다르게 느껴지는 것도 당연한 것이다.

그래서 우리들이 고전문학을 읽고 역사서와 철학서를 읽으며 음악과 그림을 통해서 우리들이 살아가는 삶의 윤리적 도덕관과 가치관을 세우고 정서를 맑게 정화하면서 살아가게 되는 것이다.

이 책을 맡아 편집과 교정에 정성을 다하여 엮어낸 국학자료원 편집부에 깊은 사의를 표한다.

2017년 5월

김 학 동

차 례

| 제2부 | 정감적 구경과 자아의 사회적 확대
— 시작세계의 통시적 고찰 _ 73

| 제6부 | 시어의 토속성의 문제와 미해결의 과제
— 미래의 과제 _ 245

영랑의 생애와 문학 — 전기적 접근

영랑의 생애와 문학

―전기적 접근

1. 다도해 연안의 풍광과 방황의 유·소년 시절

영랑은 한국 근대시사에서 소월과 함께 서정시의 극치를 보인 시인이다. 그는 섬들이 잠방거리는 다도해 연안의 따스한 인정과 풍광을 그의 곱고 섬세한 가락으로 탄주彈奏하여 우리의 심금을 울려 주고 있다. 모란이 피기까지 찬란한 슬픔의 봄을 기다려야만 했던 영랑의 마음속에 젖어 흐르는 '끝없는 강물', 그것은 무엇인가 스멀거리고 있는 듯, 넘쳐흐르는 생명의 파동으로 잔잔히 물결친다. 마음조차도 가느다란 가락으로 짜 늘여 도른거리게 한 영랑의 시심詩心은 맑고 파란 강물이 바다와 마주치는 다도해연안多島海沿岸의 아름다운 풍광과 소박하고 따스한 인정 속에서 싹튼 것이다.

1) 남해연안ㅡ탑골 고가에서 장남으로 태어나다

영랑은 전라남도 강진읍 납성리 221번지에서 5백석이 넘는 지주 김종호 金鍾湖의 2남 3녀 중 장남으로 태어났다. 본관은 김해金海, 대대로 이어온 지주의 아들로 태어났기 때문에 젊어서 별다른 직업을 갖지 않고서도 여유로운 삶을 살아갈 수가 있었다.

영랑은 자신의 나이를 '1902년생'으로 고집했다고 한다. 양력으로 1903년 1월 6일을 음력으로 치면 1902년 12월 18일로, 그 당시만 해도 대부분 음력으로 나이를 헤아렸기 때문일 것이다.

영랑의 유년시절 남성리 일대는 '탑塔골'로 불렸다. 읍지邑地였으나 농업을 주업으로 삼고 있었던 마을로, 영랑이 태어나서 자란 집은 북산 기슭에 대숲으로 둘러싸여 멀리 남쪽으로는 바다가 한눈에 들어오고, 가까이는 시내를 굽어볼 수 있는 곳에 자리하고 있다. 어렸을 때 부른 아명兒名은 '채준'이고, 자라서는 본명 '윤식允植'을 사용했다. 그의 아호 '영랑永郎'은 '금강산'의 제일봉인 '영랑봉'과 '영랑호'에서 유래된 것이라고 하는데, 문단활동은 주로 아호로 하였다.

영랑은 경제적으로 유족한 환경에서 태어나 그의 생애 대부분을 고향에서 보냈다. 따라서 그의 시작 가운데서 고향의 자연과 인정풍속을 소재로 노래한 것들이 많은 것도 바로 이 때문이다.

고향은 누구에게나 시적 대상이 된다. 고향으로 향하는 마음은 언제나 소박하고 그리움으로 출렁이게 마련이다. 영랑의 경우도 마찬가지다. 그가 고향을 떠나지 못하는 마음, 그것은 그가 살았던 시대가 그를 고향에 은둔隱遁케 한 까닭도 있다 하겠으나, 영랑처럼 고향을 못 잊어 한 사람도 그리 흔치 않을 것이다.

대대로 살아온 고가古家의 뜰에 모란을 가꾸면서 '봄'을 기다려야만 했던 영랑의 안타까운 마음도 바로 여기에 있다. 어디를 향해 보아도 세속에 물들지 않는 순박한 인정풍속이 그를 순정의 시인으로 만들었고, 그의 안으로 붉게 타오르는 정염情炎, 그것이 응결凝結되어 다시 시로 꽃피어난 것이다.

2) 유년시절—바람에 끊어진 연실같이 서러운 날

영랑이 강진보통학교에 입학한 것은 그가 아홉 살 되던 1911년 6월 15일이다. 그가 학교에 입학하기 전, 마을의 같은 또래의 어린이들과 서당에서 한문수학을 한 것은 당시로서는 농촌의 많은 어린이들이 밟았던 교육과정이기도 하다.

보통학교 시절 영랑은 다른 학생에 비해서 나이는 비록 어린 편에 속했지만, 성격이 차분했고 학업성적은 매우 우수했다. 그가 보통학교를 졸업한 것은 1915년 3월로, 4년 만에 졸업한 것이다. 당시는 보통학교 과정이 4년제였기 때문이다.

그렇다면 영랑 자신이 돌아본 유년시절은 어떠했는가? 그것은 아득히 먼하늘에 흔들리는 연실같이 조마조마 했다. 그러다가 바람이 세차게 일어 연실이 끊어지던 날 그는 엄마 아빠를 서럽게 부르면서 걸어온 붉은 발자국마다 눈물이 고였다고 한다. 비록 그가 유복한 가정에서 티 없이 맑고 아무 걱정 없이 유년시절을 보낸 것 같지만, 그의 마음은 항시 하얀 옷에 하얀 넋 담고 외롭게 자랐다고 한다.

영랑이 학교를 졸업하자 아버지는 아들을 불러 학업성적이 우수함을 칭찬하면서 취직과 결혼을 독촉한다. 아버지는 영랑이 장남으로서 고향을 떠나 외지로 가는 것을 원치 않았을 뿐만 아니라, 그들이 대대로 이어온 고향집을 지키며 살아갈 것을 바랐기 때문이다. 그러나 영랑은 취직과 결혼보다는 상급학교에 진학하고 싶었다. 이들 부자간의 이런 의견대립으로 어린 영랑의 고민은 날로 깊어져 갔다.

3) 진학의 꿈-목포에서 인천항 밤배를 타고

영랑이 아버지의 완강한 반대로 상급학교에 진학하지 못하고 실의에 잠겨 있은지도 반년도 훨씬 더 지나 늦가을로 접어들고 있었다. 곱게 물든 은행잎이 우수수 떨어지던 어느 날 밤, 영랑은 아버지의 부름을 받고 사랑채로 갔다.

아버지는 영랑이 진학하고 싶다는 간청은 아랑곳하지 않고 건너 마을 도원리桃源里 김첨사金僉使 댁의 규수와 결혼하라는 것이었다. 그러나 영랑은 아버지의 결혼하라는 간청을 거절하고 학업을 계속하겠다는 결심을 굽히지 않았다.

아버지의 간청을 뿌리치고 집을 뛰쳐나온 영랑은 친구인 양병우梁炳宇의 집으로 달려갔다. 마침 거기에 함께 있던 오승남吳承南, 차부진車富鎭 등과 어울려 술잔을 나누며 신세 한탄을 하다가, 영랑은 결국 탈출을 결심하게 된다.

영랑은 아버지 모르게 어머니가 마련해준 경비를 갖고 차부진과 함께 목포로 향했다. 목포에 도착한 그들은 차부진의 숙부 집으로 찾아갔으나, 숙부로부터 호되게 야단을 맞고 뒷문을 통하여 도망쳐 나와 차부진은 고향으로 돌아가고, 영랑만 인천행 밤배를 탔다.

이렇게 인천에 도착한 영랑을 오승남의 주선으로 인천상업학교에 편입하였다고 하지만, 이것은 확인된 사실은 아니라고 한다. 아무튼 영랑은 한동안 인천에 거처를 정하고 서울을 내왕하면서 추운 겨울을 보낸 것은 사실로 전해지고 있다.

4) 연상의 여인-어린 나이로 결혼하다

그가 인천에 정착한 바로 이듬해 2월, 영랑은 인천생활을 정리하고 서울로 거처를 옮긴다. 서울에서 학업을 계속하기 위해서다. 그는 휘문의숙 입학에 앞서 서울기독교 청년학관 영어과에 입학하였다.

고향에서 그에게 집으로 돌아오라는 아버지의 편지와 전보가 연일 날아들었다. 그러나 영랑은 굳은 마음으로 청년학관에서 상급학교 진학을 위해 영어공부에 몰두하고 있었다.

이렇게 바쁘게 지내다 보니 어느 덧 봄이 지나고 무더운 여름철이 성큼 다가오고 있었다. 6월 어느 날 오후였다. 누군가 하숙집 대문을 열고 그의 이름을 부르면서 들어왔다. 어머니가 사촌 누이와 함께 찾아온 것이다. 오랜만에 만나는 어머니와 아들은 서로 손을 맞잡고 반가워한다.

어머니는 아들의 편지를 기다리다 못해 달려온 것이다. 아들을 몰래 빼돌린 뒤로 아버지와 어머니는 싸움으로 세월을 보냈다고 한다. 어머니는 아들이 결혼을 하면 학업을 계속하게 하겠다는 아버지의 허락을 받고 올라왔다는 것이다. 그러니 혼인 문제만큼은 네가 양보해야 되겠다는 어머니의 간청을 영랑은 받아들이지 않을 수가 없었다.

이렇게 아들로부터 혼인약속을 받고 돌아오자 영랑의 집안은 분주해지기 시작했다. 아들에게 어서 돌아오라는 아버지의 독촉 편지는 계속 날아들었고, 집안 식구들은 혼인 준비로 여념이 없었다.

9월 중순, 드디어 혼인날이 다가왔다. 영랑은 학관에 일개월간의 휴가신청을 하고 고향으로 돌아왔다. 신부는 이전부터 말이 있었던 도원리 김첨사댁 규수로 그보다 2살 위로, 이름은 김은하金銀河였다.

결혼식을 마치고 영랑은 고향집에서 잠시 아내와 함께 지내다가 학업을 계속하기 위해 서울로 올라왔다. 그가 학업을 계속하는 중에 아내로부터 편지는 연일 날아들었다. 아내의 편지에는 고향집 창가에 흩어지는 은행잎의 사연과 함께 그의 애정을 듬뿍 담아 보내기도 하였다.

영랑의 아내는 고향에 홀로 남아 어머니를 도와 집안일을 잘 꾸려가고 있었다. 비록 아내는 어린 나이였지만 불같은 시아버지의 뜻을 받들어 무난하게 시집살이를 하고 있었다. 영랑은 무엇보다도 집안을 위해 자신을 희생하는 어린 아내가 고마우면서도 안쓰러웠다.

ㄹ. 휘문의숙 시절과 항일투쟁의 이력

휘문의숙 입학부터 일본 청산학원 입학 전까지, 이 기간은 영랑의 청소년기에 해당된다. 비록 어린 나이였음에도 아내와의 사별이 있었는가 하면, 3·1독립운동 당시는 강진에서 만세운동을 주도하다가 검거되어 대구형무소에서 옥고獄苦를 치르기도 했다. 출옥한 뒤 아버지의 권유로 금강산을 찾아가 몇 달을 머무르면서 요양을 하고 고향으로 돌아와 일본 유학을 준비하면서 외롭고 지루한 세월을 보내기도 한 것이다.

1) 내일의 푸른 꿈─휘문의숙에 입학하다

영랑이 휘문의숙에 입학한 것은 1917년 4월이다. 기독교청년학관에서 1년간 영어 학습을 마치고 입학한 것이다. 이것은 그가 그렇게 염원했던 진학의 꿈을 이루게 된 것으로 벅찬 감격이 아닐 수 없다.

강진보통학교를 마치고 아버지의 반대로 진학하지 못하고 방랑하다가 아버지 몰래 탈출하여 인천을 거쳐 서울까지 이어지는 2년간은 그에게는 길고도 괴로운 시간의 연속이었다. 그것은 경제적인 문제도 아니었고 단순히 아버지의 보수적인 생각 때문에 그의 향학열을 꺾어야 하는 심정이 더욱 안타까웠기 때문이다.

그가 그렇게 염원했던 진학의 꿈은 이렇게 어렵게 이루어진 것이다. 그리하여 그는 꿈과 이상을 실현하기 위해 혼신의 노력을 기울여야 한다는 결의를 몇 번이고 다짐하기도 했다. 그리고 그는 친구들을 두루 새기면서 학교생활을 의욕적으로 펼쳐가고 있었다.

영랑의 문학예술에 대한 관심은 휘문의숙 시절부터 비롯된 것으로 보인다. 위로는 홍사용(露雀)·박종화(月灘)·안석주(夕影) 등이 있었고, 아래로는 정지용·이태준(尙虛) 등이 있었으며, 같은 반에는 이승만(杏仁) 등이 있었는데, 이들과의 교유交遊를 통해서 저절로 그 분위기에 휘말리게 된 것인지도 모른다. 아무튼 이들은 뒤에 한국문단을 이끌어 간 대표적 시인과 소설가로 성장한 것이다.

그와 가장 가까웠던 친구 이승만은 당시를 회고하여, 영랑과 서로 성격이 비슷했기 때문에 바로 사귈 수 있었고, 그들의 학교 성적은 중간 정도였으나 평범한 학생들은 아니었다고 말한다. 그들은 감상적인 성격과 남달리 민족의식이 강했기 때문에 공부보다는 나라의 독립에 대한 이야기를 보다 많이 나누는 한편, 많은 서양의 명저들을 번역을 통해서 읽으면서 그들의 시야를 넓혀가고 있었다고 한다.

2) 어린 아내의 죽음─쓸쓸한 뫼 앞에서

영랑이 결혼한 이듬해 4월, 영랑은 하숙집 주인을 통해서 아내의 위독함을 알리는 전보를 접하게 된다. 영랑은 처음에는 고향에 잠깐 다녀가라는 전보쯤으로 생각했다. 그러나 그날 받아든 전보는 불길한 예감이 들어 뜬 눈으로 밤을 새웠다. 날이 밝자 그는 서둘러 열차를 타고 고향으로 향했다.

영산포역에서 열차를 내린 영랑은 역 광장으로 나와 인력거人力車를 불러 고향 길을 재촉했다. 혹여나 했던 아내의 죽음을 인력거꾼을 통해서 확인하고 그는 큰 충격을 받게 된다. 서로 손을 움켜잡고 통곡하다가 고향집으로 발걸음을 재촉했다. 한없이 흘러내리는 눈물……, 이렇게 달려온 영랑은 아내의 시신을 붙잡고 목 놓아 울었다. 그들이 어린 나이로 결혼한 지 반년, 그것도 영랑이 유학차 서울에 머물러 있었기 때문에 함께 한 기간은 불과 며칠에 지나지 않았다. 그럼에도 그들이 멀리 떨어져 있으면서도 주고받는 편지를 통하여 애정은 무척 깊어져 있었다.

영랑은 아내의 죽음을 두고 몇 편의 애절한 시를 남겼다. '무덤이 그리워 산골로 간다'고 한 <쓸쓸한 뫼 앞에>에서,

> 쓸쓸한 뫼앞에 후젓이 앉으면
> 마음은 갈앉은 양금줄 같이
> 무덤의 잔디에 얼굴을 부비면
> 넋이는 향맑은 구슬손 같이
> 산골로 가노라 산골로 가노라
> 무덤이 그리워 산골로 가노라

라고 한 것을 비롯하여 "뫼 아래 누워서 희미한 별을 바라본다"고 노래한 <좁을 길가에 무덤 하나>와 "옛날의 그 색시가 서럽다"고 한 <그 색시 서럽다> 등과 같은 시편들이 이에 해당된다.

엄격한 세가世家에서 태어나 철저한 규범 속에서 자라난 그들이 만나 부부애를 마음 놓고 표출할 수는 없었을 것이다. 그들은 어린 나이로 만나 함께한 세월은 너무나 짧았다. 그래서 영랑은 아내에 대한 깊은 애정을 무덤을 통해서 더욱 느끼게 된 것인지도 모른다.

3) 대구형무소－그 모질고도 무서웠던 밤

휘문의숙은 후에 휘문고등보통학교(1918)로 개칭된다. 수업연한도 1922년부터는 5년제로 바뀌게 된다. 따라서 우리는 영랑의 재학 당시는 4년제였음을 알 수 있다.

영랑이 휘문의숙에 입학한지 2년이 되던 1918년 12월 함박눈이 내리던 깊은 밤, 영랑의 하숙집에는 그와 함께 서울에서 유학하고 있는 고향친구 양경천과 오승남이 모여들었다. 이때는 기미독립운동(1919)을 앞두고 민족진

영의 지하단체들이 비밀리에 거사준비를 하고 있었다.

이들이 영랑의 하숙집에 모인 것도 바로 이 때문이다. 독립선언문을 비롯한 그에 관련된 문건文件들을 일경의 검색에 걸리지 않고 고향까지 가져갈 수 있느냐 하는 문제로 모인 것이다. 장시간 여러 방법을 의논하여 내린 결정이 독립선언문은 영랑의 구두창에, 기타의 문건들은 양경천의 속옷에 감추기로 한 것이다.

그들이 문건들을 숨겨서 무사히 고향에 돌아오자마자 그곳의 유지들과 접촉하기 시작한다. 먼저 영랑은 그곳의 주모자인 김안식을 비롯한 유지들을 만나 서울의 정황을 전하고 동지들을 규합하여 거사일정을 비롯한 만세운동의 계획을 치밀하게 세워갔다.

그러나 거사를 며칠 앞두고 그 준비 작업이 거의 마무리 되어갈 무렵, 일경에 발각되어 영랑을 비롯한 주모자들이 모두 검거되었다. 결국 그들의 거사는 실패하고 만 것이다. 당시 영랑은 비록 17세의 어린 학생이었으나 주모자의 한 사람으로 광주지방법원 장흥지청에서 1년형을 받고 그해 4월 7일 대구형무소로 이감되어 갔다.

영랑에게 대구형무소에서의 감방생활은 너무나 가혹했다. 영랑 자신도 그 지긋지긋한 징역의 시간들을 '길고도 무서운 밤'이라고 했다. 밤이면 밤마다 가혹한 고문으로 동지들이 고통을 못 견뎌 울부짖는 비명소리……, 그것이 그에게도 미구에 닥쳐올 고문시간으로 무시무시한 징역의 시간들이 아닐 수 없었다.

4) 처음으로 찾아간 금강산―그 길고 길었던 여행

영랑이 대구형무소에서 출감하여 고향에 돌아온 것은 그 해 9월이다. 6개월의 짧은 기간이라 하겠으나, 그에게 너무나도 길고 무서웠던 형벌의 시간들이었다. 몸과 마음은 한껏 쇠진해져 해쓱한 얼굴로 돌아온 아들을 맞는 아버지의 눈에도 이슬이 맺혔다.

그 어린 나이로 나라를 위해 자신을 희생할 줄 아는 아들의 모습이 너무나도 대견스러웠다. 일신의 안일과 물질에 매어달려 허둥대며 살아온 자신의 모습이 부끄럽기까지 했다. 아들이 이렇게 큰 뜻을 품고 좀 더 배우고자 하는 의도를 알게 된 아버지는 영랑에게 일본유학을 권고하게 된다.

아버지는 아들에게 손수 보약을 지어먹이면서 감방생활의 후유증을 치료케 하였다. 영랑은 고향에 돌아왔으나 마음을 좀처럼 잡지 못했다. 술로 세월을 보내는 영랑을 보다 못한 아버지가 그를 불러 여비를 내어주면서 금강산 유람을 권유한다. 감방생활에서 쇠진해진 몸과 마음을 추스르게 하여 일본 유학을 대비하라는 심산에서였다.

가을도 한참 깊은 어느 날 영랑은 영산포에서 출발하는 열차에 올랐다. 잠시 서울에 들려 학교 친구들을 만나고 곧바로 금강산으로 향했다. 차창 밖으로 한껏 무르익은 가을 풍경이 거대한 산과 함께 스쳐 지나갔다. 금강산이 가까워지자 산과 들에 펼쳐지는 풍경은 겨울의 문턱에 다가서고 있었다.

금강산에 이르러 영랑은 내금강의 장안사에다 여장을 풀고 머물기로 하였다. 처음으로 대하는 기암절벽과 폭포수……, 그 어느 것 하나도 감동적이지 않은 것이 없다. 이렇게 감동적인 나날이 지나가고 겨울도 한참 깊어가고 있었다. 영랑이 금강산에 머물러 있은 지도 몇 달이 흐른 셈이다. 그의 아호 '영랑永郎'도 이때에 만난 '영랑봉永郎峰'과 '영랑호永郎湖'의 감동에서 비롯된 것이 아닐까 한다.

그가 오대산 내설악을 거쳐 서울로 돌아와 친구 이승만李承萬 집으로 찾아든 것이 이듬해 1월, 참으로 긴 여행이 아닐 수 없다. '무슨 여행이 그렇게 길어' 하면서 맞이하는 친구의 따스한 손길이 더없이 정겹게 느껴진다. 그의 방으로 찾아들어 고단한 여장을 풀고 친구와 마주하여 그가 금강산에서 지낸 일들을 밤늦게까지 이야기한다.

이렇게 서울로 돌아온 영랑은 이승만의 집에 거처를 정하고 인천, 수원, 안동 등지를 여행했다. 그러던 중 2월말까지 귀향하라고 독촉하는 아버지의 편지를 받고 이승만과 함께 서울역으로 나갔다. 그때 우연히 만나게 된 숙모님이 반색을 하며 영랑 곁으로 다가온다. "무슨 여행이 그리 길어" 하시면서도 무척 반기시는 숙모님과 동행이 되어 목포의 숙모님 댁을 거쳐서 귀향했다.

이렇게 강진 고향집으로 돌아온 영랑은 중국 유학을 희망했으나 아버지의 만류로 일본 유학으로 결정하게 된 것이다. 그의 집안 형인 김안식과 동생인 김형식은 이미 일본으로 떠났으니, 그들로부터 소식이 오는 대로 준비해서 떠나라는 것이다. 그러나 3, 4월이 지나도 그들에게서 편지는 오지 않았다. 영랑은 답답한 마음을 달래기 위해 죽은 아내의 무덤을 찾거나, 아니면 가까운 산이나 강을 찾는 것이 고작이었다.

5) 마재경과의 만남─아내를 잃은 아픔을 달래다

영랑은 집에만 갇혀 있기가 하도 답답하여 가까운 대흥사 경내를 둘러보고 집으로 돌아왔다. 안뜰에는 오월의 화사한 햇볕이 내려 쪼이고, 활짝 핀 모란꽃과 갖가지 크고 작은 꽃들이 피어 향내가 진동하고 있었다. 저쪽에 낯선 젊은 여인이 어머니와 함께 꽃밭을 거닐면서 이야기를 주고받는 것이 아닌가.

어머니의 소개로 영랑은 그녀와 인사를 나누었다. 그 여인의 이름은 마재경馬載慶, 어머니의 고향 친구의 딸로 이화전문학교를 나와 강진보통학교 교사로 부임하게 되었다고 한다. 머물 집도 마땅치 않아 영랑의 집에서 기거하면서 출근키로 했다는 것이다.

이들의 만남은 영랑에게 신선한 충격이 아닐 수 없었다. 일본에서의 소식은 좀처럼 오지 않았다. 답답한 마음을 어찌할 수 없어 밖으로만 나돌던 영랑에게 마재경의 출현은 큰 위안이 되었다. 이들은 오빠 동생으로 호칭하게 되고 자주 만나게 되면서 깊은 사랑으로 빠져들게 된다.

영랑은 아내를 잃은 슬픈 상처를 마재경을 통해서 치유하게 된 것이다. 이들은 한 집에 살면서 자주 만나게 되었고, 그 만남을 통해서 애정은 점점 깊어갔다. "허리띄 매는 마음실 같이／ 흰 날에 내 가슴 아지랑이 낀다"고 함은 바로 마재경을 두고 노래한 것으로 보인다.

계절은 벌써 초여름으로 접어들고 있었다. 그렇게 기다리던 일본 유학중인 김안식 형으로부터 편지가 왔다. 학교 편입은 9월에 있으니 준비하라는 것과, 그 자신도 여름방학에 귀향할 것이니 자세한 것은 그때 가서 말하겠다는 내용이다.

ㅋ. 청산학원 시절과 영국의 낭만주의 시인들

가혹했던 감방생활에서 풀려난 영랑은 혁명가로서 뜻을 세우고자 한때는 중국 상해로 가고자 했다. 그곳의 많은 독립투사들과 만나 혁명가의 꿈을 키워보고 싶었으나, 아버지의 간곡한 만류로 영랑은 일본유학을 선택하여 학기에 맞춰 일본으로 건너가 청산학원 중등부에 입학하게 된다.

이 기간은 영랑에게 가장 혈기가 왕성하고 한껏 꿈에 부푼 청년기라 할 수 있다. 하지만 그에게는 만세운동의 주동자로 항시 감시의 눈이 뻗쳐 있었고, 관동대진재로 그가 그렇게 염원했던 일본유학도 중단할 수밖에 없었다. 이렇게 학업을 중단한 그에게 또 다시 무료한 나날들이 이어졌다. 오직 위안거리가 있었다면 송정리의 용아를 찾아가거나 시신詩信을 교환하는 게 고작이었다.

1) 유학의 꿈—청산학원 중등부에 입학하다.

8월 중순경, 영랑은 김안식·김형식 등과 함께 유학길에 오른다. 그는 김안식형과 만세운동을 주도하다가 검거되어 복역한 요주의 인물로 항시 일경의 감시 하에 있었다. 따라서 그들은 감시의 눈을 피하기 위하여 새벽녘에 해창만(영암군 소재)에서 독선배로 여수항을 거쳐 부산항에 이르러 관부연락선을 갈아타고 현해탄을 건넜다. 시모노세키下關에서 잠시 쉬었다가 열차를 타고 긴 여정 끝에 일본의 수도 도쿄에 도착했다.

영랑의 눈앞에 펼쳐진 도쿄의 모습은 모두 낯설기만 했다. 일찍부터 서구의 선진문명을 받아들여 눈부시게 발전하는 시가지의 모습을 보고 가슴이 뭉클했다. 식민치하에 살고 있는 우리들의 어둡고 궁핍한 생활상과는 사뭇 다르게 날로 발전하는 시가지의 모습에서 부러움과 함께 망국민의 비애를 더욱 절감하게 된다.

영랑은 우선 안식형이 살고 있는 거처에다 하숙을 정하고, 청산학원 중등부에 편입수속을 마쳤다. 그가 그렇게 바랐던 유학의 꿈을 이룬 것으로, 그에게는 너무나 벅찬 감격이 아닐 수 없었다. 머지않아 그가 추구하는 꿈과 이상이 실현될 수 있다는 기대감으로 마음은 한껏 부풀어 있었다.

그는 개학을 앞두고 학교생활에 적응하기에 무척 분주했다. 안식 등과 함께 시가지를 거닐거나, 가까운 명소와 공원 등지를 탐방하는가 하면, 학교에 찾아가 새로 사귀게 될 친구들을 만나기도 했다. 그리고 그의 하숙집으로 날아드는 아버지와 마재경의 편지는 영랑으로 하여금 떠나온 고향에 대한 그리움을 더하게 한다.

가을도 한참 깊어졌다. 나뭇잎들이 곱게 물들기 시작한다. 영랑은 형식과 함께 우에노음악당에서 슈베르트 바이올린 협주곡을 감상하고 기분 좋게 돌아왔다. 그러나 그 기분도 잠시였고, 하숙집 주인은 그들을 기다리기나 한 것처럼 영랑을 보자마자 당장 나가라고 한다. 영랑이 3·1만세운동에 적극 가담했다는 사실을 알고 그렇게 한 것임은 뒤에 마재경이 보낸 편지를 보고 알게 되었다.

영랑이 고향을 떠나온 뒤에 고향의 부모님과 마재경이 일경들에게 많은 시달림을 받았다고 한다. 하숙집 주인이 영랑에게 당장 나가라는 것도 이런 사실들과 관련되어 있었다는 것을 알고 영랑은 안식 등과 상의하여 서둘러 하숙을 옮기기로 한 것이다.

2) 두 만남—혁명투사 박열과 시우詩友 박용철

영랑이 급한 대로 옮긴 하숙집은 친구인 박경탁朴庚卓의 집이다. 그는 부산이 고향으로 영랑과 같이 청산학원 학생이다. 그러나 이 집도 그가 안심하고 오래 머물러 살 수 있는 거처는 못 되었다.

영랑은 친구 박경탁의 소개로 혁명투사 박열朴烈을 만나게 된다. 그와 잠시 한 집에 살면서 박열의 투철한 혁명가적 기질에서 적지 않은 영향을 받은 것으로 전해지고 있다. 그들이 처음 만나서는 잘 알지 못하여 서먹했지만, 영랑이 3·1운동 당시 거사를 주도하다가 검거되었던 사실을 알고는 그들 사이에 가려진 마음의 벽이 헐리면서 의기투합할 수 있었다. 그리고 영랑은 박열이 펼치려는 지하운동의 계획을 모두 알게 된 뒤로 그들 사이의 우의友誼는 더욱 두터워졌다.

학기가 시작된 지도 몇 달이 지났다. 영랑은 그런대로 학교생활에 익숙해졌고 한해도 기울어 가고 있었다. 계절도 바뀌어 초겨울로 접어드는 11월의 어느 날, 영랑은 용아龍兒 박용철朴龍喆과의 운명적인 만남이 이루어진다. 용아는 같은 청산학원 중등부 수학과에 다니고 있었다. 그때 용아는 학교에서 명성이 자자할 만큼 수리계통의 과목에 뛰어난 재능의 소유자였다.

영랑과 용아는 전라남도의 동향인으로서 만난 것도 기뻤지만, 그들의 만남이 같은 시업詩業으로 이어져 한국문학사에 크게 남게 될 빛나는 업적이될 줄은 그들도 미처 깨닫지 못했을 것이다. 그들은 이렇게 만나자마자 서로의 속사정을 털어놓게 되었다. 영랑의 위급함을 알게 된 용아는 곧바로 영랑을 그의 하숙집으로 불러들이게 된다.

박용철의 하숙집으로 거처를 옮기면서 영랑은 보다 안정되어 학업에 열중할 수 있었다. 요시찰 인물인 박열의 곁에 있는 것보다는 그를 피해야만일경의 감시망을 벗어날 수 있다는 안도감에서였다.

겨울방학이 다가오고 있었다. 영랑과 용아는 겨울방학 동안 이곳에 남아학업에 열중하기로 하고 고향에다 각각 편지를 보냈다. 그들은 방학기간에많은 책을 읽는 한편, 음악당을 드나들며 명곡을 감상하면서 보다 넓은 세계로 그들의 시야를 넓혀가고 있었다.

3) 영문학 전공─영국 낭만주의 시에 심취하다

영랑이 여름방학을 맞아 고향에 돌아왔다. 그가 유학한지 1년 만에 돌아온 셈이다. 영랑과 용아는 함께 돌아오기로 했으나, 용아는 건강이 악화되어영랑의 권유로 방학이 시작되기 전에 귀향했고, 영랑은 그 뒤에 돌아왔다.

영랑의 귀향으로 말미암아 마재경과의 사랑은 더욱 깊어갔다. 오랫동안편지로만 사랑을 주고받다가 서로 만나게 됨으로써 사랑은 더욱 깊어져 갈수밖에. 영랑의 어머니는 내심으로 이들이 결혼하기를 바라고 있었다.

여름방학이 끝나갈 무렵, 영랑은 안식형과 함께 아버지를 찾아뵙고 음악을 전공하겠다고 하였으나, 아버지의 완강한 반대로 영문학 전공으로 바꾸었다. 영랑은 개학에 임박해서 안식, 형식, 용아 등과 함께 일본으로 떠났다.

9월, 새 학기가 시작되자 영랑과 용아는 학업에 열중한다. 영랑은 이때부터 쉘리·키츠·위즈워드·예이츠 등 영시들을 집중적으로 공부하기 시작했고,

영랑이 용아에게 문학으로 전환할 것을 권유한 것도 이 무렵이다.

가을이 가고 두 번째로 맞는 겨울방학이 다가오고 있었다. 영랑과 용아는 또다시 귀향하지 못한다는 편지를 보내고 도서관을 찾아 전공에 관련된 서적을 찾아 읽거나 음악당을 찾아 명곡을 감상하는 등 분주한 일정을 보내고 있었다.

해가 바뀐 지도 한 달이 훨씬 넘은 2월 하순, 휘문의숙 시절의 절친한 친구 이승만이 동경에 도착했다. 이승만은 가와바다川端 미술학교에 입학하기 위해 유학차 일본에 왔다는 것이다. 그들은 오랜만의 해후로 너무나 반가웠을 뿐만 아니라, 영랑의 소개로 승만은 용아, 안식, 형식 등 영랑 주변의 친구들과도 쉽게 사귀게 되었다.

추운 겨울이 지나고 봄이 돌아왔다. 영랑은 아버지와의 약속대로 청산학원 영문과에 진학하여 본격적으로 서구문학에 접근하게 된다. 이렇게 영랑이 서양문학에 심취하고 있는 것을 곁에서 눈여겨보던 용아의 마음도 조금씩 움직이기 시작했다.

용아는 수리적 재능이 워낙 뛰어났기 때문에 그 계통의 학문을 전공하려 했다. 그런데 영랑의 끈질긴 권유로 문학으로 전공을 바꾼 것은 이미 알려진 사실이다. 영랑이 보기에 용아의 재능으로는 문학을 해도 대성할 것만 같아서 그렇게 끈질기게 권유한 것인지도 모른다.

용아도 시집을 비롯한 많은 문학서를 읽으며 영랑과 함께 인생과 문학에 대한 이야기로 시간을 보내는 시간이 많아졌다. 이렇게 용아의 문학에 대한 관심도가 날로 높아지고 있음을 영랑은 내심으로 기뻐하고 있었다. 아무튼 용아는 도쿄 외국어대학 독문과에 진학하면서 서구문학의 연구에 전념하게 된다.

여름방학이 가까워지던 7월 초순, 갑자기 마재경이 영랑을 찾아왔다. 마재경은 근무하던 강진보통학교에 사표를 내고 영랑의 어머니가 마련해준 유학비로 왔다는 것이다. 영랑은 마재경의 겁 없이 행동하는 무모함을 나무라기도 했지만, 오랜만에 만나게 된 마재경이 반갑기도 했다.

용아는 속이 아파서 잘 먹지 못하더니 결국 자리에 눕고 말았다. 영랑을 비롯한 가까운 친구들은 걱정만 하고 있었으나, 마재경의 극진한 간호로 몸을 추스르게 되자, 영랑은 안식형제들과 함께 용아를 부추겨 귀향길을 재촉했다.

마재경은 영랑 일행이 여름방학을 마치고 돌아오기까지 동경에 남기로 하고 떠난 것이다. 그런데 이것이 영랑과 마재경과의 만남이 마지막이 될 줄은 아무도 몰랐다. 9월 학기를 앞두고 관동대진재가 일어났고 그로 인해 영랑과 용아뿐만 아니라, 대부분의 유학생들이 학업을 중단한 것이다. 이후로 영랑은 마재경의 행방을 찾지 못해 그들은 결국 헤어지게 된 것이다.

4) 관동대진재─학업중단과 '청구' 동인회를 결성하다

관동대진재로 학업을 중단한 영랑에게 또다시 무료한 생활이 시작되었다. 마을 뒷산에 올라 멀리로 펼쳐지는 넓고 푸른 바다를 바라보거나, 아니면 집안에 틀어박혀 시대적 아픔을 달래기도 하였다. 그렇다고 그의 답답한 마음을 달랠 수는 없었다. 그가 꿈꾸었던 이상의 상실로 허탈감에 사로잡혀 살아갈 수밖에 없었다.

그에게 위안거리가 있었다면 이따금 용아와 주고받는 시신詩信, 그것이 고작이었다. 그들은 서로의 안부를 묻기보다는 창작시에 대한 의견 교환이었다. 이들의 이런 소박한 시신 속에 한국근대시문학사의 전환점을 이룩한 '시문학동인'의 태동이 있을 줄은 아무도 알지 못했다.

영랑은 고향집 본채의 골방에서 창작과 책읽기에 여념이 없었다. 이따금 찾아오는 고향친구들과 문학에 대한 이야기를 하는 장소도 바로 영랑의 골방이었다. 그도 그럴 것이 영랑은 대학에서 문학을 체계적으로 공부했고, 많은 독서를 통해서 해박한 지식을 가졌기 때문에 그가 모임의 중심이 되지 않을 수 없었다.

그러던 중 영랑은 친구인 차부진車富鎭·김현구金炫耈 등과 '청구靑丘동인회'를 결성하여 문학에 대하여 열띤 토론회를 벌리기도 했다. 이것이 강진지방 최초의 향토문학회로서 동인지까지 출간하게 된 것인데, 영랑의 초기시편 상당수가 이 시기에 이루어진 것이다. 그리고 이 청구동인회 회원들은 일경의 감시를 피해 마을 청소년들을 불러다 야학을 하는 한편, 주민들의 계도啓導에 힘쓰기도 했다.

영랑과 현구는 집안의 숙질叔姪간이자 가장 친한 친구로. 시를 두고 하는 이들의 열띤 토론은 때로는 격화되어 싸움으로 치닫기도 했다. 그러나 그런 감정도 며칠이 지나고 나면 언제 그런 일이 있었던가 하고, 그들은 거나하게 취해서 손을 맞잡고 큰 소리로 소리치기도 한다는 것이다. 이 둘은 남도의 다도해연안의 강진康津 벌에 활짝 핀 모란꽃과 바다를 나는 외로운 갈매기로 갈라놓을 수조차 없는 끈질긴 인연으로 얽혀져 있었던 것이다.

5) 두 여인과의 만남─김귀련과 결혼하다

오랜만에 용아로부터 편지가 왔다. 학업을 계속하기 위해서 여동생과 함께 서울에 간다는 소식이다. 그런데 그가 편입해 다니던 연희전문을 몇 달이 안 되어 중단하고 고향으로 돌아왔다. 별로 배울 게 없어서 중단하고 돌아왔다는 것이다.

세말歲末 가까이 용아의 건강이 좋지 않다는 편지를 받고 영랑은 곧바로 송정리로 찾아갔다. 영랑은 용아를 만나 요양을 위한 여행을 약속하고 돌아왔다. 해가 바뀌자 그들은 함께 함경남도 삼방三防 약수터를 찾아 여행길에 오른다.

영랑과 용아는 삼방에서 6개월을 요양하고 금강산을 거쳐 서울로 돌아왔다. 그들은 서울에 머물면서 박종화·홍사용·정지용·이태준·이승만 등 휘문의 숙의 선후배를 비롯한 여러 문인들을 만나게 된다. 영랑이 최승일의 여동생 최승희를 만나 사귀기 시작한 것도 이 무렵이다.

최승희를 만나면서 영랑은 서울 나들이가 훨씬 잦아졌다. 물론 그가 좋아하는 음악회에 초대되기도 했지만, 그보다 최승희를 만나기 위해서 더욱 자주 온 것인지도 모른다. 영랑이 서울에 머물러 있는 시간이 길어진 것도 바로 최승희를 만나서 함께한 시간이라 할 수 있다.

그들은 서울에서 만나면 고궁古宮을 찾아 거닐거나 남산 길을 오르내리기도 하면서 달콤한 시간을 보내기도 하였다. 그들의 사랑은 점점 깊어져 막상 결혼하고자 하였으나, 양가의 너무나도 완강한 반대의 벽에 막혀 결국은 성사되지 못했다고 한다. 요즘 세대 같으면 상상조차 할 수 없는 일로, 이것을 다시 생각해 보면 금석지감今昔之感이 없지도 않다.

영랑은 최승희와 이렇게 헤어지고 실의와 좌절에 빠져들어 한동안 마음을 못 잡고 방황하고 있었다. 그러던 중, 목포의 숙모가 찾아왔다. 영랑의 결혼문제로 숙부의 부탁을 받고 온 것이다. 규수 김귀련金貴蓮은 개성 출신으로 영랑보다 세 살 아래로 호수돈여학교를 나와 원산 루씨아여학교에서 교편을 잡고 있었다.

영랑의 결혼문제는 이렇게 성사되었다. 결혼식은 개성 중앙예식장에서 있었는데, 주례는 동아일보 사장 송진우가 맡았고, 들러리는 친구 이승만이 섰다. 신부를 새로 맞아들인 영랑의 고향집 넓은 뜰에는 모란꽃들이 눈부시고 찬란하게 피어 있었다. 오랫동안 허전하여 갈피를 못 잡고 밖으로 떠돌던 영랑의 마음도 차츰 안정되어 가기 시작했다.

영랑은 생활이 안정되면서 그의 본령인 시 창작에 몰두하게 된다. 정원에다 수백 그루의 모란을 가꾸며 현금玄琴과 북을 벗 삼아 시를 다듬기도 하고, 그의 집 옆에 테니스장을 닦아 자신의 건강관리를 위해 테니스를 치기도 하였다. 휘문의숙에 다닐 때에 축구 선수였다는 전력으로 미루어 그가 건강을 위해 스포츠에도 큰 관심을 가졌던 것으로 전해진다.

4. 두 무명의 시인과 '시문학 동인'의 결성

영랑과 용아와의 우의友誼는 일본 청산학원의 동창일 뿐만 아니라, 동향인 이었기에 더욱 두터웠는지 모른다. 이들은 평생을 함께 '시 짓기'를 업으로 하고 살다가 죽어갔다. 그것도 민족문학, 서정시운동에 평생을 바친 시인들로 한국근대시사에 커다란 발자취를 남긴 것이다.

이 두 무명 시인의 교신 속에서 싹트기 시작한 시문학동인의 출범으로 우리 근대시사의 전환점을 이룩할 줄은 아무도 몰랐다. 아마도 이러한 소박한 출발이 문학사적으로 큰 의미를 갖게 된 것은 이 두 시인이 뛰어난 시적 재능을 타고났을 뿐만 아니라, 시업詩業에 피나는 노력을 기울였기 때문일 것이다.

1) 강진과 송정리－용아龍兒와 시신詩信을 교환하다

영랑은 결혼한 뒤로 부인과 함께 안정된 생활을 누리게 된다. 항시 불안정하여 밖으로만 떠돌던 마음이 안정되면서 그는 오로지 시작에 전념하게 된다. 자택의 넓은 뜰에 꽃밭을 가꾸면서 시정詩情을 가다듬은 것도 그의 마음이 이렇게 안정되어 있었기 때문인지도 모른다.

영랑의 집에서 그리 멀지 않은 송정리松汀里의 용아와 주고받는 시신詩信의 빈도도 한결 잦아졌고, 편지로 부족하면 그들은 서로 집을 찾곤 하였다. 이들이 이렇게 주고받는 시신이 결실되어 시문학동인이 결성되고 마침내 동인지 ≪시문학≫의 창간에까지 이르게 된다.

'윤식이가 나를 오입시켰다'고 한 것은 용아가 영랑을 만날 때마다 입버릇처럼 하는 말이다. 원래 수리數理와 어학계통에 뛰어난 재능을 가진 용아가 그 방면의 전공으로 진학하지 못하게 했던 영랑에 대한 원망보다는, 그것이 크게 잘못 선택된 길이 아니라는 것도 된다. 아무튼 이렇게 문학으로 전향한 용아는 부단한 노력과 열정을 기울여 시인으로서, 비평가로서, 번역가로서, 문예지 편찬자로서 우리 근대문학사에 커다란 업적을 남기게 된다.

영랑과 용아는 누구보다도 시 창작에 대하여 남다른 열정을 기울였다. 이것이 그들이 학업을 중단하고 고향에 남아 답답한 마음을 달래던 방편의 하나였는지 모른다. 이렇게 주고받은 시신을 통하여 그들의 우정은 더욱 깊어져 갔고 커다란 보람으로 다가섰다.

시문학동인을 결성하고 동인지를 내기까지의 모든 계획이 그들이 주고받은 시신 속에서 싹트고 결실된 것이라면, 그것의 중요성을 알 수 있을 것만 같다. 오직 동인지를 통해서 문단에 첫 걸음을 내딛게 된 영랑이나 용아를 생각하면 그들에게 ≪시문학≫은 떼려야 뗄 수 없는 불가분리의 관계임은 말할 것도 없다.

2) ≪시문학≫지의 출간―영랑과 용아의 시적 출발

≪시문학≫지의 간행을 앞두고 용아가 영랑에게 보낸 편지에서 평양에 있는 양주동梁柱東이 간행한다는 ≪문예공론≫에 대한 소식은 영랑과 용아의 마음을 더욱 초조하게 만들었다. 그래서 그들은 ≪시문학≫의 간행을 서두른 것이다. "하여간 지용·수주(樹州: 卞榮魯) 중 득기일得其一이면 시작하지…… 나는 지용이가 더 좋으이"라고 한 용아의 말과도 같이, 그들은 마침내 지용을 포섭하여 시문학동인을 결성하게 된다.

≪시문학≫지의 간행이 본격화된 것은 1929년 말경으로 용아와 지용이 함께 영랑의 고향집을 찾아 영랑의 확답을 받아간 뒤의 일이다. 용아와 지용은 서울에 사는 동인들의 원고를 모으고, 영랑에게도 독촉 편지를 내는 등 동인지 출간을 서둘렀다. 동인지의 제호도 용아는 '단조丹鳥'·'현등玄燈'·'시령詩嶺'……등 여러 가지를 생각한 것 같으나, 결국은 무난한 명칭인 '시문학詩

文學'으로 합의 결정한 것으로 보인다.

1930년 3월, ≪시문학≫ 창간호는 너무나 알찬 내용으로 출간되었다. 그때까지만 해도 문단에서 생소하기만 했던 두 무명의 시인, 그것도 서울에서 멀리 떨어진 우리나라 최남단의 강진과 송정리를 오가는 교신交信 속에서 배태胚胎된 것이라면, 참으로 경이적인 사건이 아닐 수 없다. 아무튼 ≪시문학≫은 용아가 서울로 옮겨옴과 동시에 급진전하여 '민족 언어의 완성'이라는 거창한 과제를 안고 출발한 것이다.

> 우리는 시를 살로 새기고 피로 쓰듯 쓰고야 만다. 우리의 시는 우리 살과 피의 맺힘이다. 그러므로 우리의 시는 지나는 걸음에 슬쩍 읽어 치워지기를 바라지 못하고 우리의 시는 열 번 스무 번 되씹어 읽고 외워지기를 바랄 뿐, 가슴에 느낌이 있을 때 절로 읊어 나오고 읊으면 느낌이 일어나야만 한다. 한말로 우리의 시는 외워지기를 구한다. 이것이 오직 하나 우리의 오만한 선언이다……한 민족의 언어가 발달의 어느 정도에 이르면 구어로서의 존재에 만족하지 아니하고 문학의 형태를 요구한다. 그리고 그 문학의 성립은 그 민족의 언어를 완성시키는 길이다.

라고 한 ≪시문학≫ 창간호의 편집후기는 용아의 말로, 다음의 두 가지로 요약할 수 있다. 그 하나는 시문학동인들이 들고 나온 시는 이때까지 우리의 시가 걸어온 영탄조咏嘆調에서 벗어나 '살'과 '피'의 결정結晶으로 이루어진 보다 높은 차원에 있다는 것이고, 다른 하나는 '민족 언어의 완성'이라는 거창한 과제를 들고 나왔다. 다시 말해서 한 민족 언어와 문학과의 관계에서 문학은 말할 것도 없이 민족 언어의 완성에 그 사명이 있음을 강조하고 있다.

≪시문학≫의 창간에 대한 용아의 의도가 어디에 있었던 간에, 이 두 무명의 시인 영랑과 용아는 동지의 간행으로 우리 근대시사에서 시인으로서 확고한 지반을 구축하게 된 것이다. 한마디로 이것은 영랑이나 용아의 시인

으로서 출발인 동시에 그들이 시인으로서 확고한 위상을 다지게 된 운명적인 관계라 할 수 있다.

3) 불협화음―잠시나마 용아를 난처하게 하다

용아는 ≪시문학≫지 간행 이후 ≪문예월간≫·≪문학≫·≪극예술≫ 등을 계속 간행했다. 모두 3~4호에 그친 단명한 잡지들이나 영랑과 용아와의 관계에서 그 성격적인 차이를 보여주고 있다. 영랑은 용아가 간행한 네 잡지 중에서 ≪문예월간≫이나 ≪극예술≫에는 한 작품도 발표하지 않고 있다. 이것은 영랑의 고답적인 기질을 나타낸 것이라 하겠으나 용아와의 성격적 차이를 보인 것이기도 하다. 용아가 해외문학파 일부를 참여케 하여 ≪문예월간≫을 내었을 때, 영랑은 용아를 공격하여 매우 난처하게 하기도 했다. 순정과 양심으로 시작한 ≪시문학≫에 뒤이어 나온 ≪문예월간≫에서는 영합과 타협을 보였다는 점에서 영랑이 용아를 꾸짖게 된 것이라고 한다.

영랑이 용아를 또 못마땅하게 여긴 것은 시조를 제작하는 것에 대한 것이다. 용아는 그렇게 많은 시조 작품을 쓴 것은 아니다. 용아는 아내 임정희林貞姬 여사에게 보낸 것을 비롯하여 배재동창인 염형우廉亨雨와 윤심덕尹心悳의 죽음을 애도한 '애사哀詞' 등에서 시조형식을 시도하고 있다.

영랑과 용아와의 일시적 의견차이로 불협화의 관계에 놓였던 사실은 용아의 사망 뒤에 영랑이 쓴 「인간 박용철」에 밝혀졌다. 이러한 이들의 불협화의 관계는 잠시였고, ≪문예월간≫에 뒤이어 간행된 ≪문학≫지에 영랑은 많은 작품을 발표하고 있다. 이에 대하여 영랑은 "그 다음에 나온 ≪문학≫은 그래도 깨끗하고 당차지 않았는가."라고 극찬하고 있다.

영랑과 용아와의 관계, 이것은 앞에서도 말했듯이 운명적인 것이 아닐 수 없다. 그들은 잠시도 헤어져서는 살 수 없는 그런 깊은 관계를 유지하고 있었다. 그래서 그는 용아의 죽음 앞에서 가장 애통해 했고, 그를 꾸짖고 나무란 일들 하나하나를 되새기며 회한의 글들을 남기기도 한 것이다.

4) 어머니와의 사별―얼마지 않아 새 어머니를 맞이하다

영랑이 어머니와 사별한 것은 1933년 1월이다. 어머니께서 오랫동안 몸 져누워 계시다가 돌아가신 것이다. 영랑은 어머니를 생각하면 너무나도 죄스러울 뿐이다. 그가 초등학교를 마치고 상급학교에 진학하고자 할 때, 아버지께서는 극구 반대하였다. 집안의 장남으로서 공부는 그만하면 되고, 면사무소나 군청에 취직하여 다니면서 집안을 돌보면서 살면 된다는 것이었다.

그러나 영랑은 그렇지가 않았다. 상급학교에 진학하고자 하는 열망으로 불타고 있었다. 아버지의 강력한 반대로 진학하지 못한 것을 한탄하면서 고통의 나날을 보낼 수밖에 없었다. 같은 또래의 친구인 차부진車富鎭도 마찬가지였다. 그래서 그들은 만나면 그들이 진학하지 못한 것을 한탄만 하고 있을 뿐이었다.

아들이 고민하는 것을 보다 못한 어머니가 아버지 모르게 마련해준 돈으로 고향을 탈출했던 기억들이 생생하게 떠오른다. 그때 어머니가 아버지로부터 많은 질책을 받았다는 것도 영랑은 잘 알고 있었다. 그런데 그런 어머니께서 막상 돌아가시고 나니 영랑은 만감이 교차한다. 그의 철없던 시절을 되돌아보면, 어머니에 대한 애절하고 이런 아픈 기억들이 그로 하여금 어찌할 바를 모르게 할 수밖에 없었다.

어쨌건 어머니는 돌아가셨다. 누구나 태어났으면 죽게 마련이지만, 그토록 아들의 문제로 걱정만 하셨던 어머니께서 돌아가셨으니……그의 애통한 마음을 가늠할 수가 없었다. 자식으로서 잘못을 뉘우치고 또 뉘우친들, 그게 돌아가신 어머니에게 무슨 소용이 된단 말인가.

이러구려 하는 동안에 영랑은 다시 현부인賢夫人을 맞아들이고 큰살림
의 기둥이 되고 남의 아버지가 되고 어머니를 여의고 서모를 치르고
그러고도 항시 시인이었던 것이다.[1]

위는 같은 시문학동인이었던 정지용이 한 말이다. 영랑이 어머니를 여의고,
또 새로 서모를 맞아들이고, 한 집안의 기둥이 되어서도 그는 언제나 시인이
었다고 하고 있다. 아무튼 영랑은 어머니를 여의고 곧바로 새 어머니를 맞이
한 것이다. 새 어머니와의 사이에서 태어난 이복동생 판식判植이 1935년생
이고 보면, 그의 아버지께서 어머니가 돌아가시고 얼마지 않아서 재혼한 것
으로 보인다.

아마도 이때 영랑의 마음은 무척 아프고 서운했을 것이다. 물론 아버지께
서 계속 홀로 사시기를 바랄 수도 없는 일이지만, 어머니가 돌아가시고 얼마
지 않아 재혼한 것에 대하여 선뜻 마음이 내키지 않았을 것이다. 그것을 생
각하면 돌아가신 어머니가 더욱 그립고 안타까웠을 것이다. 이것은 아마도
누구나 느끼게 되는 감정이기도 하다.

뜰 앞에 은행나무는 우리 부자가 파고 심은 지 17, 8년인데 한 아름이
나 되어야만 은행을 볼 줄 알고 기다리지도 않고 있었더니, 천만 의외
이 여름에 열매를 맺었소이다. 몸피야 뼘으로 셋하고 반, 그리 크지 않
는 나무요, 열매라야 은행 세알인데, 전 가족이 이렇게 기쁠 때가 없소
이다. 의논성이 그리 자자하지 못한 아버지와 아들이라 맞대고 기쁜 체
는 않지만 아버지도 기뻐합니다. 아들도 기뻐합니다. 엄마가 계시더면
고놈 세알을 큰 섬에 넣어 가지고 머슴들을 불러대어 가장 무거운 듯이
왼 마당을 끌고 다니시는 것을.[2]

---

1) 정지용, 「영랑과 그의 시」, 김학동 편, (『정지용전집』 산문집, 민음사, 1988) 263면.
2) 김학동 편저, 『돌담에 소색이는 햇발 같이-김영랑전집·평전』 (새문사, 2012), 138면.

그들 부자가 마당에 파고 심은 은행나무에 처음으로 열린 은행 세알을 두고 온 집안이 모여 모두 기뻐하지만, 영랑은 돌아가신 어머니를 떠올리게 된 것이다. 어머니가 계셨더라면 은행 세알을 큰 섬에 담아가지고 머슴들을 불러댈 것을 생각하고 있는 것이다. 의논성이 그리 자자하지 못했던 아버지와 아들 간이라 한 것을 보아도 어머니가 돌아가시자 얼마지 않아 재혼한 아버지에 대한 서운함이 조금은 있었을 것이다.

5)『영랑시집』─용아의 주선으로 출간하다

영랑은 ≪시문학≫과 ≪문학≫ 양지에 <동백닙에 빗나는 마음>과 <모란이 피기까지는> 등 37편을 발표하고 있다. 이들 가운데서 사행소곡(四行小曲)이 23편인데 <못오실 님이>는 『영랑시집』에 수록되어 있지 않은 유일한 작품이다.

용아는 영랑의 시를 자기 것보다 아꼈다고 한다. 영랑의 시고를 받아 여장旅裝 속에 챙겨 가지고 가서 ≪시문학≫지를 내었는가 하면, 영랑의 시를 대부분 외우고 있을 만큼 좋아했다는 것이다.

용아는 영랑이 발표한 시가 50편 가까이 이르자, 시집 간행을 서둘렀다. 벼 타작이 한창인 1934년 가을 어느 날, 갑자기 용아가 영랑의 고향집으로 찾아왔다. 그를 반갑게 맞아 현구와 함께 며칠을 보내고 용아는 영랑의 시집을 출간하기 위해 원고를 모아 송정리 고향집으로 갔다. 처음에 영랑은 고사했으나 용아의 간청에 못 이겨 원고를 준비해 주었다는 것이다.

용아가 주간하고 있었던 시문학사에서 두 권의 시집이 출간되었다. 그 하나는 영랑의 시집이고, 또 다른 하나는 지용의 시집이다. 이 두 시집의 출간은 당시 엄청난 파장을 일으킨다. 이것은 이 두 시집의 내용이 그만큼 뛰어났고 독자의 반향의 컸다는 반증도 된다.

지용의 시집이 먼저 나오고 바로 이어서 영랑의 시집이 나온다. 원래 용아는 영랑의 시집을 먼저 내기로 한 것인데, 영랑이 고향집에 있었기 때문에 제작과정에서 몇 달 늦어진 것이라고 한다. 지용은 서울에 거주하여 그 제작과정이 보다 단축되었기 때문에 먼저 출간된 것으로 보인다.

영랑의 회고에 의하면 지용과 함께 용아에게 시집의 간행을 독려했으나, 용아는 좀 더 기다리라고 하였을 뿐, 끝내 자신의 시집을 내지 못하고 눈을 감은 것이다. 이렇듯 영랑과 용아, 그리고 지용과의 관계는 우리 근대문학사에서 매우 중요한 의미를 갖는다. 그들이 '민족 언어의 완성'이라는 거창한 과제를 내세워 끊임없는 노력과 열정을 기울이지 않았다면 우리 근대시문학은 어떻게 전개되었을까 하고 의구심이 가기도 한다.

6) 용아의 죽음─그 부인과 함께 유고를 정리하다

1937년 가을 용아의 부인 임정희 여사로부터 용아의 건강이 좋지 않으나, 부친의 병환이 심해서 여동생 봉애와 그의 남편 김환태金煥泰(문학평론가)와 함께 송정리 고향집에 내려온다는 편지를 받고 곧바로 송정리로 달려가 그들을 만나고 돌아왔다. 그런데 이듬해 정월에 서울로 올라간 용아와는 한동안 소식이 끊긴 채로 지냈다.

이듬해 4월 중순, 따스한 봄볕이 뜰 안 꽃밭에 눈부시게 내려쪼인다. 모란의 잎도 무성해지고 꽃망울이 한껏 부풀기 시작했다. 무료히 뜰을 거니는 영랑에게 지용으로부터 편지가 날아왔다. 용아의 병세가 위급하다는 소식이다. 영랑은 서둘러 여장을 꾸려 열차를 타고 서울로 향했다. 초조한 마음으로 용아가 입원한 병원으로 달려갔다. 세브란스 병원에서 성모병원으로 옮겼을 때 용아는 이미 말을 못하고 필담으로만 의사를 소통하고 있었다.

그의 병이 깊어져 병원에서도 어찌할 수 없어 퇴원하여 사직동 자택으로 돌아왔다. 죽음을 앞두고 친구들과 하고 싶은 말을 나누고 영랑과는 좀 길어야 하기 때문에 뒤로 미룬 것이 끝내 하지 못하고 그는 눈을 감은 것이다. 그것이 영랑을 더욱 슬프게 했고 평생의 한으로 남게 된 것이다.

용아가 사망한 것은 5월 12일 오후였다. 그는 34세의 젊은 나이로 요절한 것이다. 영랑에게 이끌려 문학의 길로 들어섰고, 그 길에 온몸을 던져 몸부림쳤다. 그리하여 그는 우리 근대문학사에 큰 업적을 남기게 된 것이다. 용아는 죽음에 임하여 친구인 지용을 통해 천주교에 귀의하였고, 장례식은 전통방식으로 치렀으며, 유해는 고향의 선영의 한편에 묻혀 있다고 한다.

용아가 세상을 떠난 지 몇 달이 지났다. 부인 임정희 여사와 영랑·지용 등이 중심이 되어 용아의 유고들을 정리하기 시작했다. 워낙 방대한 분량이기 때문에 그 정리과정이 그리 쉽지가 않았다. 창작시도 많았지만, 번역시편들의 분량은 너무나도 엄청났다. 그리고 산문의 경우도 평론과 역문 및 일기 등에 이르기까지 너무나 방대한 분량이었다.

이들은 모두 체계적으로 정리되어 있지 않고 여기저기 흩어져 있는 것들을 모아 새로 분류하여 출판하는 데 2년이 걸린 셈이다. 그의 사후 1년이 되어서 시집이 출간되었고, 2년 뒤에 산문집이 출간되었다. 그 때마다 영랑은 후기를 작성하여 용아와 함께했던 지난 세월을 회고하면서 용아와의 헤어짐을 몹시 안타까워하고 있다. 이후에도 그는 용아와의 인간적 관계와 그의 죽음을 안타까워하는 글들을 몇 편 더 쓰고 있다.

5. 망국민의 비애와 극한적 상황의식

영랑의 첫 시집이 간행된 이후, 그의 시세계는 전혀 다른 차원으로 전개된다. 그의 초기의 시편들에서 보인 섬세한 감각보다는 '죽음'과 좌절감으로 이어지고 있다. 그러나 그 시편들의 분량은 그리 많지가 않은 편이다.

영랑의 이런 시적 전환은 무엇 때문일까? 그것은 그 자신의 내적 변화의 요인도 된다 하겠으나, 급변하는 시대상황과도 밀접한 관계가 있다. 일본의 억압정책이 날로 가중되고 태평양전쟁의 발발과 함께 우리의 앞날은 더욱 암담해지고 있었다.

어디를 향해 보아도 차단된 벽, 캄캄한 어둠 속에서 신음하는 망국민의 비애와 좌절감으로 이어지고 있을 뿐이다. '내선일체內鮮一體'를 표방하고 젊은 이들은 징병과 징용, 아니면 위안부로 끌려가 명분조차 없는 죽음을 당해야 했고, 날로 심해지는 탄압정책은 우리 민족사의 명맥을 끊으려 갖은 협박을 일삼기도 하였다. 그래서 일제는 우리 산하山河의 도처에다 쇠말뚝을 박아 민족정기를 끊는다고 한 것과도 같은 만행蠻行을 자행하기도 하였으니, 어찌 우리는 당시 그들의 만행을 필설筆舌로 다 표현할 수 있을까?

1) 작품활동의 재개 − 오랜 기간의 침묵을 깨고

영랑은 시집을 출간하고 몇 년간 작품 활동을 하지 않는다. 그 동안 가장 가까웠던 용아가 죽었고, 또 그의 유고를 정리하여 출간하기에 바빴던 탓도 있겠으나, 친구를 잃은 슬픔과 공허감을 이기지 못하여 침묵한 것인지도 모른다.

그가 오랜 침묵을 깨고 발표한 수필 <감나무에 단풍드는 전남의 9월>은 그의 고향 마을의 가을 풍광風光을 그린 것이다. 이후로 태평양전쟁 발발을 전후한 시기에 여러 편의 시와 산문을 발표하고 있다. 시작으로는 <거문고>·<가야금>·<달맞이>·<연>·<오월>·<독을 차고>·<묘비명墓碑銘>·<한줌 흙>·<우감偶感>·<춘향>·<집> 등과 산문으로 <두견과 종달이>·<인간 박용철>·<춘심>·<춘설>·<춘수>·<수양垂楊> 등을 《조광》《여성》《문장》《조선일보》 등에 발표하고 있다.

이들 작품이 발표된 기간을 보면, 1939~1940년까지로 한정된다. 태평양전쟁의 발발을 전후한 2년 동안의 활동이다. 그 이후 8·15해방까지 4년간 그는 또 다시 작품 활동을 중단하게 된다. 이것은 세계대전의 공방이 치열해지고 말과 글의 말살정책은 물론, 창씨개명創氏改名 등과 같은 일제의 강압정책이 날로 더해지는 암흑한 시대상의 반영이기도 하다. 일부 친일세력들 외에는 대부분의 국민들은 옴짝 하지도 못하고 겨우 목숨만 부지하고 살아가고 있었다.

이런 절박한 민족적 상황의식을 잘 나타낸 것이 영랑이 이 시기에 쓴 작품들의 경향이라 할 수 있다. 영랑이 '죽음'과 '좌절감'을 시적 주제로 삼게 된 것도 바로 이 때문이다. 비록 영랑이 고향에 숨어 살았으나, 일제의 억압정책은 날로 가중되고 민족의 앞날을 예측조차 불가능했고 암담하기만 한 절박한 민족적 현실을 영랑은 몹시 아파하고 슬퍼했다. 이것이 이 기간에 발표된 영랑의 작품들에 나타난 시적 경향이라 할 수 있다.

2) 창씨개명 — 김씨金氏로 창씨創氏했소

태평양전쟁이 발발하자 일제의 단말마적인 강압정책은 날로 심하여 징병과 징용, 나아가서 처녀들까지 위안부挺身隊로 징발하여 유린했는가 하면, 우리의 말과 글을 사용하지 못하게 하고 창씨개명까지 강요하는 민족 말살정책을 펼치기도 했다. 그리고 폭력적인 공출로 많은 농민들을 기아飢餓에 허덕이게 하고, 놋쇠나 쇠붙이 일체를 징발하는 바람에 대나무로 만든 수저로 밥을 먹을 수밖에 없었다.

이런 시대적 현실 속에서 자신을 굳게 지키려는 영랑에게도 숱한 시련이 닥쳐왔다. 대지주의 아들로 일본 유학까지 한 지식인사로 마을에서 존경의 대상이 되어 있는 영랑에게 일제는 잠시도 감시의 눈을 떼지 않았다. 그러나 그는 조금도 굽히지 않았을 뿐만 아니라, 청소년 시절로부터 다져온 민족관념을 더욱 굳히고 있었다.

일제는 그에게 창씨개명을 요구하고 나섰다. 그러나 그는 "내 집 성은 김 씨로 창씨 했소" 하며 거부했고, 삭발과 신사참배는 물론, 국민복을 한 번도 입은 적이 없는 민족운동가로 지조를 끝까지 지키면서 살았으니 그가 겪은 마음의 고통이야 이루 형용할 수가 없었을 것이다.

이런 암흑의 시대에 자기를 지키며 살아간다는 것은 그리 쉬운 일이 아니다. 남의 일을 말하기란 쉽지만 직접 당사자로서 자신의 신념과 지조志操를 일관되게 지키며 살아간다는 것, 그것은 영랑이 처해 있었던 시대상황에서는 너무나 어려운 것임은 말할 것도 없다. 그러나 그는 한 번도 그의 심지心志를 굽히지 않고 꼿꼿하게 살아간 것이다.

전혀 앞이 보이지 않고 암울했던 시대현실, 그것은 그의 의지로만 극복하기에는 한계가 있었다. 그리하여 그는 냉혹한 민족적 현실의 아픔을 '죽음'과 '좌절감'으로 표현한 것이다. 현실을 그대로 살아가기는 자신이 너무나 짐스럽고 괴롭기만 하여 결국 미구에 닥쳐올 '죽음'을 생각하기에 이른다. 더욱 더 못 견디게 될 극한적 상황에 이르면 목숨까지 던지려는 각오로 '독毒'을 차고 다녀야만 했고, 그가 죽어 묻힐 무덤에 세울 묘비명도 써 두어야만 했었다.

3) '울지 않는 기린'―내 몸에 독毒을 찬지 오래로다

<거문고>·<독을 차고>·<어느날 어느 때고> 등 일련의 시는 이 시기를 대표하는 작품으로 영랑의 심정을 잘 나타내고 있다. "검은 벽에 기대선 채로/ 해가 스무 번 바뀌었는데/ 내 기린麒麟은 영영 울지를 못한다."(<거문고>의 일절)에서 영영 울지도 못하고 있는 '기린'은 '애국지사'나 '독립투사'에 비유된다.

일본의 식민정책이 자행된 지 30년이 가까이 흘렀으나, '기린', 곧 구국항

일의 전선에서 부단히 싸우고 있는 투사들이나 선량한 국민들이 숨어 살았던 시대상황을 이렇게 표현한 것이다. '이리 떼'나 '잔나비 떼'로 비유되는 친일 세력들, 그들은 일신의 안일과 부귀를 추구하며 살아가는 아첨배들에 대한 맹렬한 공격이기도 하다. 그 시대 우리가 직면하고 있는 암담한 현실은 영랑으로서는 감당할 수 없는 한계에 이르러 있었고, 그로 인해 영랑은 '죽음'을 생각하지 않을 수 없었다. 스스로 굳게 지켜온 마음을 위해서는 가슴에 독을 차고 다니지 않으면 안 되었던 절박한 상황의식을 이렇게 노래하고 있다.

> 내 가슴에 독을 찬지 오래로다
> 아직 아무도 해한 일 없는 새로 뽑은 독
> 벗은 그 무서운 독 그만 흩어버리라 한다
> 나는 그독이 벗도 선뜻 해할지 모른다 위협하고,
> ………<중략>………
> 나는 독을 품고 선선히 가리라
> 막음날 내 깨끗한 마음 건지기 위하야
>
> ―<독毒을 차고>에서

여기서 '독毒'의 의미는 매우 시사하는 바가 크다. 그를 둘러싸고 덤비는 '이리'와 '승냥이' 무리들의 위협 속에서 살아야만 했던 영랑, 그는 '깨끗한 마음'을 지키고자 '독'을 차고 다니지 않을 수 없었다. 언젠가는 죽음도 불사해야만 하는 그런 절박한 순간을 이렇게 표현한 것이라 할 수 있다.

4) 어느 날 어느 때고―무덤 앞에 세워질 묘비명

자신의 몸을 더럽히기보다는 차라리 '죽음'을 생각하고 있는 영랑, 그는 결국 '묘비명墓碑銘'까지 쓰기에 이르게 된다. 나라를 잃어 암담하기만 했던 시대에 사는 한 시인의 절박성, 그것은 망국민의 비애와 좌절감으로 표출된다.

생전에 이다지 외로운사람
어이해 뫼아래 빗碑돌 세우고
초조론 길손의 한숨이라도
혜여진 고총에 자주 떠오리
날마다 외롭다 가고말사람
그래도 뫼아래 빗돌 세우리
「외롭건 내곁에 쉬시다가라」
한恨되는 한마디 새기실난가

—<묘비명墓碑銘>의 전문

　어느 날 어느 때고 그의 무덤 앞에 세워질 묘비명, 젊은 영랑이 이 작품을 쓰게 된 동기는 무엇일까? 그가 살았던 시대상황이 그를 그렇게 만들었을 것임은 말할 것도 없다.

　사람들은 누구나 자신에게 다가올 '죽음'을 생각하지 않을 수 없고, 또한 그 '죽음'을 위하여 자신의 무덤 위에 세워질 '묘비명'을 써야만 했던 영랑의 심정을 조금은 알 수 있을 것만 같다.

　태평양전쟁이 막바지에 이르러 일본의 억압정책은 날로 더해가고 급박하게 돌아가는 국제정세에 휘말려 우리 지식인들은 침묵하지 않을 수 없었다. 따라서 영랑도 아내와 함께 고향집에 살면서 어머니께서 맡기고 떠나신 집안 살림을 돌보는 이외에 작품 활동도 거의 하지 않고 지냈다.

　일제 말의 가혹한 수탈정책으로 신음하는 농민들의 궁핍한 삶의 고통을 조금이라도 덜어주기 위해서 영랑은 농지 일부를 소작인들에게 나누어 주기도 하고, 헐가로 팔기도 했다는 것이다. 그는 지주로 살면서도 언제나 가난한 사람들을 돌보았기 때문에, 비록 나이는 많지 않고 젊었으나 마을에서는 '큰 어른' 또는 '선생님'으로 칭명되면서 숭앙을 받았고, 그도 그렇게 곧고 바르게 행동했다고 한다.

6. 8·15해방의 감격과 6·25전란의 참화

8·15 해방은 영랑으로 하여금 또 한 번의 시적 전환을 시도하게 한다. 일제 말의 망국한이나 '죽음' 의식에서 벗어나 삶의 강한 의욕과 환희로 넘쳐난다. '죽음'이나 좌절감은 모두 사라지고 새나라 건설의 대열에 참여하는 역동성으로 표출되기도 하고, 다른 한편으로 이러한 감격이나 환희 뒤에 숨겨진 좌우의 이념적 대립과 갈등으로 나타나기도 한다. 이러한 이념적 대립과 갈등이 결국은 돌이킬 수 없는 동족상잔을 일으키고 만다. 참으로 어처구니없는 전쟁이었으나, 그것은 너무나도 처참했다. 사상과 이념이 다르다는 이유만으로 동족끼리 서로 죽이고 죽고 해야만 했던 살육의 참극을 보고 영랑의 심정은 어떠했을까? 결국 영랑 자신도 그 전쟁의 소용돌이에 휘말려 48세라는 젊은 나이로 비명에 가고 만 것이다. 그것도 그가 고향을 떠나와 서울로 옮겨 산 것이 불과 2년밖에 안 되어서 겪은 일이고 보면, 그의 가족들이 고향을 떠나온 것을 무척 후회하고 있었는지도 모른다.

1) 제헌의원 선거─현실참여의 의지와 좌절감

8·15해방은 영랑에게 너무나 벅찬 감격이었다. 누군가 일본의 패망소식을 하루 전에 일러주어 영랑을 비롯한 강진읍의 유지들은 영랑의 집에서 숨을 죽이고 라디오에 귀를 기울이고 있었다. 정오의 시보에 맞춰 일본천황의 '무조건 항복'이라는 떨리는 목소리가 전파를 타고 울려왔다.

영랑은 환성을 지르며 문을 박차고 밖으로 뛰쳐나와 징을 울려 마을 사람들을 그의 집으로 불러 모았고, 감추어 두었던 태극기를 들고 거리를 행진하면서 만세를 목이 터져라 불러댔다. 태극기를 들고 거리를 가득 메운 만세 행렬은 밤새도록 이어졌다. 이런 감격과 기쁨이 또 어디에 있을까. 손에 손을 맞잡고 거리를 질주하는 군중들의 열기는 식을 줄을 몰랐다. 나라를 되찾은 감격은 그것을 잃었던 국민이 아니고서는 도저히 느낄 수 없다. 누구에게나 민족국가의 존재란 그만큼 크고 소중한 것이다.

노도怒濤처럼 밀려드는 세찬 물결이 차츰 가라앉으면서 새날이 밝아왔다. 영랑, 안식 등 강진읍의 지도층 인사들은 그 누구의 지시도 없었으나, 읍사무소 회의실에 모여 행정업무와 치안대책을 세우기 위한 '건국준비위원회'를 결성하여 영랑은 선전부장을 맡아 활동하게 된다. 치안질서가 잡히고 주민들이 각기의 자리를 찾아 안정되던 연말에 이르러 강진읍의 지도층 인사들은 건국준비위원회를 해체하고 '대한독립촉성국민회의'를 발족시킨다. 영랑은 여기에 참여하여 청년단장을 맡아 활동하면서 정계에 첫발을 내딛게 된다.

영랑은 1948년 5월, 제헌국회의원 선거에 출마하여 친구 차부진이 선거관리위원장을 맡아 적극 지원했으나, 득표율이 최하위에 머무르게 된다. 현실정치에 의욕적으로 참여하였다가 맛본 좌절감이 영랑으로 하여금 정계를 떠나게 하였을 뿐만 아니라, 고향까지 버리게 한 것이다.

당시 국민은 좌우로 갈려 심한 이념적 갈등으로 사회적 혼란은 극에 달하고 있었다. 영랑은 우익계의 민족적 노선을 택하여 좌익계와 대립되어 있었다. 이것이 바로 그가 선거에 패배한 원인도 된다는 것이다. 선거가 끝나고 얼마지 않아 온 식구가 잠든 밤중에 집 뒤의 대숲에 화재가 났다. 영랑은 깊이 잠든 머슴들을 깨워 집 가까이에 있는 대를 모두 자르게 하여 큰 피해를 막았다. 이것은 그가 선거전에서 맞서 싸웠던 좌익계 청년들이 저지른 짓임이 후에 밝혀진 것이다.

영랑이 대대로 물려받은 고향집과 전답을 정리하고 서울로 이사하게 된 직접적인 원인은 바로 여기에 있었다. 선거전에서 패배한 좌절감도 가시기 전에 이런 불상사가 생김으로써 그의 고향에 대한 감정은 좋지 않다. 잠시

나마 고향이 그를 버린 것 같은 배신감을 느끼기도 하였다.

영랑은 고향을 떠나 멀고 먼 낯선 서울에 와서 정착했다. 고향을 남달리 사랑하고 노래 불렀던 영랑이 고향의 모든 것을 버리고 떠나오는 심정은 말할 수 없었을 것이다. 그러나 한편 되찾은 새 나라의 건설에 참여하여 그가 꿈꾸었던 이상을 실현하고자 하는 마음으로 떠나온 것인지도 모른다.

2) '청운靑雲'의 꿈―바다 하늘 모두 다 가진 우리들

8·15해방이 되자, 영랑은 곧바로 새 나라 건설에 참여하기 위해 광장廣場으로 뛰쳐나왔다. 그의 초기시작들에 나타난 섬세한 감각이나 애조哀調와는 전혀 다른 현실참여에 대한 강한 의지적 지향을 보이고 있다. 이 무렵 영랑이 시를 쓰지 않았던 것이 아니나, 그보다도 현실참여에 그의 관심이 훨씬 기울어져 있었던 것은 사실이다.

> 바다로 가자 큰 바다로 가자.
> 우리는 인젠 큰 하늘과 넓은 바다를 마음대로 가졌노라.
> 하늘이 바다요 바다가 하늘이라.
> 바다 하늘 모두 다 가졌노라.
> 옳다 그리하여 가슴이 뻐근 치야.
> 우리 모두 다 가졌구나 큰 바다로 가졌구나.
>
> ―<바다로 가자>에서

"하늘이 바다요 바다가 하늘이라/ 바다 하늘 모두 다 가졌노라"라고 한 <바다로 가자>는 일제의 억압정책에서 벗어난 '우리', 곧 나라를 되찾은 감격과 기쁨을 노래하고 있다. 큰 하늘과 넓은 바다, 아니 나라를 빼앗겨 숨쉬기조차 어려웠던 좁은 의식공간에서 자유의 광장으로 뛰쳐나와 새 나라의 건설에 적극 참여하고자 하는 강한 의욕을 보이고 있다.

1948년 가을, 영랑은 고향의 집과 전답을 정리하고 가족을 이끌고 서울로 올라온다. 대대로 살아온 고향집, 대숲과 모란으로 둘러싸인 정든 고가古家를 팔고 서울로 옮겨온 것이다. 고향이 싫어서가 아니라, 해방된 새 나라의 건설에 참여하고자 청운의 큰 뜻을 품고 천리를 달려온 것이다.

> 천리를 올라온다.
> 또 천리를 올라온다.
> 나귀 얼렁 소리 닿는 말굽소리
> 청운青雲의 큰 뜻은 모여들다 모여들다.
> ─<천리를 올라온다>에서

영랑의 시력으로 보아 말기에 해당하는 이 시는 <바다로 가자>와 함께 8·15해방의 감격과 환회를 노래하고 있다. 서울로 구름처럼 몰려드는 사람들, 그들은 '청운의 큰 뜻'을 품고 올라온 것이다. 이들의 행렬을 따라 올라와 새로 정착한 '서울'은 영랑에게 화사한 아침 저자로 생동하고 새 역사를 창조하는 자랑스럽고 역동적인 광장이었다.

영랑과 그 가족이 서울에 이사와 정착하게 된 곳은 서울 성동구 신당동 290번지 74호로 양옥의 단층집이다. 그리고 영랑이 처음으로 갖게 된 직장은 공보처 출판국장직이었다. 그러나 그 기간은 1949년 가을에서 1950년 봄까지로 반년여에 불과했다. 그가 출판국장을 사임하게 된 까닭은 아무도 모른다. 영랑이 출판국장으로 재직할 때에 쓴 글로 <출판문화육성의 구상>이 있는데, 영랑은 여기서 당시 출판문화의 현황과 그 육성책에 대해서 논의하고 있다.

한편 영랑은 조국 해방의 감격과 환회만을 노래한 것이 아니다. 좌우의 이념적 대립과 갈등으로 동족간의 살상 행위가 자행되고 있는 시대상을 개탄하기도 했다. <새벽의 처형장>이나 <절망> 등 일련의 시작들은 당시의 처절했던 상황의식을 안타까워하면서 동족간의 살상 현장을 철저히 고발하고 있다.

우리의 피는 그리도 불순不純한 바 있었나이까.
무슨 정치의 이름 아래
무슨 뼈에 사무친 원수였기에
홑 한 겨레의 아들 딸이었을 뿐인데
이렇게 유황硫黃불에 타죽고 말았나이까.
근원 무에든지 캘 바이 아닙니다.
죽어도 죽어도 이렇게 죽는 수도 있나이까
산 채로 눈을 뽑혀 죽었나이다.
칼로가 아니라 탄환으로 쏘아서 사지四肢를 갈갈이 끊어 불태웠나이다.
홑 한 겨레의 피에도 이렇게 불순한 피가 섞여 있음을 이제 참으로 알 았나이다.
아! 내 불순한 핏줄 저주받을 핏줄.

ー<절망>에서

모두가 정치적 이념의 차이를 내세워 동족 간에 자행된 잔인한 살상행위를 극렬히 비판하고 있다. 우리의 핏줄 속에 이렇게 잔인하고 저주받을 불순한 피가 흐르고 있다는 것을 예전에는 미처 몰랐다는 것이다. 그래서 이때부터 영랑은 우리 민족에 대하여 회의하기 시작한다.

3) 시의 왕관ー내가 줄 터이니 미당未堂 네가 써라

영랑과 미당은 무척 가깝게 지낸 것으로 전해지고 있다. 두 사람이 모두 같은 전라도 출신이라서 그런 것만이 아니다. 아무튼 미당은 영랑을 문단의 선배로서 극진하게 대한 것으로 보인다.

우리 둘이는 명동에 나가 술을 몇 잔씩 나누고, 지금의 서울 우편국 모퉁이 길을 돌아가다가 영랑은 문득 혼잣말처럼 말하였다. "오모吳某보고 지금 우리나라 시왕詩王이라고들 한당가?" "모르겠소"······그랬더니, 그는 한참 말이 없다가 뜻밖에 독특한 유년체幼年體의 음성으로 무어 재미나는지 재미나라고 깔깔거리면서 "왕관王冠은 네가 써라, 내가 줄 테니……" 하였다.

위는 서정주의 <영랑의 일>에서 인용한 것으로, 당시 인기가 높았던 정지용과 오장환의 시가 신통치 않다는 심정을 미당에게 토로한 것이라 할 수 있다. "왕관王冠은 네가 써라, 내가 줄 테니……"라고 미당에게 한 말은 정지용과 오장환에게 기울어져 있었던 세론世論에 대한 불만으로 자신의 위상을 부각시키기 위한 토로라 할 수도 있다.

미당이 영랑을 처음 만나게 된 것은 1936년 ≪시인부락≫을 내기 위하여 자문을 구하려고 찾아갔던 적선동의 박용철 집에서였다. 그때 마침 음악회에 왔던 영랑과 만나 인사를 하게 된 것이다. 이미 ≪시문학≫을 통해서 그의 시를 접했기 때문에 그렇게 생소하지는 않았으나 시를 통해서 느낀 영랑의 모습은 여성적이고 섬세한 것이었는데, 직접 대면한 첫 인상은 딴판이었다.

그 뒤로 영랑이 음악회나 딴 볼일로 상경할 때에 몇 차례 만나게 되면서 그들의 사이는 더욱 가까워졌다. 미당보다 10여년 위인 영랑은 미당을 부를 때 아우 부르듯이 하였고, 미당도 영랑을 육친의 형처럼 대하게 되었다. 그러나 영랑은 수줍음이 많고 소박한 촌색시 같은 성격이어서 남과 대할 때는 언제나 얼굴이 붉그레해지는 것이 인상적이었다.

이렇게 가까워진 영랑과 미당의 관계는 영랑이 사망하기까지 이어졌고, 영랑은 미당에게 그의 시집을 편집해 줄 것을 부탁하기도 하였다.

> 그는 좋아라고 자기 시선詩選도 내고, 대한독립운동도 하겠다하며 "내 시선은 자네가 봐서 고르고 발문도 좀 붙여라"했다.

영랑의 부탁을 받고 미당은 『영랑시선』을 편집하여 출간하게 된다. 미당은 이 시집의 <발사跋詞>에서 "내 이제 여기 한 후배로서 이 시선집의 발문을 초草함에 선생과 함께 못내 애석해 견딜 수 없는 것은 정지용과 박용철의 일이다. 두 분이 다 영랑시선의 발문을 써야할 적임자들인데, 한 분은 영랑의 첫 시집을 꾸며놓고 이내 유명을 달리했고, 또 한 분은 그 행방을 찾을 수 없게 된 것이 너무나 애석하고 통탄할 일이라"고 하고 있다. 여기서 "지용에 대한 이야기로 8·15해방 이후 서로 뜻을 달리했다"고 한 것으로 보아 1949년 11월 중앙문화사에서 출간된 『영랑시선』의 <발사跋辭>는 아니다. 후에 정음사에서 출간될 때에 새로 쓴 발사로 보인다. 이것은 지용이 6·25사변 이전에는 서울에 살고 있었던 것으로 미루어 그렇게 생각된다. 영랑과 미당과의 관계는 동향인으로서 뿐만 아니라, 형제간의 우의友誼로 아주 긴밀했던 것으로 보인다.

4) 9.28 서울수복─날아든 유탄의 파편으로 사망하다

영랑이 출판국장으로 재직하고 있었던 1950년 정월의 일이었다. 이 해는 6·25 전란을 눈앞에 둔 민족적으로나 영랑 개인으로나 악운의 한 해라 하지 않을 수 없다.

국방부의 의뢰를 받아 전국 문화단체 총연합에서 육·해·공군의 군가를 짓게 되었다. 그것을 위한 회합이 충무로의 어느 요정에서 있었다. 참석자는 정훈국의 담당관과 문총 대표로서 영랑과 대통령 비서관으로 김광섭 및 박목월 등이었다.

그 회합의 술좌석에서 화제가 한글 맞춤법 폐지론으로 기울게 되자 김광섭이 이대통령의 주장을 지지하고 나섰다. 이에 대하여 영랑은 반대의 입장에서 격론을 펼치기도 했다.

김광섭이 "'없다'라는 말이나 '직업'의 '업'이라는 말은 똑같이 '업'이라고 말을 하는데, '없다'는 비읍·시옷의 받침을 하고 '직업'의 '업'은 비읍 받침만 할 이유는 뭐냐? 불합리 하잖느냐."라고 하자, 영랑은 얼굴이 벌겋게 달아오르더니 갑자기 술상을 뒤엎고는 "이유는 무슨 이유? 무조건 반대다"하고 소리를 질렀다고 박목월은 그 당시를 회고하고 있다. 그야말로 우리는 여기서 순수하고 순정적인 영랑의 일면을 엿볼 수도 있다.

6·25전쟁은 영랑에게 운명적이고 역사적인 대사건이 아닐 수 없다. 그 당시 공보처 동료의 연락으로 미리 피신할 것을 알고 있었지만, 동승할 차를 기다리다 잘못되어 서울에 남게 되었다. 그리하여 동향인 김형식과 임성빈의 집을 번갈아 드나들면서 몸을 피하다가 UN군과 국군의 서울 탈환전을 맞게 된 것이다. 피아彼我, 곧 공산군과 국군간의 치열한 공방전이 펼쳐진 9월 27일, 갑자기 날아든 파편으로 복부에 중상을 입고 병원조차 갈 수 없어 집에서 치료를 받다가 사망한 것이다.

그의 묘소는 한남동 넘어가는 길목인 남산 기슭 장충단 공원 근처에 임시로 마련할 수밖에 없었다. 전쟁의 혼란으로 가족들이 끄는 손수레에 실려가 묻혔다고 한다. 그 뒤에 휴전협정이 성립되어 정부기관과 각급학교가 서울로 돌아오면서 사회질서가 안정되기 시작한 1954년 망우리 공동묘지로 이장하게 된다. 공초(空超:吳相淳)·월탄(月灘: 박종화)·소천(宵泉:李軒求)·이산(怡山: 金珖燮) 등의 주선으로 이장되었다가, 1990년 또 다시 경기도 용인 천주교공원묘지에 묻혀있는 그의 부인 곁으로 옮겨졌다.

> 영랑 선생, 선생의 후배 서정주는 삼가 여기 엎드리어 곡哭하옵니다. 후생이 유죄함을 굽어 살피옵시오. 이 통곡과 이 호흡 여기 있음이 오히려 민망하옵니다.
> 선생님, 이 민족과 이 국토를 어찌하고 가시었습니까. 저 호남 강진 해변의 춘창椿蒼한 대밭, 남은 유가족, 벗들과 후배 다 어찌하고 가시었습니까……선생님, 이 겨레를 대표하는 한 개의 민족정서의 이름으로서 불리어지던 당신을 이렇게 보내드리기는 너무도 절통하옵니다. 앞으로 오랜 세월을 두고두고 그 훈향薰香을 맡아야 할 당신을 환장한 동

족반도배의 난리 속에 보내드리다니!

명심 하오리다, 영랑 선생. 뒷일은 우리들에게 맡기시고 거기 당신이
이미 이승에서 마련하신 청명 속에 계시옵소서. 길이 끊이지 않고 받
혀질 당신의 후생들의 배례拜禮와 그 꽃다발을 받으시옵소서.3)

영랑이 떠나고 3개월이 되어 미당이 바친 <곡哭 영랑선생>에서 인용한
것이다. 영랑의 인생 행려行旅는 이렇게 막을 내리고 말았다. 그의 시 대부분
이 고향 강진을 배경으로 하고 있다. 그것은 그가 생애의 대부분을 고향에서
보냈고 고향을 너무나 사랑했기 때문이다. 서울 생활 2년간은 그의 새 출발
을 위한 준비기간에 지나지 않았으나, 그것은 새 삶을 계획하고 실현하기에
는 너무나도 짧은 기간이었다.

대숲과 모란으로 둘러싸인 탑골 고가에서 바라보는 다도해 연안, 영랑은
그곳에서 태어나 자랐고, 또 생애의 대부분을 거기에서 보내면서 시를 쓴 것
이다. 영랑이 살아서 고향을 떠났고 죽어서도 돌아가지 못하고 낯선 땅에 묻
혀있지만 그가 남긴 많은 시편들에서 고향의 아름다운 풍광과 따스한 인정
을 흠씬 느끼게 된다. 섬들이 오리 새끼들처럼 잠방거리고 물새들이 한가로
이 날고 있는 파란 물결 속에 영랑의 시는 남도의 가락과 어울려 카랑카랑한
목소리로 파문짓고 있다.

6·25전쟁이 일어나기 직전 영랑은 고향 친구 차부진을 만났다. 그들은 영
랑이 서울로 이사하고는 처음으로 만난 것이다. 차부진이 볼일이 있어 서울
에 온 김에 만나보고 싶어 연락한 것이다. 그들은 반가이 만나 며칠을 함께
지나고 전쟁이 나기 전날 밤에 헤어졌다. 그 때에 영랑은 차부진에게 고향으
로 다시 돌아가고 싶다는 말을 몇 번이고 했다는 것이다.

만약 그때 영랑이 차부진과 함께 고향으로 다시 돌아갔다면 어떠했을까?

---

3) 서정주, 「곡 영랑선생」(≪문예≫ 2권 11호, 1950.12), 71면.

생각해 보면, 사람의 운명이란 한 치 앞도 못 보고 모르는 것이다. 아무튼 영랑은 그렇게 가고 싶은 고향을 죽어서도 돌아가지 못하고 고향과는 너무나 멀리 떨어져 있는 낯선 땅에 반세기 넘게 부인과 함께 쓸쓸하게 묻혀있는 것이다.

٦. 영랑 사후의 일들―생가의 복원과 문학상의 제정

사후의 기념사업을 영랑만큼 활발하게 펼쳐진 시인도 그리 흔치 않을 것이다. 그것도 그의 고향 사람들이 중심이 되어, 그 어느 지방보다 앞서 각종 기념사업을 펼친 것이다. 이것은 고향 사람들이 그만큼 영랑을 사랑하고 있다는 반증이기도 하다. 6·25전쟁의 상흔傷痕이 거의 아물어가던 1970년도에 광주광역시 광주공원에 용아 박용철과 함께 세워진 시비를 필두로, 1975년 고향인 강진청년회의소 창립 2주년 기념사업으로 군립도서관 안에 시비를 세우는 등 각종 기념행사가 계속 이어졌다. 동상의 건립과 생가의 복원사업, 그리고 문학상의 제정을 포함하여 갖가지 기념행사가 열리면서 많은 사람들이 찾아온다고 한다.

요즈음 많은 부모들이 어린 자녀들과 함께 찾는가 하면, 각 급 학교에서 단체로 찾아와 생가의 앞뜰에 조성된 각종 기념물을 둘러보고 간다고 한다. 정말 바람직한 현상이 아닐 수 없다. 생가의 뜰에 활짝 피어있는 모란꽃을 보면서 <모란이 피기까지는>을 제작할 당시의 영랑의 모습을 떠올리거나, 돌담길을 걸으면서 돌담과 봄 햇살이 만나 소색이는 은밀한 대화를 듣는 것도 어린이나 청소년들의 정서교육에 커다란 보탬이 될 것으로 생각된다.

1) 용인 천주교공원묘지 — 아직도 고향에 돌아가지 못하다

영랑의 사후, 그 가족과 문단의 친구들이 첫 번째로 한 사업은 그의 유해를 망우리 공동묘지로 이장하는 일이었다. 그것은 1954년의 일로 그와 함께 문단에서 활동했던 이하윤·이헌구·김광섭 등이 가족과 함께 남산 기슭에 임시로 묻혀 있었던 영랑의 유해를 망우리 공동묘지로 옮긴 것이다.

여기서 '임시로'라고 한 것은, 그가 전란 중에 불의의 참화로 사망했기 때문에 장례도 제대로 치르지 못했을 뿐만 아니라, 전란 중이라서 장지도 마련할 수조차 없었던 까닭이다. 그래서 그때 미처 피란하지 못하고 서울에 남아 있었던 몇몇 친구들의 도움을 받아 남산 기슭에 임시로 그의 묘소를 마련할 수 있었다는 것이다. 그러나 휴전협정이 맺어지고 부산에 이전되었던 정부 청사를 비롯한 각종 공공기관들이 서울로 옮겨오고 치안이 차츰 안정되면서 그의 유해遺骸는 망우리 공동묘지로 이장하게 되었다고 한다.

그러나 그의 유해는 망우리 공동묘지도 영원한 안식처는 못 되었다. 1989년 그의 부인 김귀련 여사가 사망하자, 그의 가족들은 그들의 신앙을 따라 용인 천주교 공원묘지에 장지를 마련하게 되었다. 그리고 바로 이듬해에 영랑의 유해도 망우리 공동묘지에서 그 부인의 곁으로 옮기게 되었다.

그렇다면, 영랑은 언제쯤 그가 그렇게 그리던 고향으로 돌아갈 수 있을까? 그의 아버지와 어머니는 물론, 그 위로 선조들의 무덤들도 모두 고향 강진의 선영에 있을 것으로 생각되는데, 지금은 그것들을 어느 누가 돌보고 있는 것일까?

이제 영랑의 자녀들도 거의가 세상을 떠났다고 한다. 4남 현철炫澈과 막내딸 애란愛蘭만이 생존해 있다는 것이다. 그런데 아들 현철은 미국에 이민해서 살고 있고, 막내딸 애란만이 서울에 살고 있다는 것이다. 그렇다면, 영랑의 내외가 고향에 돌아간다는 것은 영원히 불가능한 것일까? 혹여 고향 사람들이 또다시 그의 이장을 기념사업으로 펼칠는지도 모를 일이다.

2) 영랑의 거리—동상의 건립과 많은 시비들

1979년 11월, 김유홍을 비롯한 강진읍 유지들이 결성한 '김영랑동상 건립 추진위원회'가 주재하여 영랑의 동상을 강진읍 동문 입구의 광장에 건립하고 그 거리를 '영랑거리'라 칭명하고 있다. 그리하여 강진을 찾는 사람들로 하여 금 모란꽃의 시인 영랑을 환기시켜 따스한 시정詩情을 북돋아 주기도 한다.

이러한 현상은 오늘날 전국적인 것 같기도 하다. 만해萬海 한용운의 고향 홍성(洪城: 충남)을 찾아가면 '만해의 거리'는 물론, 만해공원까지 조성되어 있 다. 그리고 영랑과 같은 시문학동인의 한 사람인 <향수>의 시인 정지용의 고향 옥천(沃川:충북)에도 지용의 문학관뿐만 아니라, '지용의 거리'를 조성하 여 많은 관광객들을 맞이하고 있다. 이밖에도 육사(陸史: 이원록)나 노작(露雀: 홍사용)의 고향 안동(安東: 경북)이나 화성(華城: 경기)에서도 마찬가지로 대대적 인 기념사업을 펼쳐 주민들의 문학체험의 장과 휴식처로 활용하고 있다.

시비의 경우만 해도 그렇다. 처음에는 전국적으로 몇 군데 조성되지 않아 서 희소성이 있었다. 말하자면, 1948년에 대구 달성공원에 상화의 시비가 건 립되었는데, 아마 이것이 우리의 근대 시인으로서는 최초의 것으로 생각된 다. 그러다가 산업화시대로 접어들면서 하나둘 늘어나더니, 지방자치 시대 로 접어들면서 각 지방마다 앞 다투어 시비를 걸립하여 지금은 가는 곳마다 시비들이 넘쳐나고 있다.

영랑의 경우도 마찬가지로 1970년 광주광역시에 용아 박용철과 함께 세 워진 시비와 1975년 강진천년회의소 창립 2주년을 맞아 그 기념사업으로 군 립도서관에 시비를 건립할 때만 해도 희소성이 있었다. 그런데 영랑생가의 복원과 함께 많은 시비들이 즐비하게 세워진 것이다. 비면에도 처음에는 영랑의 대표작이라 할 수 있는 <모란이 피기까지는>만이 새겨지다가, 그의 생가가 복원되면서 아주 다양해졌다. 돌담길에는 <돌담에 소색이는 햇발>과 우물가에는 <마당 앞 맑은 새암>을, 고가古家의 툇마루에는 <사개틀린 고풍의 툇마루에>를, 그리고 이외에도 <오─매 단풍 들겠네>와 <동백잎에 빛나는 마음>을 새겨 복원된 고가 안과 주변에 배치하고 있는 것이다.

3) 생가의 복원─많이 찾아오는 방문객들

영랑 문학 강연회가 처음으로 열린 것은 1983년 5월의 일이다. 강진읍 문인들의 동인지 '모란촌'의 10주년 기념행사로 '모란촌' 동인들과 전남 문협이 공동으로 주재하여 영랑문학 강연회가 강진극장에서 열렸다. 이것은 영랑의 문학에 대한 고향 사람들의 관심도는 물론, 향토 시인에 대한 뜨거운 사랑의 열기를 보여준다.

이 지방 사람들의 영랑과 그 문학에 대한 뜨거운 관심도는 마침내 영랑이 태어난 생가의 복원사업으로 이어진다. 1985년 임두일과 차부진을 비롯한 강진읍의 유지들이 '김영랑 생가 보존 및 복원 추진위원협의회'를 결성하여 전남도청에서 지원하는 도비와 군비로 영랑의 생가를 매입하게 된 것이다.

8·15해방이 되고 3년이 지난 1948년 9월, 영랑은 그가 대대로 살아온 고향의 전답과 주택을 정리하고 서울로 올라왔다. 영랑이 그가 대대로 살아온 집을 정리할 때 그의 심정이 어떠했을까? 사실 먼 조상 적부터 대대로 이어 살아온 집과 전답을 남에게 넘기고 고향을 떠나온다는 것이 그리 쉽지는 않았을 것이다.

하기야 그가 제헌국회의원 선거에서 패배했을 때, 고향사람들에 대한 배신감 같은 것이 전혀 없었다고 할 수만은 없었을 것이다. 그렇다고 영랑 자신이 태어나서 오래도록 살던 집을 팔고 서울로 옮겨왔다는 것은 대단한 결단이 아닐 수 없다. 그 많은 전답과 집을 팔면서도 주저하지 않았다면 오히려 이상한 것이 아닐까? 막상 고향을 떠나 멀리 낯선 땅에다 새 둥지를 튼다는 것이 그리 쉬운 일이겠는가? 그러나 영랑은 그 엄청난 일을 서슴없이 감행한 것이다. 그 당시 영랑의 입장에서는 대단한 결단력이 없이는 불가능한 것이기도 하다.

영랑이 이렇게 고향을 떠나왔고, 그것이 채 2년이 못 되어 비극적인 동족상쟁이 발발한 것이다. 아마도 영랑은 이때 그가 고향을 떠나온 것을 무척 후회했을 것이다. 막상 전쟁으로 서울 한 복판에 갇히게 되자, 그의 많은 가족들을 이끌고 갈 곳도 없었다. 그저 울안에 갇힌 것처럼 막막하기 이를 데 없었다. 그는 고향을 떠나온 것을 무척 후회하고 또 후회했는지도 모른다.

이렇게 영랑 생가 매입의 일이 마무리 되자, 그 복원작업은 급물살을 타게 된다. 1988년 5월, 제16회 강진군민의 날에 금릉문화제 행사의 일환으로 복원된 영랑 생가에 그의 대표작 <모란이 피기까지는>을 각자한 시비를 건립한다. 이후로 기회가 주어질 때마다 복원된 영랑 생가에 새로운 시비가 세워지고, 영랑의 초상화를 그리고 조소彫塑하여 적소에 알맞게 배열하여 거의 완성된 오늘의 모습으로 바뀌어온 것이다.

4) 문학상의 제정―유작들의 정리와 또 다른 일들

그 동안 영랑의 유작 정리 작업은 계속 이어져 왔다. 그러나 그때마다 작품들이 새로 발굴되어 보완작업이 이루어진 것이 아니다. 1935년에 시문학사에서 출간된 『영랑시집』 초판본과 1949년 중앙문화사에 출간된 『영랑시선』에 수록된 70여 편의 한계를 벗어나지 못한 채로 여러 출판사에서 시집을 출간했지만, 새로 발굴된 작품들은 거의 없었다.

영랑의 유작이 총 정리되기 위해서는 1981년 문학세계사에서 영랑의 평전과 함께 필자가 펴낸 『모란이 피기까지는』을 기다려야만 했다. 이 책에는 영랑이 살았을 때에 신문이나 잡지에 발표되었으나, 그때까지 정리하지 못했던 시 10여 편과 산문으로서 수필과 평론 및 기타 잡문까지 많은 유작들이 새롭게 정리되어 오늘에 이르게 된 것이다. 이후로 30년이 넘은 세월이 흘러갔으나 영랑의 새로 발굴되어 보충된 시와 산문은 거의 없었던 것으로 보아 이 책에서 영랑의 작품들이 대부분 수렴된 것으로 생각된다.

그리고 1996년 6월에 그의 생가에 한국 현대문학 사적표지 제막식이 있었는가 하면, 바로 이어서 동년 7월에 월간 '순수문학사'가 주관하여 영랑문학상을 제정하여 제1회 문학상을 시상한 이래 오늘날까지 이어지고 있다. 그리고 해마다 연례행사로 갖가지 기념 음악회나 공연 및 백일장과도 같은 문화행사가 펼쳐지고 있다.

모란이 피는 5월이 되면, 많은 사람들이 복원된 영랑의 생가를 찾아온다고 한다. 이것은 우리의 관광문화가 그만큼 바람직한 방향으로 바뀌어 가고 있다는 반증이기도 하다. 유서 깊은 사적지나, 커다란 족적을 남긴 예술가나 사상가, 그리고 기타 위인들의 삶을 되돌아보면서 해이해진 마음을 가다듬으면서 사는 것도 보람된 일이 아닐까 한다.

누구나 다 같은 세상을 살고 가지만, 위인들이 남긴 발자취는 영원히 지워지지 않고 뚜렷하다. 이에 반하여 대부분의 사람들은 그들이 떠나가자마자 곧바로 지워지게 마련이다. 이것은 그만큼 위인들은 각고한 노력으로 자신의 삶을 갈고 다듬었기 때문이다. 자신의 삶에 대한 냉혹한 성찰이 없이 남겨진 발자취는 곧바로 지워지고 마는 것이다.

영랑의 경우도 마찬가지다. 그의 타고난 재능도 뛰어났지만, 자신의 삶에 대한 각고한 성찰이 없이는 이렇게 고향 사람들로부터 사랑을 받지 못할 것이다. 자아와 세계와의 사이에서 끊임없이 대립하고 갈등하면서도 그의 뜰에 활짝 핀 모란꽃과의 일체화를 통해서 느껴지는 봄의 정감이 오늘날 우리들에게 커다란 감동을 주고 있다. 뿐만 아니라, 우리는 영랑의 이 시를 통해서 흐트러진 마음을 한껏 순화하고 가다듬게 되는 것이다.

5) 시문학기념관의 건립ㅡ시집 및 각종 희귀도서와 영상물들

영랑 사후의 일로 그에 대한 기념사업은 광주광역시 광주공원의 '시인동산'에 용아 박용철과 함께 세운 시비(1970)와 강진청년회의소에서 주관하여 군립도서관에 건립된 시비(1975), 그리고 강진읍 동문 입구에 건립된 영랑의 동상(1979)에서 비롯되어 1980년대와 1990년대에도 지속적으로 이어져 온 것이다.

이러한 영랑의 기념사업 가운데서 중요한 것은 1986년 영랑의 생가가 전라남도 기념물 제 89호로 지정되고, 그 뒤로 2007년도에 국가지정 문화재 중요민속자료 제252호로 지정되어 군비와 도비, 그리고 국비의 지원을 받아 생가복원 사업과 시문학기념관의 건립이 추진되면서 본격화된 것이라 할 수 있다. 그래서 생가의 복원사업이 일차로 이루어진 것은 1990년대 말경이었고, 이후로도 생가의 복원사업은 계속 이어져 오늘날에 이르게 된 것이다.

영랑의 기념사업에서 무엇보다도 중요한 것은 2012년도에 개관된 시문학기념관을 들지 않을 수 없다. 이것은 이제까지 이루어진 종합적인 영랑의 기념사업이라 하지 않을 수 없다. 이 기념사업은 국가지정 문화재 중요민속자료로 지정되면서 국비의 지원으로 추진된 것으로 기념관의 건립과 함께 그 안에 전시된 시문학자료들의 갖가지 영상물을 비롯하여 부대시설로 20세기 시문학도서관·북 카페·세미나실을 두고 그곳을 찾는 많은 내방객들을 맞이하고 있다.

복원된 생가의 뜰에는 몇 개의 시비들이 적소適所에 세워져 그곳을 찾는 내방객들에게 무언의 해설을 하고 있다. <모란이 피기까지는>·<동백잎에 빛나는 마음>·<오매 단풍들겄네>·<돌담에 소색이는 햇발>·<마당 앞 맑

은 새암>·<사개틀린 고풍의 툇마루에> 등의 전문이 새겨진 시비들이 그것 들인 셈이다. 뿐만 아니라 고목으로 무성하고 우람한 은행나무를 비롯하여 곳곳에 심겨진 모란과 동백나무 집 뒤로 울창한 대숲이 영랑의 환한 모습을 떠오르게 하기도 한다.

시문학기념관은 생가 복원사업 못지않게, 아니 그 이상으로 중요한 것인 지도 모른다. 사실 이것은 용아 박용철의 고향에서 해야만 할 사업인데, 영 랑의 고향에서 선점한 셈이 된다. 1930년 3월에 창간된 ≪시문학≫은 용아 가 주관하여 사재私財로 시문학사를 개설하여 출간했고, 그 이후로도 ≪문예 월간≫ 및 ≪문학≫지를 출간하여 우리 근대문학사에 기여했기 때문이다. 그래서 그런지는 몰라도 여기서도 '시문학관'으로 하지 않고 '시문학기념관' 으로 한 것인지도 모른다.

시문학기념관의 전시물에서 무엇보다도 중요한 것은 박용철·김영랑·정지 용·정인보·변영로·이하윤·신석정·김현구·허보 등 아홉 명의 시문학동인들의 대표작을 비롯한 시집과 산문집 및 기타 저술들이라 할 수 있다. 이것들로 미루어 이 기념관의 핵심은 시문학동인들의 활동상에 있는 것이다. 하기야 시문학기념관이 그 어디에 위치한다고 한들, 그것이 그리 중요한 것이 아니 다. 그것이 어디에 위치하건 간에 그 역할만 충실히 다하면 되는 것이다.

한국 근대시문학사를 영상화하고 그에 수반된 희귀자료들, 특히 현대 시 인들의 육필원고 및 시집이나 기타, 그리고 당시의 잡지들을 상당수 수집하 여 전시하고 있을 뿐만 아니라, 영랑을 기리는 각종 문화행사를 펼치고 있는 것이다. 영랑의 생가 일대와 그 가까이에 있는 가로를 '영랑 거리'라 칭명하 고 넓은 주차장을 조성하여 그곳을 찾는 많은 내방객들의 편의를 제공하고 있으니, 정말 바람직한 현상이라 하지 않을 수 없다.

우리들이 여행을 유흥遊興으로만 알고 있었던 때가 있었다. 그것이 지금은 적게나마 문화관광으로 차츰 바뀌어 가고 있다. 어린 자녀들과 함께 이런 문화 유적지나 시설물들을 찾아 자녀들의 교육을 위해서 여행하고 있는 것이 옛날과는 사뭇 다른 점이라 할 수 있다. 그래서 그런지 영랑의 생가의 내방객도 근래에 급증하고 있다고 당국자는 말하고 있다.

영랑의 이런 일련의 기념사업들이 오랜 세월을 두고 추진되어 왔다는 것도 잘 알려진 사실이다. 여기에 영랑과는 같은 고향의 초등학교 동창으로서 막역한 친구 사이기도 한 차부진車富鎭의 집념과도 같은 열성을 놓칠 수 없다. 필자가 30여 년 전에 영랑의 고향을 처음으로 찾았을 때, 그는 영랑의 기념사업을 기획하고 있었다. 그곳 청년회의 젊은이들을 독려하여 시비를 세웠다고 하면서 영랑의 기념사업을 하겠다는 결의를 다지기도 하였다. 차부진의 친구에 대한 이런 뜨거운 우정과 집념이 오늘날과도 같은 영랑의 기념사업이 이루어진 계기가 되었는지도 모른다.

제2부

정감적 구경과 자아의 사회적 확대

—시작세계의 통시적 고찰

정감적 구경과 자아의 사회적 확대

―시작세계의 통시적 고찰

1. 서 론

영랑 김윤식은 1930년 3월에 창간된 시문학동인의 한 사람으로 시단에
처음으로 등장한 시인이다. 세속의 명리名利를 탐하여 몸을 더럽히기보다는
은둔하여 대숲에 둘러싸이고 바다로 향한 향제鄕第의 뜰에 곱게 피는 모란을
어루만지면서 시심詩心을 가꾸는 것이 그에게는 훨씬 떳떳한 길이며, 그가
처한 시대적 상황이었는지 모른다.

모란이 피기까지 줄기차게 기다리던 '봄'의 상징적 의미가 그 무엇이었던
간에 영랑은 다분히 혁명가적 기질의 일면도 있었다는 것이다. 17세의 어린
나이로 맞이한 기미독립운동의 대열에 흔연히 가담했다가 옥고를 치른 일하

며, 일본 청산학원青山學院 유학 당시 혁명가 박열朴烈과 함께 같은 하숙에 기거하면서 의기가 투합하여 망국민의 비애를 나누던 일, 그리고 일제 말기의 단말마적 억압 속에서도 끝내 창씨개명創氏改名을 거부하고 신사참배를 한 번도 하지 않았던 곧은 지절은 그 시대 누구나 할 수 있었던 쉬운 처신만은 아닐 것이다.

그러나 영랑은 이러한 전력前歷과 지사적 기질을 가졌음에도 그의 초기 시에서는 전대의 시인이나 작가와도 같이 사회나 현실을 직접적으로 고발하고 나서지는 않았다. 그의 맑고 아름다운 가락으로 나라를 빼앗긴 망국한을 정화淨化하여 인간 개아 속에 깃들인 비애와 절망을 순수한 정감으로 표출하고 있다.

영랑의 이러한 시적 특색을 용아龍兒 박용철朴龍喆은 「병자시단丙子詩壇의 일년성과一年成果」에서 말하기를,

> 그의 시에는 세계의 정치경제를 변혁하려는 유類의 야심은 추호도 없다. 그러나 "너 참 아름답다 거기 멈춰라"고 부르짖은 한 순간을 표현하기 위하여, 그 감동을 언어로 변형시키기 위하여 그는 사신적捨身的 노력을 한다. 그는 우리의 심경을 변혁시키려는 야심이 있는 것이다. 정밀한 언어는 이 겸손한 야심을 어느 정도까지 실현하고 있다. 이 헌소喧騷한 전대에서 이렇게 고요한 아름다운 서정의 소리에 기울이는 귀는 극히 소수일는지 모르나 시끄러운 포도鋪道 위에서 오히려 이니스프리의 물결소리에 귀를 기우릴 수 있는 사람은 영랑시집 가운데서 좁은 의미의 서정주의의 한 극치를 발견할 것이다.[1]

---

1) 박용철, 「丙子詩壇의 一年成果」(『박용철전집』 2권, 시문학사, 1940), 180면. 이 논문은 1936년 ≪동아일보≫에 발표되었던 것을 『박용철전집』 2권에 수록한 것이다.

라 하고 있다. 이와 같이 영랑은 '사신적捨身的 노력'을 기울여 어느 한 순간의 미적 감동을 포착하여 '서정주의의 극치'를 이룩해 놓은 것이다. 그러나 영랑은 같은 시문학동인이었던 박용철이나 정지용의 말과도 같이 그의 고귀한 결벽성 때문에 8·15해방 전까지만 해도 별로 논의의 대상이 되지 못했다. 다만 박용철의 앞에 든 「병자시단의 일년성과」에서 한 말과, 「신미시단辛未詩壇의 회고와 비판」에서 영랑의 사행소곡四行小曲에 대하여 '시미詩美와 서정의 극치'를 이룩하고 있다고 극찬하고 있는 것[2]을 위시하여 이원조李源朝는 "…비의욕적非意慾的이다. 영랑이 계속 이대로 나가게 되면 뮤즈까지 질투할 수도 있다. 따라서 그를 칭찬이나 공격할 필요도 없고 그냥 그대로 놓아 둘 수밖에 없다"[3]고 한다. 그리고 같은 시문학동인으로 쌍벽을 이루었던 정지용은 영랑의 시를 두고, 그것을 쓰게끔 한 영랑의 고향, 남방의 다도해연안의 따스한 자연풍광에 먼저 감사해야 한다고 한다. 말하자면, 한겨울에도 그리 춥지도 않고 오뉴월에도 바닷바람이 시원한 강진 골의 인정 넘치는 자연풍광 속에서 한사람의 걸출한 서정시인이 태어나지 않을 수가 없었다는 것이다.[4] 이들 가운데서 앞의 이원조의 말은 그 내용으로 미루어 시단의 월평

---

2) 박용철, 「신미시단의 회고와 비판」(『박용철전집』2권, 시문학사) 79면. 이 논문은 1931년 12월 7일자 ≪중앙일보≫에서 한 말로, 그것을 인용해 보면 다음과 같다.
  "영랑의 시를 만나시라거든 ≪시문학≫지를 들추십시오. 그의 사행소곡四行小曲은 천하일품이라고 나는 나의 좁은 문견聞見을 가지고 단언합니다. 미美란 우리의 가슴에 저릿저릿한 기쁨을 일으키는 것(A thing of beauty is a joy for ever)이라는 것이 미의 가장 협의적이요 적확한 정의라 하면 그의 시는 한 개의 표준으로 우리 앞에 설 것입니다. 그의 고귀한 결벽성이 ≪시문학≫ 이외의 무대에 얼굴을 나타내지 않는 것이 섭섭한 일입니다."
3) ≪조선일보≫ 1936년 5월 14일자에 발표된 논문에서 한 말이다.
4) 정지용의 「시와 감상」은 1938년 8~9월호 ≪여성≫지에 연재된 논문으로, 그것을 인용해보면 다음과 같다.
  "영랑 시를 논의할 때 그의 주위인 남방 다도해변의 자연과 기후에 감사치 않을 수 없으니, 물이면 거세지 않고 산이면 험하지 않고 해가 밝고 하늘이 맑고 땅이 기름져 겨울에도 장미가 피고 양지쪽으로 옮겨 심은 배추가 통이 앉고 젊은 사람은 솜바지가 옷옷하야 입기를 싫어하는가 하면 해양기류 관계로 여름에 바람이 시원하야 덥지 않은 이상적 남국풍토에, 첫 오월에도 붉은 동백꽃 같은 일대의 서정시인 영랑이 하나 남직한 것도 자못 자연만 일이로라."(≪여성≫ 9월호 72면.)

에서 한 것이고, 뒤의 정지용의 말은 '영랑과 그의 시'를 부제로 한 「시와 감상」에서 한 말로, 영랑의 시 전반을 대상으로 하여 집중적으로 살핀 것이다.

영랑의 시작 전반에 걸친 분석과 평가가 본격적으로 이루어져 그의 시사적 위상을 확립하고자 하는 시도는 해방 이후의 일이다. 서정주의 「영랑의 서정시」(≪문예≫ 2권 3호)에서 비롯되어 영랑 시의 자료 정리는 물론, 그의 시작에 대한 분석평가도 활발히 전개되어 왔다. 그 대표적인 것은 정태용의 「김영랑론」·김상일의 「김영랑 또는 비굴의 형이상학」·정한모의 「조밀한 서정의 탄주」·송영목의 「한국시 분석의 가능성」(특히 김영랑 시 분석을 중심으로)·김남석의 「목단에 꽃핀 원색의 비애」·김해성의 「김영랑론」 등과, ≪문학사상≫ 24호에 기획된 「한국현대문학의 재정리」(김영랑편) 이후에도 영랑의 문학에 대한 분석평가가 계속 이어지고 있는 것이다.

오늘날 영랑의 고향 마을에는 복원된 생가 그 주변에 각종 기념물이 새로 조성되어 갖가지 기념행사가 펼쳐지고 있다. 그래서 그곳을 찾는 많은 사람들로 하여금 정감 넘쳐나는 영랑의 서정시를 음미하고 그의 업적을 기리기도 한다는 것이다.

오늘날 영랑의 문학을 연구하는 사람들은 대부분 영랑 시의 운율이나 시어법과 같은 형태적인 면에 집중되어져 있거나, 아니면 몇몇 작품으로 한정한 부분적인 논의에 그쳐져 있음을 볼 수가 있다. 따라서 본고에서는 이러한 형태적인 면이나, 몇몇 작품으로 한정한 분석을 지양하고 영랑의 시 전반을 대상으로 시적 주제의식의 변모과정을 통시적 차원에서 고찰하기로 한다.

ㄹ. 비애의 율조와 '촉기燭氣'의 시학

'촉기'란 무엇인가? 영랑이 일찍이 서정주와의 대화에서 그 나름대로 '촉기'의 본질을 규정하고 있다. 이것은 후일 서정주가 영랑을 회상하여 쓴 「영랑의 일」에 나타나 있는데, 특히 "이중선李中仙의 소리엔 '촉기燭氣'가 있어서 좋다"고 하고 있다.[5] 여기서 '촉기'는 "같은 슬픔을 노래 부르면서도 딱한 데 떨어뜨리지 않고 싱그러운 음색과 기름지고 생생한 기운"이라 하고 있다. 이러한 개념 규정이 어떤 객관성을 띤다고 하기보다는 영랑 나름대로의 독특한 해석으로 전라도지방에 유포되고 있는 '육자배기'를 위시한 우리의 전통적 민요 속에 면면히 흐르고 있는 정조를 이렇게 규정한 것이다.

> 이런 영랑의 말씀에 의하면, '촉기'라 하는 것은, 오랫동안의 우리 민족의 역경 살이 속에서 우리 시 정신들이 많이 지나치게 설움에 짓눌려 있었던 것들을 생각하고 반성해 볼 때, 역경 살이 속에서는 참으로 귀하고 힘센 보화라고 생각한다. 역경에 민족정서가 두루 이 '촉기'를 잃어버리고 만다면 어찌하는가? 누군가는 그래도 세게 있어서 이것을 유지하고 있어주어야 할 일 아닌가? 그렇게 생각할 때, 영랑의 이 '촉기'는 참으로 귀하고도 장사의 노력의 결과라고 찬탄讚嘆 아니할 수가 없는 것이다.[6]

영랑이 말한 '촉기'에 대한 나름대로의 해석이다. 우리 민족이 지난 역사 속에 처해 있었던 온갖 역경 속에서도 굴하지 않고 민족정서 속에 맥맥이 이

---

5) 서정주의 「영랑의 일」에서 한 말로 인용해 보면 다음과 같다.
   "남창으론 임방울의 소리를 좋다하고 여창으론 이화중선과 그 아우 이중선의 소리를 좋다고 소개하면서, 특히 이중선의 소리엔 '촉기'가 있어 더 좋다고 했다. '촉기'라 하는 것은 무엇인가 물으니, 그것은 같은 슬픔을 노래 부르면서도 그 슬픔을 딱한 데 떨어뜨리지 않는 싱그러운 음색의 기름지고 생생한 기운을 말하는 것이라 했다."(《현대문학》 96호, 228면.)
6) 위의 논문, 229면.

어져온 '촉기'야말로 가장 소중한 '보화'가 아닐 수 없다. 이 '촉기'는 영랑 시의 특질을 이루는 것으로, 영랑의 초기 시에 흐르는 칠칠하고 눅진눅진한 정서는 전통적인 고대시가나 민요의 '원천적 정서'[7]에서 이어받은 것이다. 그는 이러한 원천적 정서를 바탕으로 음질의 선택은 물론, 음운音韻의 조화와 음상音相의 변화, 그리고 새로운 심상의 창조에 이르기까지 섬세하게 표출하고 있는 것이다.

≪시문학≫과 ≪문학≫ 양지에 발표된 시편들을 중심으로 엮은 『영랑시집』 초판본에 수록되어 있는 초기 시는 대체로 자연에 대한 깊은 애정과 순박한 인정풍속, 그리고 인생관에서도 강한 역정이나 회의가 없다. 순명順命을 따라 살고자 하면서도 무엇인가 맺힌 정한情恨으로 뭉클해지기도 한다. 영랑의 가슴속에는 언제나 눈물로 흥건히 젖어 흐르고 있다. 바로 이것이 그가 말하고 있는 '기름진 음색으로 생생한 기운'을 느끼게 하는 '촉기'라 할 수 있다.

1) '내 마음'과 시적 발상법의 문제

영랑의 시어를 분석하여 그 애용시어표의 통계숫자로 제시한 정한모의 「조밀한 서정의 탄주」와 송영목의 「한국시 분석의 가능성」에 나타난 것을 보면, '내'가 53회, '마음'이 52회, 그 외는 대개가 30회 미만으로 되어 있다. 그리고 '마음'과 관계되는 '나'가 25회, '마음'과 같은 '가슴'이나 '속'이 각각 21회, 15회 나타나 있다는 것이다.[8] 그러나 이러한 통계숫자는 1959년 이후, 그러니까 신구문화사나 박영사에서 간행된 『영랑시집』의 70편을 대상으로 하고 있기 때문에 본고에서 새로 추가되는 9~10편의 작품으로 다소간 유동성이 있을 것으로 생각된다.

---

7) 정한모, 「조밀한 서정의 탄주」(≪문학춘추≫ 1권 9호, 1964.12) 256면.
8) 이 통계수치는 정한모와 송영목이 제시한 것들 사이에 약간의 차이를 보이고 있다.

영랑의 초기 시는 거의 '내 마음'에서 발상하고 있다. 여기서 '내'나 '나'의 의미는 '마음'과의 상관선상에서 고려될 성질의 것이지, 결코 '그'와 '너' 그리고 '우리'와의 대립적인 입장에 서는 것은 아니다. 이것은 그의 시적 자아가 대타對他, 곧 사회적으로 확대되지 않고 '나(내)'와 '마음'과의 연관선상에 있음을 말한 것이라 할 수 있다.

> 내 마음의 어딘 듯 한편에 끝없는 강물이 흐르네.
> 도처 오르는 아침 날빛이 빤질한 은결을 돋우네.
> 가슴엔 듯 눈엔 듯 또 핏줄엔 듯
> 마음이 도란도란 숨어있는 곳
> 내 마음의 어딘 듯 한편에 끝없는 강물이 흐르네.
> ─<동백 잎에 빛나는 마음>의 전문

이 시는 1930년 3월에 출간된 ≪시문학≫ 창간호의 권두에 수록되어 있다. 영랑은 동지에 이 작품 이외에도 <어덕에 바로 누어>·<누이의 마음아 나를 보아라>·<제야除夜>·<쓸쓸한 뫼 앞에>·<원망> 등과 4행으로 된 단시 일곱 편(뵈지도 않은 입김의/ 님 두고 가는 길의/ 무너진 성터에/ 저녁 때 저녁 때/ 풀 위에 맺어지는/ 푸른 향물 흘러버린/ 좁은 길가에 무덤이)9)을 동시에 발표하고 있다. 따라서 <동백 잎에 빛나는 마음> 등 13편은 영랑이 처음으로 지상에 발표한 데뷔 작품들일 뿐만 아니라, 앞으로 전개될 영랑 시의 방향을 제시하고 있다.

<동백 잎에 빛나는 마음>은 후에 그 제목이 '끝없는 강물이 흐르네'로 바뀌게 되지만, 여기에 흐르는 칠칠하고 빛나는 불기운, 곧 '촉기燭氣'야말로 영랑에게 시정신의 가장 중요한 정감情感이라 하지 않을 수 없다.10) 애절하면

---

9) 이 시편들을 '사행소곡칠수四行小曲七首'란 제목으로 발표하고 있다. 이것들은 원래 제목 없이 발표된 것인데, 여기서는 편의상 각 작품의 첫 행 절을 따서 붙인 것이다.

서도 그리 슬프지 않는 정감과 한탄이 면면히 젖어 흐르고, '가슴'·'눈'·'핏줄' 할 것 없이 그 어느 곳에도 마음이 도란거리지 않는 곳이 없다. '내 마음'이나 '내 가슴' 가득히 홍건히 젖어 흐르는 강물, 이것은 바로 정감적 세계이며, 영랑 시의 서정성은 바로 '마음'에서 발상하고 있다고 할 수가 있다.

> 돌담에 속삭이는 햇발같이
> 풀 아래 웃음 짓는 샘물같이
> 내 마음 고요히 고운 봄길 위에
> 오늘 하루 하늘을 우러르고 싶다.
>
> 새악시 볼에 떠오는 부끄럼 같이
> 시의 가슴을 살포시 젖는 물결같이
> 보드레한 에메랄드 얇게 흐르는
> 실 비단 하늘을 바라보고 싶다.
>
> ─〈내 마음 고요히 고운 봄길 위에〉의 전문
>
> 내 마음을 아실 이
> 내 혼자 마음 날 같이 아실 이
> 그래도 어디나 계실 것이면
>
> 내 마음에 때때로 어리우는 티끌과
> 속임 없는 눈물의 간곡한 방울방울
> 푸른 밤 고이 맺는 이슬 같은 보람들
> 보밴 듯 감추었다 내어드리지.
>
> 아! 그립다
> 내 혼자마음 날 같이 아실 이
> 꿈에나 아득히 보이는가.

10) 서정주, 「영랑의 일」(≪현대문학≫ 96호), 29면.

향 맑은 옥돌에 불이 달아
사랑은 타기도 하오련만.
불빛에 연긴 듯 희미론 마음은
사랑도 모르리 내 혼자 마음은

　　　　　　　　－<내 마음 아실 이>의 전문

　이들 두 편의 시는 다같이 '마음'을 주제로 한 작품들로, 영랑의 초기 시에 속한다. <내 마음 고요히 고운 봄길 위에>는 ≪시문학≫ 2호에 발표된 것이나, 후에 이 시의 첫 행 절을 따서 '돌담에 소색이는 햇발'로 그 제목을 바꾸고 있다. 이것은 영랑이 처음부터 제목을 붙이지 않고 시를 발표했기 때문에 야기된 혼동이라 할 수 있다.

　아무튼 이 작품에 나타난 심상의 선명도는 물론, 그 율격조차도 곱게 다듬고 있다. '실 비단 하늘'을 우러르고 바라보는 것이 '눈(眼)'이 아니라, 그것을 우러르고 바라보고 싶은 '마음'이다. 외계의 사물을 감각적으로 투시하지 않고 그 근원적인 '마음'으로 끌어들이고 있다.

　하기야 이 세상의 모든 사물이 '마음' 아닌 것이 무엇이 또 있겠는가. 모든 사물의 형상성은 사람의 마음이 마들어낸 것이다. '사람', 곧 '내 마음'의 아니고서는 색상일체色相一切가 무화되게 마련이다. 말하자면, 불가시不可視의 보이지도 않는 마음이 없이는 우주宇宙, 곧 천지만물의 생성원리 자체도 공성空性으로 무화될 수밖에 없는 것이다.

　이 시에서 영랑이 말하는 '마음'은 머리의 지적 차원과는 다른 '가슴', 곧 심혼心魂의 경지를 이름이다. 그렇다고 일상적 삶의 희비애환喜悲哀歡의 정감적 차원을 넘어서, 종교적 발심의 경지로 자성自性의 청정한 허심의 경지는 더욱 아니다. 오관五官을 통해서 느껴지는 정감적 구경情感的 究竟의 경지로서 언제나 동적으로 율동하는 상태를 이름인 것이다.

<내 마음 아실 이>는 ≪시문학≫ 3호에 발표된 작품으로, '내 마음', 곧 '내 혼자 마음'을 알 사람은 어느 곳에도 없다. '마음에 어리우는 티끌'과 '속임 없는 눈물', 그리고 '이슬 같은 보람'을 내어드릴 사람은 있지도 않고, 있을 수도 없는 오직 '내 혼자 마음'밖에 없다는 것이다. 어느 한 대상에 대한 사랑, 그것이 '조국'이건, '민족' 그 어느 것이건 '불빛에 연긴 듯' 흐려지는 '내 혼자 마음'으로 영랑은 그것을 무척 안타까워하고 있다.

영랑의 시, 특히 초기 시의 대부분이 '내 마음'에서 발상하고 있다. 이에 대하여는 정한모와 송영목의 앞에 든 「조밀한 서정의 탄주」와 「한국시 분석의 가능성」에서 이미 분석 평가되고 있다.

> 하나로 요약한다면 '내 마음'의 세계라고 할 수 있다. 서정시가 개인적 정감을 표현 하는 데서 출발했고, 오늘날도 그 지점에서 크게 벗어나 있지 않은 만큼 영랑의 '내 마음'의 세계가 새삼스러운 것은 아니지만, 유독 영랑에게는 그와 같은 것이 짙게 새겨져 있다.……<중략>…… 이와 같이 '내 마음'의 세계의 정감적 구경을 예민한 촉수로 더듬어간 영랑은 필연적으로 가늘고 연한 호흡일 수밖에 없었다. 가늘고 고운 호흡은 또한 그의 시를 페미니떼 *feminite*일 수밖에 없게 한다.…… <중략>……반면 영랑은 '내 마음'의 세계 이외의 외계에 대해서는 거의 눈감았거나 맹목이었다. 말기의 시에서 자기세계의 확충을 위한 시동이 나타나기는 하였으나, 이렇다 할 결실도 얻지 못한 채 불행한 죽음이 왔던 것이다.[11]

다시 처음으로 돌아가서 영랑 시를 한마디로 요약할 수 있도록 해주는 것은 역시 '내'와 '마음'이 가져다주는 내적인 시세계를 형성하고 있다는 점이다. 영랑은 결국 다시 내부의 시의 세계(자아의 세계)에서 생활했을 뿐, 외부의 어떤 상황이나 외부의 세계와는 거의 문을 닫고 있었

---

11) 정한모, 「조밀한 서정의 彈奏」, ≪현대문학≫ 12권 2호, 261~262면.

던 셈이 된다. 사실 70편의 시에서 외부의 상황과 사회현상을 직시하
거나 투시한 모습은 거의 찾아볼 수가 없다.[12]

이 두 인용 내용은 서로 일치된 견해로, 영랑은 외계의 상황이나 사회현실
과는 거의 차단하고 '내(나)'와 '마음'의 내적인 세계에 머물면서 그 예리한
촉수로 정감적 구경을 더듬어 갔다는 것으로 요약할 수 있다. 이와 같이 영
랑의 초기 시에서 '내'와 '마음'의 빈도수는 양적으로 압도적 비율을 차지하
고 있다. 뿐만 아니라, 이들 '마음'이 표상하는 의미도 여러 가지 양태로 나타
나고 있다. '마음'이나 '마음'과 같은 뜻으로 쓰인 '가슴'은 물론, 이들이 '내'와
연결되어 '내 마음' 또는 '내 가슴'이 되어 있는가 하면, '흐르는 마음'·'서어한
가슴'·'접힌 마음'·'봄 마음'·'따르는 마음'·'회미한 마음'·'애끈한 마음'·'파리한
마음'·'붉은 마음'·'독한 마음'·'여린 마음'·'마음실'·'마음결' 등 이외에도 얼마
든지 있다. 그런데 이것들은 대체로 다음의 세 가지로 유형화할 수가 있다.

첫째는 '마음' 또는 '가슴'이 '내'와 직접 연결되어 '내 마음' 또는 '내 가슴'
으로 되어 있는 경우로, '내(나)'와 '마음' 또는 '가슴'을 직결시키고 있다.

내 가슴속에 가늘한 내움 (―<가늘한 내움>에서)
내 마음을 아실 이 (―<내 마음을 아실 이>에서)
내 혼자 마음 날같이 아실 이 (―<내 마음을 아실 이>에서)
내 마음에 때때로 어리우는 티끌과 (―<내 마음을 아실 이>에서)
내 마음 고요히 고흔 봄길 위에 (―<돌담에 소색이는 햇발>에서)
내 마음의 어딘 듯 한편에 끝없는 강물이 흐르네 (―<동백 잎에 빛나
는 마음>에서)
이 청명에 포근 추겨진 내 마음 (―<청명>에서)
한 낱의 내 가슴 아지랑이 낀다 (―<허리띠 매는 시악시>에서)

12) 송영목, 「한국시 분석의 가능성」, ≪문학춘추≫ 1권 9호, 115면.

내 마음 하루살이 나래로다 (一<푸른 향을 흘러버린>에서)
내 가슴에 독을 찬지 오래로다 (一<독毒을 차고>에서)
앞뒤로 덤비는 일 승냥이 바야흐로 내 마음을 노리며 (一<동상>에서)
내 가슴에 불덩이가 타오르는 때 (一<생각하면 부끄러운>에서)

　'내 마음'이나 '내 혼자 마음' 그리고 '내 가슴'이 그 문맥 속에서 나타내는
의미는 서로 다르지만. '내'와 '마음' 및 '가슴'을 직결시킨 것은 영랑의 의도적
설정이 아닐 수 없다. '네'나 '그'의 마음이 아니고, '내 마음'의 의식적 차원이
어느 한계라고 정확히 말할 수 없다. 그러나 그 '마음'은 심혼心魂 깊이 뻗치는
심층적 차원은 아니고 감성적 차원으로 '내 마음'과 '내 가슴'인 것이다.
　둘째는 '마음'이 '흐름'이나 '가는'과 관련되어 언제나 동적 율동의 상태로
있는 경우다. 이것은 영랑의 마음속에 흐르는 음악과도 같은 어떤 율동미를
이름이나, 그 율동은 언제나 '애끈한' 가락으로 파문 짓고 있다.

내 가슴속에 가늘한 내움 애끈히 떠도는 내움 (一<가늘한 내움>에서)
얼결에 여흰 봄 흐르는 마음 (一<가늘한 내움>에서)
이맘 홍건 안 젖었으리오마는 (一<오월 아침>에서)
꿈 밭에 봄 마음 가고가고 또 간다. (一<꿈 밭에 봄 마음>에서)
기척 없이 따르는 마음 (一<빛갈 환히>에서)
시의 가슴을 살포시 젖는 물결같이 (一<돌담에 소색이는 햇발>에서)
내 마음의 어딘 듯 한편에 끝없는 강물이 흐르네 (一<동백 잎에 빛나
는 마음>에서)
마음은 가라앉은 양금줄기 같이 (一<쓸쓸한 뫼 앞에>에서)
청명은 내 머릿속 가슴속을 젖어들어 (一<청명淸明>에서)
님 두시고 가는 길의 애끈한 마음이어 (一<님 두시고 가는 길의>에서)
떠나려가는 마음의 파름한 길을 (一<떠나려가는 마음의>에서)
먼一지난날의 놓인 마음 (一<땅거미>에서)

영랑은 '마음'을 시간적 차원에다 설정하고 있다. '마음'이 '떠도는'·'흐르는'·'가고가고'·'따르는'·'젖는'·'가는'·'떠나려가는' 등과 연계되어 영탄적인 흐느낌이나 감상성이 표출되어 있지만, '마음'을 동적 율동의 상태로까지 이끌어 그 정서를 흥건히 젖어 흐르게 하고 있다. 흥건히 젖어 흐르는 마음, 이것이 영랑시의 서정적 기조를 형성하고 있다. 여기서 '마음'은 갖가지 모양과 표정을 하고 움직이고 있는 것이다.

셋째는 '마음' 앞에 색채어나 관형어가 아니면 접미어를 구사하여 '마음'을 형상화하고 있는 경우다. 무형의 '마음'을 여러 양태로 보이게끔 시각화하고 있다.

> 내가 잃은 마음의 <u>그림자</u> (―＜가늘한 내음＞에서)
> 이슬한 하늘아래 <u>귀여운</u> 맘 즐거운 맘 (―＜어덕에 바로 누어＞에서)
> <u>접힌</u> 마음 구긴 생각 이제 다 어루만져졌나 보오 (―＜오월아침＞에서)
> 새벽두견이 <u>못잡는</u> 마음이야 (―＜오월아침＞에서)
> 불빛에 연긴 듯 <u>희미론</u> 마음은 (―＜내 마음을 아실 이＞에서)
> <u>마음씨냥</u> 꽁꽁 얼어버리네 (―＜내 흩진 노래＞에서)
> 샘물 정히 떠 붓는 <u>안쓰러운 마음결</u> (―＜제야除夜＞에서)
> 바다 없는 항구에 <u>사로잡힌</u> 마음들아 (―＜바다로 가자＞에서)
> 님 두시고 가는 길의 <u>애끈한</u> 마음이여 (―＜님 두시고 가는 길의＞에서)
> 허리띠 매는 시악시 <u>마음실</u> 같이 (―＜허리띠 매는 시악시＞에서)
> 오래 시들어 <u>파리한</u> 마음 마주 가고지워라 (―＜두견杜鵑＞에서)
> 비탄의 넋이 <u>붉은</u> 마음만 낱낱 시들피나니 (―＜두견杜鵑＞에서)

영랑은 '실'과 '결'의 접미어로 '마음'을 길게 잡아 늘여 섬세한 감각으로 선형화하고, '붉은'·'파리한'·'희미론'과 같은 색채어로 시각화하는가 하면, 또 한편으로는 '안쓰런'·'애끈한'·'접힌'·'귀여운' 등의 관형어를 구사하여 '마음'을 여러 가지 양태로 형상화하기도 한다. 바로 이것이 같은 시문학동인의 정지용의 회화적 기법과는 다른 시적 속성이 되기도 한다.

영랑은 시를 '마음' 속으로 이끌어 그 곱고 아름다운 율격으로 고르고 있다. '마음', 곧 자아의 내부세계에다 시적 발상법을 두고 있는 것이다. 외계와는 차단하고 오직 강물처럼 흥건히 젖어 흐르는 '마음'의 세계를 형상화하여 '정감적 구경'에 이르고 있다. 바로 이것이 영랑이 말하고 전통시가에 흐르고 있는 면면한 정조情調, 꺼질듯 하면서도 꺼지지 않는 '불기', 곧 '촉기'라 할 수 있다.

영랑의 말에 의하면, 우리가 대륙의 한 귀퉁이에 위치한 단일민족으로서 강인한 민족성을 지켜갈 수 있었던 것도 우리 민족 고유의 정서에 있다고 한다. 홍건히 젖어 흐르는 비애의 눈물 속에서도 좌절하지 않고 결국은 역경과 난관을 짚고 일어서는 끈질긴 민족정서에 있다. 이것은 우리의 고시가나 민요 등과 같은데서 당장이라도 꺼질 것만 같으면서도 끝내는 꺼지지 않는 끈질긴 우리 민족 고유의 정감적 속성에서 그것을 찾아볼 수가 있다는 것이다.

2) 비애悲哀의 율조와 정감적 구경

영랑의 시에서 '슬픔'이나 '눈물'이 수없이 반복되고 있다. 그러나 이들이 표상하는 비애의식은 전대의 시인들처럼 영탄詠嘆이나 감상에 기울지 않고 '마음'의 내부로 향하여 젖어들고 있다.

> 영랑의 시 4편 가운데 나오는 '눈물'·'서러움'·'애달픔'만 해도 이처럼 많다. 이에 대한 결론을 서두른다면 이와 같이 홍건한 '눈물'이 하나의 미학으로 연역演繹되었다는 사실이다. 다만 영탄詠嘆의 '눈물'이 아니고, 충분히 소재로서의 '눈물'로 다루고 있는 것이다. ……<중략>…… 이러한 시에서 보는 바와 같이 영랑은 '눈물'을 미학적 발광의 경지에까지 이끌어간 것이다.[13]
> '눈물'이 꽤 많은 빈도수頻度數를 나타내어 감상으로 이끈듯하나 '눈물'

---

13) 정한모, 앞의 「조밀한 서정의 彈奏」, 261면.

뒤에는 냉철한 지성이 도사리고 있다. 영랑의 시는 또한 지성의 힘이 시를 형성하는데 뒷받침을 해주고 있다는 점도 간과해서는 안 될 것이다. ……<중략>…… 이상의 시에서 나온 '눈물'은 외부로 나타나는 최루성의 것이 아니고 하나의 소재로서 사용되고 있다. 이 '눈물'이 밖으로 흐르지 않도록 하는 것은 역시 감정을 표현하는 보조수단인 이지理智, 곧 지성의 뒷받침이 작용하고 있기 때문이란 말이다. 영랑 시에서는 감정만의 노출은 거의 찾아 볼 수 없고, 감정의 도취로부터 조심성 있게 처리되어 있다.[14]

이 두 논의는 서로가 같은 견해로 영랑 시에 나타난 '눈물'은 외부로 흐르는 영탄의 눈물이 아니라, 하나의 소재로서 소화하고 있다. 뿐만 아니라, 이 '눈물'은 감성의 차원에 머물러 흐르는 것이 아니고, 그 뒤에 지성의 뒷받침이 작용하고 있다는 것이다. 사실 영랑의 초기시어로 '슬픔'·'애닮음'·'서러움'·'눈물' 등과 같은 용어의 빈도수와 이들이 표상하는 비애의식은 그의 풍부한 정감과 섬세한 가락에 의해서 순화되고, 눈물조차도 겉으로 흐르지 않고 마음속으로 흥건히 젖어들어 더욱 애상적이게 하고 있다. 이런 비애의 슬픔과 눈물은 가족의 죽음, 아니 영랑이 어려서 사별한 아내의 죽음도 그 한 몫을 차지하고 있는지도 모른다.

영랑은 어린 나이에 결혼했으나, 그 아내와는 얼마 살지 못하고 사별하게 된다. 비록 이들이 잠시 만났다가 헤어진 사이지만 영랑에게 아내는 너무나 곱고 사랑스러웠다. 그래서 그는 아내를 잃은 슬픈 마음을 이렇게 노래하고 있다.

쓸쓸한 뫼앞에 후젓이 앉으면
마음은 갈앉은 양금줄 같이

---

14) 송영목, 앞의 「한국시 분석의 가능성」, 116~117면.

무덤의 잔디에 얼글을 부비면
넋이는 향맑은 구슬손 같이
산골로 가노라 산골로 가노라
무덤이 그리워 산골로 가노라

―<쓸쓸한 뫼 앞에>의 전문

　　"영랑이 '죽음'이나 '무덤'을 알게 된 것은 아내를 잃은 뒤 그 '무덤' 앞에서였다. 아내에 대한 애정조차도 무덤 위 잔디 풀에서 느꼈는지도 모른다"고 한 정지용의 말과도 같이 영랑은 아내에 대한 애정조차 '무덤'을 통해서 느끼게 된다. 이것은 영랑이 결혼하여 애정도 싹트기 전에 아내와 사별했기 때문이다. 아내의 무덤을 통해서 인간의 '죽음'과 비애의 감정, 이를테면 푸른 하늘로 자취 없이 사라져간 아내의 뒷모습을 바라보는, 바로 여기서 영랑의 비애의식은 배태되기 시작한 것이다.

좁은 길가에 무덤이 하나
이슬에 젖이우며 밤을 새인다
나는 사라져 저별이 되오리
뫼앞에 누워서 희미한 별을

―<좁은 길가에 무덤이 하나>의 전문

어덕에 바로 누워
아슬한 푸른 하늘 뜻없이 바래다가
나는 잊었습네 눈물도는 노래를
그 하늘 아슬하야 너무도 아슬하야

이 몸이 서러운줄 어덕이야 아시련만
마음의 가는웃음 한째라도 없더라냐
아슬한 하날아래 귀여운맘 질기운맘

내눈은 감기였대 감기였대
―＜어덕에 바로 누워＞의 전문

못오실 님이 그리웁기로
흩어진 꽃님이 슬프랬던가
빈손지고 오신봄이 거저나 가시련만
흘러가는 눈물이면 님의 마음 젖으련만
―＜못오실 님이 그리웁기로＞의 전문

어덕에 누워 바다를 보면
빛나는 잔물결 헤일수 없지만
눈만 감으면 떠오는 얼굴
뵈올적마다 꼭 한분이구료.
―＜어덕에 누워 바다를 보면＞의 전문

　이들은 모두 ≪시문학≫지에 발표된 작품들로 한정해서 뽑은 것이다. 영랑의 초기 시로 아내를 잃은 상처가 가시기 전 고향의 주변을 배회하면서 제작된 것들이다. 아무도 지켜줄 사람조차 없는 무덤, 그 아래 누워서 희미한 별을 바라보는 '좁은 길가에 무덤이 하나'라든지, 언덕에 누워 아스라한 푸른 하늘 속에 '떠오는 얼굴'은 바로 '못 오실 님'으로, 그에 대한 비애의 눈물과 그리움을 노래한 ＜어덕에 바로 누어＞·＜못 오실 님이 그리웁기로＞·＜어덕에 누어 바다를 보면＞ 등은 모두 죽은 아내를 생각하고 쓴 것이다. 이렇게 '떠오는 얼굴', 곧 죽은 아내는 불행의 시신詩神으로 화하여 영랑 앞에 나타난다. 그러나 그것은 뮤즈와 같은 모습은 아니다. 한국적인 그것도 시골의 소박하고 티 없이 맑은 '색시'로 형상화되어 있다.

그 색시 서럽다 그 얼굴 그 동자가
가을 하늘가에 도는 바람슷긴 구름조각
해쓱하고 서느러워 어디로 떠갔느냐
그 색시 서럽다 옛날의 옛날의.
                    ―<그 색시 서럽다 그 얼굴 그 동자가>의 전문

　영랑의 초기 시에 나타난 '시악시'와 '색시'는 죽은 아내의 표상이기도 하다. 그러나 이러한 아내의 죽음과 그에 따른 슬픔이나 눈물, 또는 그리움은 모두 전통시가나 민요 속에 이어져 온 정조를 바탕으로 한 비애의식이며 감정이기도 하다.

　영랑의 시 전반에 나타난 비애의식을 김해성은 "'현대시' 중에서도 순수한 우리들의 내향적 슬픔과 정적 슬픔과 조화 속에 인생과 자연과 사회와 자아의 세계를 융합하고 조화시켜 작품화한 것"15)이라 하고, 그 '슬픔'의 속성을 유형화하여 '심화된 슬픔'·'애련한 슬픔'·'아픔의 슬픔' 등 세 가지로 구분하고 있다. 이런 유형화가 얼마만큼의 합리성을 가지게 되는지 모르지만, 아무튼 영랑의 '슬픔'이나 '눈물'의 의미는

눈물 속 빛나는 보람과 웃음 속 어둔 슬픔은
오직 가을 하늘에 떠오르는 구름
다만 후젓하고 줄데 없는 마음만 예나 이제나
외론 밤 바람슷긴 찬별을 보았습니다.
                    ―<눈물 속 빛나는 보람과>의 전문

눈물에 실려 가면 산길로 칠십 리
돌아보니 찬바람 무덤에 몰리네
서울이 천리로다 멀기도 하련만

15) 김해성 저, 『한국현대시인론』(금강출판사, 1973), 128면.

눈물에 실려 가면 한 걸음 한 걸음

뱃장위에 부은 발 쉬일까보다.
달빛으로 눈물을 말릴까보다
고요한 바다위로 노래가 떠간다.
설움도 부끄러워 노래가 노래가

－＜눈물에 실려 가면＞의 전문

등과도 같이 '죽음'이나 '무덤', 또는 '그리움'을 바탕으로 한 '슬픔'과 '눈물'
이다. 이런 눈물의 기록은 단조單調라기보다는 순조純調로서 '정금미옥精金美
玉의 순수純粹'16)라고 한 정지용의 말과도 같이 영랑의 시에 나타난 '눈물'은
티 없이 맑은 마음속으로 젖어 흐르는 강물과도 같은 율조律調로 파동치고
있다.

나는 잊었습네 눈물도는 노래를 (－＜어덕에 바로 누워＞에서)
이 몸이 서러운 줄 어덕이야 아시련만 (－＜어덕에 바로 누워＞에서)
문풍지 설움에 몸이 저리어 (－＜함박눈＞에서)
이슬같이 고인 눈물을 손끝으로 깨치나니 (－＜님 두시고 가는 길의＞에서)
눈썹에 아롱지는 눈물을 본다 (－＜풀 위에 맺어지는＞에서)
눈물은 눈물을 빼앗아 가오 (－＜저녁 때 저녁 때＞에서)
그 색시 서럽다 그 얼굴 그 동자가 (－＜그 색시 서럽다＞에서)
알만 모를만 숨 쉬고 눈물 맺은 (－＜바람에 나부끼는 갈잎＞에서)
내 청춘의 어느 날 서러운 손짓이여 (－＜바람에 나부끼는 갈잎＞에서)
그이의 젖은 옷깃 눈물이라고 (－＜그 밖에 더 아실 이＞에서)
한거풀 넘치어 흐르는 눈물 (－＜마음이란 말속에＞에서)
왼몸은 흐렁흐렁 눈물도 찔끔 나누나 (－＜빈 포켓에 손 찌르고＞에서)
눈물을 숨기며 기쁨을 찾노란다. (－＜내 옛날 온 꿈이＞에서)
엎디어 눈물로 따위에 새기자 (－＜내 옛날 온 꿈이＞에서)

---

16) 정지용, 「시와 감상」(≪여성≫ 3권 8호), 52면 참조.

> 속임 없는 <u>눈물</u>의 간곡한 방울방울 (―<내 마음을 아실 이>에서)
> 나는 비로소 봄을 여읜 <u>설움</u>에 잠길테요.(―<모란이 피기까지는>에서)
> 삼백 예순 날 하냥 <u>섭섭해 우옵니다</u> (―<모란이 피기까지는>에서)
> 찬란한 <u>슬픔</u>의 봄을 (―<모란이 피기까지는>에서)

위로 미루어 '슬픔'이나 '눈물'이 표상하는 비애의식은 우리 전통시가나 민요에 흐르고 있는 것과도 같다고 할 수 있다. 역사적으로 외세의 침략에 의한 숱한 역경과 고난을 극복하고 나온 민족정서에 깃들어 있는 인고忍苦의 비애라고나 할 수 있을까? '시집살이' 민요나 그 밖의 이와 유사한 민요에서도 볼 수 있듯이 갖은 학대와 질시 속에서도 참고 끈질기게 살아가는 여인네의 애절하고 서러운 '슬픔'이고 '눈물'이다.

앞서 '촉기'의 논의과정에서 지적한 바, 영랑의 이렇게 짜 느린 듯이 가느다랗고 흥건히 젖어 흐르는 비애의 눈물은 깊은 심혼의 세계에 있는 것이 아니고, 정감의 세계에 있으면서도 영탄이나 감상에 기울지 않고 있다. 바로 이것이 '촉기'에 의한 극복으로 그 슬픔의 정감적 내면화라 할 수 있다. 한마디로 영랑의 시에 나타난 '슬픔'이나 '눈물'은 겉으로 흐르지 않고 마음속으로 젖어들어 흥건히 흐르는 강물과도 같다. 애상적이면서도 감상에 빠져들지 않고 그 슬픈 감정을 참고 견디는 인고忍苦의 삶으로 극복하고 있는 것이다.

영랑은 우리 고유의 전통적 민요를 좋아했고, 민요에 대해서 일가견을 이루었던 영랑이 민요의 율격이나 정감을 그의 시에 도입하여 그 나름으로서 독특한 시작세계를 형성하고 있다.

> 자네 소리하게 내 북을 잡지
>
> 진양조 중머리 중중머리
> 엇머리 자저지다 휘모라보아

이렇게 숨결이 꼭마저서만 이룬 일이란
인생에 흔치않어 어려운 일 시원한 일

소리를 떠나서야 북은 오직 가죽일뿐
헛때리면 만갑萬甲이도 숨을 고처 쉴밖에

장단을 친다는 말이 모자라오
연창演唱을 살리는 반주伴奏쯤은
북은 오히려 컨닥타-요

떠받는 명고名皷인듸 잔가락을 온통 잊으오
떡 궁 정중동靜中動이오 소란속에 고요있어
人生이 가을 같이 익어가오

자네 소리하게 내 북을 치지

― <북>의 전문

　라고 노래한 <북>을 위시하여 <가야금>이나 <거문고>로도 알 수 있
듯이, 영랑은 향토의 소박하고 아름다운 자연 속에 파묻혀 '북'·'거문고'·'가야
금' 등과 같은 악기를 벗 삼고 있었을 뿐만 아니라, 그것들의 연주도 얼마만
큼의 경지에 이르러 있었다고 한다. 그는 '판소리'보다는 전라도지방에 유포
되고 있는 '육자배기'와 '흥타령'을 훨씬 즐겨 불렀으며, 양악洋樂에도 못지않
은 조예가 깊었음은 정지용과 박용철의 말을 통해서도 알 수 있다.
　영랑이 음악에 심취하고, 또 그만큼 깊었던 조예造詣가 바탕이 되어 그의
시적 율격이나 정조를 형성하고 있었음은 말할 것도 없다. 그의 시에 나타난
'슬픔'이나 '눈물'을 바탕으로 한 정한과 섬세한 율격은 전통시가와 민요에
흐르는 정조로, 비애를 극복하는 끈기와 윤기潤氣는 우리 고유의 정감적 속
성으로, 영랑의 말을 빌리어 '촉기燭氣'의 세계라 할 수가 있다.

3) '모란'의 물질화와 원초적 상상력

영랑의 시에서 '오월'을 소재로 한 것을 그 특색으로 들 수 있다. 작품수의 비율로 그렇게 큰 비중을 차지하는 것은 아니나, 영랑의 강렬한 의도적 반영임은 말할 것도 없다. <오월>·<오월 아침>·<오월한五月恨> 등과도 같이 '오월'을 직접 표제로 하고 있는 후기 시는 물론, <가늘한 내움>이나 <모란이 피기까지는>과 같은 초기 시에서도 '오월'을 소재로 하고 있다. 모란이 피는 '오월'에다 봄의 마지막 기대를 걸고 있는 영랑에게 봄과 여름의 경계인 '오월'은 '찬란한 슬픔의 계절'이다. 봄 가운데서도 백화가 만발하는 계절이 아니고 오월에 피는 '모란'을 통하여 시적 자아의 상실감을 되찾으려 한 것은 영랑의 의도적 설정일 뿐만 아니라, 그의 시를 더욱 애상적이게 하는 까닭도 바로 여기에 있다는 것이다.

영랑에게 모란은 물질화한 원초적 사물로서 고향과 직접 연결되기도 한다. 다도해연안에 위치한 영랑의 향제鄕第, 그 뜰에 찬란하게 피어 있는 '모란'은 물질화한 원형, 곧 환몽의 세계 속에 핀 꽃으로 고향을 환기할 수 있는 하나의 사물이라 할 수 있다. '모란'이란 사물을 통해서 고향으로 다가간다는 이 말은, 역으로 고향을 생각하면 먼저 뜰에 핀 모란을 떠올리게 된다는 것이다.

오월의 모란에다 '봄'의 온갖 기대를 걸고 있는 영랑에게 '봄'의 상징성은 다양하다. 이제까지 논의되어 온 '봄'에 대한 해석의 구구함도 바로 여기에 있다. 오월의 모란에서 느끼는 영랑의 봄은 특이할 뿐만 아니라, 그 봄이 상징하는 의미조차도 그리 단순치가 않다. 상실감에서 벗어나려는 기대가 온통 '모란'에 집중되어 있는 것이다.

> 내 가슴속에 가늘한 내움
> 애끈히 떠도는 내움

저녁해 고요히 지는 제
머―ㄴ산 허리에 슬리는 보랏빛

오! 그 수심 뜬 보랏빛
내가 잃은 마음의 그림자
한 이틀 정열에 뚝뚝 떨어진 모란의
깃든 향취가 이 가슴 놓고 갔을 줄이야

얼결에 여흰 봄 흐르는 마음
헛되이 찾으려 허덕이는 날
뻘 위에 철석 갯물이 놓이듯
얼컥 이―는 후끈한 내움

아! 후끈한 내움 내키다마는
서어한 가슴에 그늘이 도나니
수심 뜨고 애끈하고 고요하기
먼 산허리에 슬리는 저녁 보랏빛

　　　　　　　　　―<가늘한 내움>의 전문

　이 작품에 대하여 정지용은 말하기를 "시도 이에 이르러서는 무슨 주석註
譯을 시험해 볼 수가 없다. 다만 시인의 오관五官에 자연의 광선과 자극이 교
차되어 생동하는 기묘한 슬픔과 기쁨의 음악이 오열嗚咽하는 것을 체감할 수
밖에 없다."[17]라 하고 있다. 사실 모란의 '내움'조차도 가늘게 하여 '가슴(마
음)'을 휘감고 있는 이 시는 향취를 맡는 것조차도 후각이 아니라, 화자의 '마
음'이다. 모란이 지고 난 뒤 '마음'을 휘감고 도는 모란의 향내로 '봄'을 되찾
으려는 몸부림도 헛되이 봄은 '먼―산 허리에 슬리는 보랏빛'처럼 원경에 깔
리는 상실감이 깃들어온다. 영랑의 자아와 인생에 대한 '보라빛' 같은 기대와

---

17) ≪女性≫ 3권 9호, 70면.

신뢰감이 모란의 낙화와 함께 상실되고 만 비애와 허전함을 주제로 하고 있다. 그런데 이 시의 2~3연에 나타난 모란의 향취와 봄의 상실감은 바로 <모란이 피기까지는>으로 이어진다.

> 모란이 피기까지는
> 나는 아직 나의 봄을 기둘리고 있을 테요
> 모란이 뚝뚝 떨어져 버린 날
> 나는 비로소 봄을 여읜 설음에 잠길 테요
> 오월 어느 날 그 하루 무덥던 날
> 떨어져 누운 꽃잎마져 시들어버리고는
> 천지에 모란은 자최도 없어지고
> 뻗쳐오르던 내 보람 서운케 무너졌느니
> 모란이 지고 말면 그뿐 내 한해는 다 가고 말아
> 삼백예순날 하냥 섭섭해 우옵네다.
> 모란이 피기까지는
> 나는 아직 기둘리고 있을 테요, 찬란한 슬픔의 봄을
> —<모란이 피기까지는>의 전문

　모란 속에서 자신의 삶의 보람을 느낀 시적 화자는 '기다리는 정서'와 '잃어버린 설움'[18]을 갈등시키고 있다. 모란은 그의 정신적 의거처依據處로서 이상의 실현에 보다 강렬한 집념으로 표상되어 있다. 영랑이 참고 기다리다 못해 또 울게 된 것도 모란이 피고 지기 때문이다. '삼백예순날'은 모란이 피는 날과 모란이 피기를 기다리는 시간의 연속으로 그의 보람 있는 모든 날로 만들고 있으나, 그 감정의 밑바닥에는 상실감과 허전함이 짙게 깔려 있다.
　고향집의 뜰에 정성들여 가꾸어진 수많은 모란, 그들이 피기를 기다리는 '오월', 아니 영랑이 기다리고 또 보내기를 꺼려하는 '봄'의 상징적 의미는 무

---

18) 서정주, 『한국의 현대시』(일지사간, 1969) 178면.

엇일까? 모란이 피는 '오월'이 가면 또 다시 모란이 피기를 기다리는 '봄'은 영랑이 살았던 시대상황으로 식민치하의 많은 지식인들이 실의와 좌절감에서 벗어나 그들의 보람과 이상이 실현되기를 기다리던 날이기도 하다. 그렇다고 이 시에서 영랑이 기다리는 '봄'의 의미는 이것만으로 한정할 수는 없다. 스스로의 생명에서 더욱 큰 이상과 가치의 세계로까지 확대되는 보람과 최고목적이 함축되어 있기도 하다. 한마디로 이 시는 자신의 '슬픔'이나 '눈물'이 겉으로 노정되어 있지 않고 그것을 곱고 아름다운 율조로 정화하고 있음은 사행소곡을 위시한 영랑의 초기 시들과 같다. 영랑은 이 시에서 우리말의 정조를 잘 가다듬어 시형의 한 전형을 만든 독창적 경지를 이룩하여 서정시의 극치를 보이고 있다.

4) 자연과의 동화와 환희의 충만감

영랑의 초기 시에서 ≪문학≫ 2~3호에 각기 발표된 <불지암서정佛地菴抒情>과 <모란이 피기까지는>은 형태적인 면에서 ≪시문학≫ 1~3호와 ≪문학≫ 창간호에 발표된 작품들과는 서로 다른 차이를 보이고 있다. 뿐만 아니라 『영랑시집』 초판본의 후미에 수록된 <두견杜鵑>이나 <청명淸明>도 그들의 발표지나 연도가 확인된 것은 아니나, <불지암서정>이나 <모란이 피기까지는> 등과 같은 형태적 변모를 시도한 것이라 할 수 있다.

영랑의 이러한 형태적 변모에 대해서는 다음 '민족관념과 '죽음'의 시학'에서 다시 논의되겠으나, 시의 형태와 함께 내용면에서도 변화를 보이고 있다. <모란이 피기까지는>은 "모란의 심상과 봄의 상실감"에서 논의되었듯이, 초기의 시적 경향과 일치하지만, <불지암서정>이나 <청명>은 초기 시와는 다른 과도기적 경향을 보이고 있다. 따라서 <두견>은 1940년 9월호 ≪문장≫지에 발표된 <춘향>과 함께 논의하기로 하고, 여기서는

<불지암서정>과 <청명>의 시적 속성에 대해서 논의하기로 한다.

　<불지암서정>과 <청명>은 사행소곡 및 여타의 초기 시와는 달리, 대자연對自然이나 대인생對人生 태도에서 서로 다른 차이를 보이고 있다. '내 마음'을 바탕으로 섬세하고 애틋하게 짜내는 '눈물', 곧 애수哀愁의 감정을 전통적 율격에 맞춰 서정적으로 표현하고 있다면, 이 두 작품은 이러한 애수와 감상에서 벗어나 자연과 동화되어 기쁨과 환희로 충만되어 있다. 인생과 사회에 대한 불평이나 불만을 토로하기보다는 자연 그대로의 삶을 받아들이고 있다.

　　그 밤 가득한 산정기는 기척 없이 솟은 하얀 달빛에 모다 쓸리우고
　　한낮을 향미로우라 울리던 시냇물소리마저 멀고 그윽하여
　　중향衆香의 맑은 물에 맺은 금 이슬 구울러 흐르듯
　　아담한 꿈 하나 여승의 호젓한 품을 애끈히 사라졌느니

　　천년옛날 쫓기어간 신라의 아들이냐 그 빛은 청초한 수미산 나리꽃
　　정녕 지름길 서투른 흰옷 입은 고운 소년이
　　흡사 그 바다에서 이 바다로 고요히 떨어지는 별살 같이
　　옆 산 모롱이에 언뜻 나타나 앞 골 시내로 사뿐 사라지심
　　　　　　　　　　　　　　　　　　　　　　 ─<불지암서정佛地菴抒情>에서

　'불지암佛地菴'은 내금강의 유적한 곳에 자리한 고찰의 하나이다. 이 작품은 제목과도 같이 '불지암'을 둘러싸고 있는 자연의 아름다움을 노래한 것으로, 사행소곡이나 초기의 짧은 시행들과는 달리 길어지고 음수율과 음보의 수에서도 완전히 자유로워지고 있다. 뿐만 아니라, 내용면에서도 '슬픔'이나 '눈물'의 정조가 아닌 불지암을 둘러싸고 있는 자연과 동화되고 그 자연 속에 깊이 빨려들어 몰아沒我의 경지를 보이고 있다.

영랑의 경우, 자연을 관조하는 대자연 태도는 초기 시에서는 볼 수 없는 현상이기도 하다. 초기 시에서는 자연조차도 '슬픔'과 '눈물'의 대상으로서 자신의 불평과 불만, 그리고 무엇을 잃은 상실감을 토로하고 있는데 반해서, <불지암서정>은 자연과 일체가 되어 동화되고 있다. 그리하여 불지암을 둘러싸고 있는 나무나 풀, 그리고 거기에 깃들어 있는 사물들이 모두 아름답게 형상화되어 있다. 영랑이 이렇게 자연에 몰입되고 동화하는 현상은 <청명>에 이르러 더욱 강화된다. 청각과 시각의 절묘한 조화로 영랑 시의 새로운 국면을 보여 그 기법에서 다분히 정지용과도 영합될 수 있는 가능성을 보여주고 있다.

　　　　호르 호르르 호르르르 가을 아침
　　　　칙여진 청명을 마시며 거닐면
　　　　수풀이 호르르 벌레가 호르르르
　　　　청명은 내 머릿속 가슴속을 젖어들어
　　　　발끝 손끝으로 새어 나가나니.

　　　　온 살결 터럭 끝은 모다 눈이요 입이라
　　　　나는 수풀의 정을 알 수 있고
　　　　벌레의 예지를 알 수 있다
　　　　그리하여 나도 이 아침 청명의
　　　　가장 고웁지 못한 노래꾼이 된다.

　　　　수풀과 벌레는 자고 깨인 어린애
　　　　밤 새어 빨고도 이슬은 남았다
　　　　남았거든 나를 주라
　　　　나는 이 청명에도 줄이나니
　　　　밤에 문을 닫고 벽을 향해 숨 쉬지 않았느뇨.
　　　　　　　　　　　　　　　　　　　―<청명清明>에서

자연과 일체가 되어 영랑의 새로운 면모를 보이고 있는 이 시를 두고 정지용은 시적 법열法悅에 영육靈肉의 진감震撼을 견디는 외에 아무것도 말할 수 없다고 하면서 "자연을 사랑하느니 자연에 몰입하느니 하는 범신론자적 공소한 시구가 있기도 하나 영랑의 자연과 자연의 영랑에 있어서는 완전 일치한 협주를 들을 뿐이니, 영랑은 모토母土의 자비하온 자연에서 새로 탄생한 갓 낳은 새 어른으로서 최초의 시를 발음한 것이다."[19]라 격찬하고 있다.

영랑은 <청명>을 전환점으로 시적 변모를 시도하고 있다. '호르 호르르 호르르르르'하는 '가을 아침'조차도 청각적 또는 시각적 기법의 탁월성은 물론, 맑고 투명한 하늘, 그 속에 흐르는 청명을 흡입하여 머릿속과 가슴 속에 젖어들게 하여, 그것을 다시 발끝과 손끝으로 새어나오게 한다. 이것은 영랑이 자연과, 자연이 시인과 일체화되어 있는 경지라 할 수 있다. 그리하여 '온 살결' '터럭' 하나까지 '눈眼'과 '입口'이 되어 영랑은 <청명>의 '노래꾼'이 될 수밖에 없었다.

> 왼 소리의 앞소리요
> 왼 빛깔의 비롯이라
> 이 청명에 포근 칙여간 내 마음
> 감각의 낯익은 고행을 찾았노라
> 평생 못 떠날 내 집을 들였노라

청명에 취해 평생을 살아야 할 '내 집', 그것은 자연 속에 있었다. 자연에의 귀의와 합일, 곧 무아의 경지에서 느낀 황홀감을 영랑은 이렇게 노래한 것이다. 한마디로 '소리'와 '빛깔'의 자연조화의 '청명淸明' 속에서 형성되는 자정自淨의 경지라 할 수도 있을 것이다.

---

19) 정지용, 앞의 「詩와 鑑賞」(≪여성≫ 3권 9호), 72면.

3. 민족관념과 '죽음'의 시학

영랑의 중간기 작품들은 양적으로 그리 많지가 않다. 그러나 태평양 전쟁을 전후한 시기에 각 지상에 발표된 작품들로 식민지 치하의 억압정책 속에서 살아가는 울분을 토로한 독특한 특색을 보이고 있는데, 민족관념과 '죽음'의 시학으로 요약할 수 있다. 민족해방을 위해서는 '죽음'도 불사하겠다는 불퇴전의 결의를 다지고 있는 것이다.

이 시기에 이르러 영랑은 시적 변모를 또 다시 시도한다. 시의 내용이나 주제의 변화를 논의하기에 앞서 시형태의 변모과정을 잠시 살펴보기로 한다. 영랑의 시는 ≪문학≫2~3호에 각기 발표된 <불지암서정佛地菴抒情>과 <모란이 피기까지는>을 기점으로 그 형태적 변모를 시도하고 있음은 이미 앞에서 말했다. 사행소곡은 물론, 4행연, 아니면 2행연의 단형시가 그 초기의 주 형식이었다면,[20] <불지암서정>과 <모란이 피기까지는>에서는 이들과는 다른 시형의 변화를 볼 수가 있다. 다시 말해서 앞의 <불지암서정>은 2행연(1·2연)과 3행연(3·4연)의 형태로 이루어져 있으나, 음수율에서 그 초기시의 단형 시들과는 달리 행연의 구분만 지어졌을 뿐, 자유율화하고 있다. 뒤의 <모란이 피기까지는>은 연이 구분되지 않고 하나로 이루어져 있음을 볼 수가 있다.

그러나 이러한 시간의 차이는 정확하게 구분되는 것은 아니다. 1935년 시문학사간의 『영랑시집』 이후 1940년을 전후해서 발표된 ≪여성≫지의 <달맞이>(빗갈 환히)·<연>(1)·<강물>·<호젓한 노래>(내 훗진 노래) 등과 같은 후기 시에도 2행연과 4행연으로 이루어진 작품들이 있을 뿐만 아니

---

20) 초기시는 대체적으로 2행연과 4행연으로 이루어져 있으나, <아파 누워 혼자 비로라>의 3연과 <내 마음을 아실 이>의 1·3연, 그리고 <물보면 흐르고>의 전체가 3연으로 되어 있다.

라, 같은 『영랑시집』의 수록시편 중에서도 <강선대降仙臺 돌바늘 끝에>(1·2연)·<청명清明>·<바람 따라>·<두견杜鵑>(1·2연) 등은 각각 5행연·6행연·8행연으로 되어 있다.

이러한 시형태의 변화와 함께 그 내용이나 주제의식의 변화도 보이고 있다. 그것은 인생보다는 사회에 대한 관심인데, 한마디로 시적 자아의 사회적 확대라 할 수 있다. 말하자면, 일제 말기의 억압정책에 대한 강렬한 저항과 불의에 대한 고발로 나타나게 되는데, 그것이 바로 '삶'에 대한 회의가 풍유화의 기법을 통하여 역설적으로 회화되기도 한다.

1) 풍유화의 기법과 '삶'에 대한 회의

영랑시의 이러한 형태적 변화는 후기시작의 한 현상으로 보이나, 여기서는 그 형태에 따른 변모과정을 논의하려는 것은 아니다. 그의 시력詩歷에 따른 주제, 곧 내용과 사상의 추이를 살펴보기 위한 것이기 때문에 시의 형태에 대해서는 본고의 대상에서 제외키로 한 것이다.

한마디로 영랑의 시에서 본격적인 변모는 <거문고>·<가야금>·<오월>·<독을 차고>·<연>(1)·<묘비명墓碑銘>·<한줌 흙>·<춘향> 등 1940년 전후해서 발표한 작품들에서 비롯되는 것이 아닐까 한다. 물론 그 이전의 <불지암서정>이나 <청명>과<두견> 등에서 보인 형태적 변화와 함께 그 주제나 내용의 변화가 전혀 없었던 것이 아니다.

    검은 벽에 기대선 채로
    해가 스무 번 바뀌었는데
    내 기린麒麟은 영영 울지도 못한다.

    그 가슴을 통 흔들고 간 노인의 손

지금 어느 끝없는 향연饗宴에 높이 앉았으려니
땅 위의 외론 기린이야 하마 잊어졌을라.

바깥은 거친들 이리떼만 몰려다니고
사람인양 꾸민 잔나비 떼들 쏘다니어
내 기린은 맘 둘 곳 몸 둘 곳 없어지다.

문 아주 굳이 닫고 벽에 기대 선채
해가 또 한 번 바뀌거늘
이 밤도 내 기린은 맘 놓고 울들 못한다.

―＜거문고＞의 전문

이 ＜거문고＞는 ＜가야금＞21)과 함께 1939년 1월호 ≪조광≫지에 발표
된 것으로 영랑 시의 과도적 성격을 띠는 작품이라 할 수 있다. '기린麒麟'이
나 '이리떼'와 '잔나비떼'들의 함의성은 말할 것도 없거니와, 특히 3~4연의
내용으로 보아, 초기 시들과는 판이하게 당시의 시대상황을 직설적으로 토

---

21) 이 ＜가야금＞은 후에 ＜행군＞이란 제목으로 결미부분을 전면 수정하여 ≪민족문
　　화≫ 창간호(1949.10)에 다시 발표하고 있다.

北으로
北으로
울고간다 기러기

南邦의
대숲
뉘 휘여 날켰느뇨.

앞서고 뒤섰다
어질럼이 없으나

간열픈 실오락이
내 목숨이 조매로아
　　―＜가야금＞의 전문

北으로 北으로
울고간다 기러기

南邦 대숲밑을
뉘 후여 날켰느뇨

낄르르 낄르
차운 어슨 달밤

언 하늘 스미지 못해
처량한 行軍

낄르! 간열프게 멀다
하늘은 목메인 소리로 낸다.
　　―＜行軍＞의 전문

로하고 있다. '이리떼'와 '잔나비 떼', 곧 일본관헌과 그들을 추종하는 아첨배가 득실거리는 식민지 치하의 '기린麒麟', 곧 애국지사나 선량한 국민들이 옴짝도 못하고 살아가는 억압적인 삶을 이렇게 표현한 것이다.

영랑은 중간기에 이르러 시선을 사회로 돌려 자아를 확대하고 인생에 대해서도 회의하기 시작한다. 초기의 시작들이 고요하고 섬세한 감각과 내면, 곧 '마음'의 세계로 집중되어 있다면, 중간기 이후의 시작들은 이런 감각과 내향성에서 벗어나 자아를 사회로 향해서 확대하고 '죽음'을 의식하기 시작한다. 영랑의 이러한 시적 전환은 시형태의 변모와 함께 이루어지고 있다.

2) '연鳶'을 통한 '죽음'의 문제─유년시절의 회상

'비애의 율조와 촉기燭氣의 시학'에서 이미 논의되었듯이, 영랑의 시에서 '죽음'의 의미는 <쓸쓸한 뫼 앞에>를 위시한 초기 작품에도 나타나 있다. 그러나 초기에는 아내의 '무덤'을 통해서 느낀 '죽음'과 슬픔의 감정, 곧 개아적 비애의식과는 달리, 중간기에 접어들면서 '죽음'의 의미는 '삶' 자체에 대한 회의와 민족관념을 바탕으로 하고 있다. 영랑의 시에서 '죽음'에 대한 의식의 변화는 <연·1>과 <연·2>를 전환점으로 하여 나타난다. <연·1>은 1939년 5월호 ≪여성≫지에, <연·2>는 1949년 1월호 ≪백민≫지에 각각 발표되어 있다. 이 두 작품은 발표년도의 이러한 시차에도 불구하고 같은 유형으로 볼 수 있다. 서로 같은 표제로 이루어졌을 뿐만 아니라, 다 같이 유년기를 회상한 것이고, 영랑의 중간기 이후의 시작들에 일관되어 있는 '삶'에 대한 회의는 '죽음'의식과 관련되어 있다.

영랑에게 유년기의 꿈, 다시 말해서 '연'을 날리면서 자라던 아름다운 동심의 세계를 회상하여, 그 '연'이 날아가 버린 안타까운 마음을 <연·1>에서 이렇게 노래하고 있다.

바람일어 끊어갔다면
엄마아빠 날 어찌 찾아
희끗희끗한 실낱 믿고
어린아빠 피리를 불다.

오! 내 어린 날 하얀 옷 입고
외로이 자랐다 하얀 넋 담고
조마조마 길가에 붉은 발자욱
자욱마다 눈물이 고이였었다.

—<연·1>에서

연실이 끊어져 날아가 버려 철없이 울던 시절에 시적 화자는 누군가와 사별하고 외롭게 자라났다고 한다. 그리하여 그가 자라온 붉은 자욱마다 눈물이 고였던 것이 그 초기시의 회의와 감상의 바탕을 이루었다고 할 때, 이때부터 영랑의 '삶에 대한 회의와 '죽음'의식은 싹트기 시작한다.

좀평나무 높은 가지 끝에 얽힌 다아 헤진 흰 실낱 남은 몰라도
보름 전에 산을 넘어 멀리 가버린 내연의 한알 남긴 시름의 첫씨
태여난 뒤 처음 높이 띄운 보람 맛본 보람
안 끊어졌드면 그럴 수 없지.

찬바람 쐬며 콧물 흘리며 그 겨울 내 그 실낱 치어다보러 다녔으리.
내 인생이란 그때부터 벌써 시든 상 싶어
철든 어른을 뽐내다가도 그 실낱같은 병의 실마리
마음 어느 한구석에 도사리고 있어 얼씬거리면
아이고 모르지
불다 자는 바람
타다 꺼진 불똥
아! 인생도 겨레도 다아 멀어지는구나.

—<연·2>의 전문

이 시가 발표된 것은 그의 말년 가까워서이지만, '보름 전에 산을 넘어 멀리 가버린 내 연'이라 하고 있는 바, 시적 화자는 여기서 유년시절의 시점으로 돌아가고 있다. '연'이 끊어져 하늘 멀리 날아가 버린 날 그의 '삶의 보람 조차도 송두리째 빼앗기고 "내 인생이란 그때부터 벌써 시든 상 싶어"와도 같이 '삶' 자체를 회의하고 있다. '인생'도 '겨레'도 다 멀어진 그런 허탈상태에서 삶과 죽음의 의미를 생각하고 있는 것이다.

3) '죽음' 의식과 자아의 사회적 확대

이러한 '삶'에 대한 회의와 죽음에 대한 허탈감은 영랑의 중간기를 일관하는 시적 주제가 되기도 한다. 그러나 그런 의식의 바탕이 초기 시에서와 같이 개적이고 감성의 차원에서가 아니라 대사회성, 곧 일제 치하의 민족관념을 바탕으로 촉발된 것임은 말할 것도 없다.

> 내 가슴에 독을 찬지 오래로다.
> 아직 아무도 해한 일 없는 새로 뽑은 독
> 벗은 그 무서운 독 고만 흩어버리라 한다.
> 나는 그 독이 벗도 선뜻 해할지 모른다 위협하고
>
> 독 안차고 살아도 머지않아 너나 마주 가버리면
> 누억천만屢億千萬 세대가 그 뒤로 잠자코 흘러가고
> 나중에 땅덩이 모지라져 모래알이 될 것임을
> '허무한데!' 독을 차서 무엇 하느냐고?
>
> 아! 내 세상에 태어났음을 원망 않고 보낸
> 어느 하루가 있었던가, '허무한데!' 하나
> 앞뒤로 덤비는 이리 승냥이 바야흐로 내 마음을 노리매
> 내 산채 짐승의 밥이 되어 찢기우고 할퀴우라 네 맡긴 신세임을.

나는 독을 품고 선선히 가리라
마금날 내 깨끗한 마음 건지기 위하야.

　　　　　　　　　　　　　　　—<독毒을 차고>의 전문

　1939년 11월호 ≪문장≫지에 발표된 이 시는 앞에서 논의한 <거문고>
와 함께 영랑의 시적 전환점을 이룬 중간기의 작품이라 할 수 있다. 이러한
영랑의 시적 전환에 대하여 정태용은 「김영랑론」에서 말하기를,

　　그 어딘 듯 달콤하기조차 한 보랏빛 페이소스가 이렇게 된 이유는 가
　　정사에 있었는지 허무한 인생의 자각에서 온 것인지, 또는 일제의 압
　　박 때문인지는 모르겠으나, 여하튼 중엽을 넘어 말기에 들어선 시인은
　　시적이기보다는 훨씬 산문적으로 오뇌懊惱하기 비롯해진 것이다.[22]

라고 하고 있다. 여기서 후기라 함은 영랑의 시력으로 보아 중간기에 해당된
다. 아무튼 영랑은 이때부터 그 초기의 섬세한 감각과 짜내는 듯한 애조가
아닌 그를 둘러싼 생활의 요소를 관념화 또는 산문화하고 있다. 다시 말해서
'내 마음'의 세계가 아닌 사회 현실로 눈을 돌려 자아를 확대하고 '삶' 자체에
대하여 회의하고 있는 것이다.
　'내 가슴에 독을 차자'에서 '독'의 의미는 다분히 함의로서 시사하는 바가
크다. 자신을 둘러싸고 덤비는 '이리'와 '승냥이'떼들의 위협 속에서 '내 마음'
을 지키고자 하는 시적 화자는 '독'을 차지 않을 수 없었다. 이것은 일제 말기
의 단말마적 시대상황을 표현한 것으로, 이 시의 말미에서, "나는 독을 품고
선선히 가리라/ 마감 날 내 깨끗한 마음 건지기 위하야"라고 굳은 결의를 다
지고 있다.
　영랑은 여기서 '내 마음'을 굳건히 지키기 위해서는 '죽음'을 의식하지 않

---

22) 정태용, 「김영랑론」(≪현대문학≫4권 6호), 231면.

을 수 없었다. '죽음'과도 바꿔야 할 '내 깨끗한 마음', 이것은 바로 영랑의 민족정신을 이름이다. 영랑의 투철한 민족정신은 일생을 통하여 조금도 흔들리거나 빗나가지 않았다. 이것은 그가 어렸던 시절에 독립운동을 주도하다가 검거되어 혹독한 형벌을 겪었던 그것과도 무관치 않다고 본다.

영랑의 민족정신과 '죽음' 의식은 중간기에 일관되어 있는 주제로, <묘비명墓碑銘>·<한줌 흙>·<망각忘却>·<어느 날 어느 때고> 등이 이에 해당된다. <묘비명>은 그 제목과도 같이 스스로의 무덤 위 비석에 새겨질 유시遺詩로 쓴 것이다.

생전에 이다지 외로운 사람
어이해 뫼 아래 비碑돌 세우고
초조론 길손의 한숨이라도
헤어진 고총에 자주 떠오리
날마다 외롭다 가고 말 사람
그래도 뫼 아래 비碑돌 세우리
「외롭건 내 곁에 쉬시다 가라」
한 되는 한마디 새기실런가.

—<묘비명墓碑銘>의 전문

이 시에서 시도하고 있는 3·3·5의 음수율은 영랑의 의도적인 율격으로 외로움 속에서 살아가는 한 인생의 한恨을 형상화하고 있다. 그가 외롭게 살아온 안타까운 한 평생을 초조로운 길손에다 비유하고 있다. 누구나 아무리 외롭고 억울한 삶을 살아가도 스스로의 빗돌을 세워야 한다는 것이다. 그렇다면 영랑이 이렇게 외로움을 느끼게 된 것은 무엇 때문일까? 그것은 아무래도 빼앗긴 나라 망국민으로 살아가는 그 아픔이 그를 더욱 외롭고 쓸쓸하게 한 것인지도 모른다.

4) '한줌 흙'과 죽음의 허무적 관념

사람은 대부분 일생을 평탄한 마음으로 일관되게 살아갈 수도 없다. 반드시 우여곡절을 겪으면서 주어진 삶을 살고 가게 마련이다. 그것은 인간이 개적 또는 사회적 관계에서 형성되는 욕망의 충돌에서 비롯되는 것이라 할 수 있다.

> 본시 평탄했을 마음 아니로다.
> 굳이 톱질하여 산산 찢어놓았다.
>
> 풍경이 눈을 홀리지 못하고
> 사랑이 생각을 흐리지 못한다.
>
> 지쳐 원망도 않고 산다.
>
> ―<한줌 흙>에서

를 서두로 하고 있는 <한줌 흙>은 누구나 죽어서 흙으로 돌아가는 허무의 식을 주제로 하고 있다. 인생이란 본래가 평탄한 마음을 갖고 살 수 있는 것도 아니다. 그렇다면, 시적 화자인 영랑의 마음을 이렇게 톱질하여 찢어놓은 것이 무엇일까? 아마도 그것은 나라를 빼앗기고 살아가는 영랑, 아니 우리 모두의 마음인지 모른다. 그래서 사람들은 모두 지쳐서 원망도 않고 살아갈 수밖에 없다.

내가 일상 즐겨 부르던 노래는 어디론가 모두 가버리고 가득한 눈물만 남아 있다고 한다. 아쉬운 마음도 빼앗지 못하고 주린 마음도 배불리지 못하고 죽어야 하는 안타까운 마음을,

어피차 몸도 피로워졌다.
바삐 관棺에 못을 다져라

아무려나 한줌 흙이 되는구나.

―<한줌 흙>에서

와도 같이 자학적인 충동으로 '죽음'의 길을 재촉하고 있다. 어차피 몸도
지칠 대로 지쳐 있으니, 서둘러서 죽어 들어갈 관에다 못을 박아달라고 재촉
한다. 결국은 모두가 흙으로 돌아가야만 하는 것이라면, 어서 빨리 괴로움을
해소하는 것이 낫지 않겠느냐는 것이다.

영랑에게 이러한 '죽음'의 길은 '어느 날 어느 때고' 있는 것이다. 그 죽음
의 길을 마음 편히 가기 위해서는 평생을 두고 마음을 닦아야만 했다.

어느 날 어느 때고
잘 가기 위하야
평안히 가기 위하야
······<중략>······
살이 삭삭
여미고 썰릴지라도
마음 평안히
가기 위하야

아! 이것
평생을 닦는 좁은 길

―<어느 날 어느 때고>에서

<거문고>와 <독을 차고>에서 비롯되는 민족관념, 곧 일제 치하의 사
회 현실에서 느낀 굴욕감과 의식의 좁은 공간 속에서 느낀 '죽음'과 그에 따
르는 허무감은 <묘비명>을 거쳐 <한줌 흙>과 <어느 날 어느 때고>에

이르러 그런 시대의식을 벗어난 운명론으로 기울어졌다. 더구나 벗어날 수 없는 '죽음', 이것을 영랑은 주어진 운명으로 담담하게 받아들이고 있다. 그러나 '죽음'은 그의 '깨끗한 마음'을 지키기 위해서만 바꿀 수 있는 '죽음'이지, '마음'을 더럽혀 가면서 살아갈 의사는 조금도 없다. '일만 정성/ 모두어 보라'[23)와 같이 앞으로 다가올 '죽음'을 값지게 하기 위해서 영랑은 온 정성을 기울여 마음을 닦아야만 했다.

걷던 걸음 멈추고 서서도 얼컥 생각키는 것 죽음이로다.
그 죽음이사 서른 살적에 벌써 다아 잊어버리고 살아 왔는디
웬 노릇인지 요즘 자꾸 그 죽음 바로 닥쳐온 듯만 싶어져
항용 주춤 서서 행 길을 호기로이 달리는 행상行喪을 보랏고 있느니
내가 버린 뒤도 세월이야 그대로 흐르고 흘러가면 그뿐이오라
나를 안아 기르던 산천도 만년 한양 그 모습 아름다워라
영영 가버린 날과 이 세상 아모 아낄 것 없으매
다시 찾고 부름인들 있으랴 억만영겁億萬永劫이 아득할 뿐.

산천이 아름다워도 노래가 고왔더라도 사랑과 예술이 쓰리고 달콤하여도
그저 허무한 노릇이어라 모든 산다는 것 다 허무하오라.
짧은 그 동안이 행복했던들 참다웠던들 무어 얼마나 다를라더냐
다 마찬가지 아니 남만 나을러냐? 다 허무하오라.

그날 빛나든 두 눈 딱 감기어 명상한대도 눈물은 흐르고 허덕이다 숨다 지면 가는 거지야
더구나 총칼사이 헤매다 죽는 태어난 비운悲運의 거레이어든
죽음이 무서웁다. 새삼스레 뉘 비겁할 소냐마는
죽는다 고만이라—이 허망한 생각 내 마음을 왜 꼭 붙잡고 놓질 않느냐

---

23) <어느 날 어느 때고>의 1절.

망각하자—해본다. 지난날은 아니라 닥쳐오는 내 죽음을
아! 죽음도 망각할 수 있는 것이라면
허나 어디 죽음이야 망각해질 수 있는 것이냐.
길고 먼 세기는 그 죽음 다—망각하였지만.

—〈망각〉의 전문

이 〈망각〉은 영랑의 중간기의 시에서 '죽음'을 주제로 한 작품 중 하나이다. 이 작품은 1949년 8월호 ≪신천지≫에 발표된 것으로, 4연의 내용으로 미루어 일제 말기에 쓴 것이 아니면, 당시의 시점으로 돌아가 회상하여 쓴 것이 아닐까도 싶다.

이 시는 전체가 초기시의 형식과도 같이 4행 5연으로 구성되어 있다. 그 내용을 간추려보면 다음과 같다.

제1연에서 영랑은 항상 그의 앞에 도사리고 있는 죽음의 문제, 이것은 한때 잊어버리고 있었는데 요즈음은 죽음이 바로 눈앞에 다가온 것 같이 느껴진다고 한다.

제2연에서는 내가 죽어 떠나간 뒤에도 시간은 그대로 흐를 것이라고 함은 바로 인간의 단속성을 말함이다. 자연의 영원무궁한데 반해서, 인간의 삶은 너무나도 짧고 유한하다는 것, 바로 여기에 인간의 비극성이 있다는 것이다.

제3연에서 영랑은 아무리 산천이 아름답고 노래가 곱고, 아니 사랑과 예술이 아무리 쓰리고 달콤하다 하더라도 사람이 산다는 자체가 허무하다고 한다. 아무리 행복한 삶을 누렸다고 한들, 태어남 그 자체가 허무한데 무슨 삶을 행복하다 할 수가 있겠는가?

제4연에서 영랑은 그 빛나는 두 눈 감은대로 눈물 흐르고 헐떡이던 숨 거두면 가는 것이 바로 인생이라고 한다. 그런데 우리는 나라를 빼앗겨 그 무서운 총칼 사이를 아슬아슬하게 살아온 민족으로서 그 죽음이 새삼스레 무서울 것도 없지만, 죽으면 그만이라는 허망감은 떨칠 수가 없다는 것이다.

　제5연에서 앞으로 나에게 닥쳐올 죽음을 잊어버릴 수가 있었으면 좋겠지만, 그것은 도저히 불가능한 것, 인간은 누구나 그 죽음을 받아들여야만 한다. 이 세상 태어난 것은 반드시 소멸되어야 한다는 것은 자연의 법칙이다. 그것이 바로 순명順命의 삶이라 할 수 있다.

　중간기에 이르러 영랑은 이렇게 '죽음'을 대상으로 시를 쓰고 있다. 그러나 '죽음'을 초기에서와 같이 '슬픔'이나 '눈물'이 아닌, 운명으로 받아들인다. 누구에게나 다가올 '죽음'의 순간을 '깨끗한 마음'으로 맞이해야만 했다. 한마디로 30대 중후반에 이르러 있는 영랑은 '죽음'을 생각하고, 그 '죽음'을 어떤 자세로 받아들여야 하는 것인지가 그의 시적 주제가 되고 있었던 것이다.

ᄔ. 의식공간의 확대와 '참여'의 시학

　8·15해방 이후에 각 지상에 발표된 시편들은 영랑의 말기 작에 해당된다. 양적으로는 그리 많지 않지만, 시적 자아의 사회적 확대, 곧 사회참여의 역동성을 보이고 있는데, '의식공간의 확대와 '참여'의 시학'으로 요약할 수 있다. 그는 오랜 기간의 은거隱居에서 뛰쳐나와 사회활동에 적극 참여하게 된다. 낙선은 되었으나, 고향 강진에서 제헌국회의원 선거에 출마했는가 하면, 대를 이어서 살던 고향집을 떠나 서울로 이사하면서 잠시나마 정부의 관리로 몸담아 일하기도 한 것이다. 그러나 그가 공직에서 일했던 기간은 너무나도 짧았다. 아마도 평생을 자유롭게 살았던 영랑에게 조직적인 공직생활이 맞지 않는지 모른다.

1) 해방의 감격과 사회 참여의 역동성

영랑의 이런 민족관념과 '죽음'의 관념은 8·15해방과 함께 판이한 양상으로 바뀌어진다. <바다로 가자>·<겨레의 새해>·<감격 8·15>·<천리를 올라온다> 등과 같은 일련의 후기시편들에서 볼 수 있듯이, '죽음'이나 '슬픔'의 관념은 전혀 없다. 민족관념조차도 해방된 환희의 감격으로 충만하여 있다. 이것은 말할 것도 없이 8·15해방과 함께 영랑이 대한독립촉성회에 가담하고, 대한청년단 강진지부장을 맡았는가 하면, 낙선은 되었으나 국회의원에 출마했던 사실이라든지, 또는 공보처 출판국장을 역임하는 등 사회 참여에 대한 강한 의욕의 반영이라 하지 않을 수 없다.

바다로 가자 큰 바다로 가자
우리 이젠 큰 하늘과 넓은 바다를 마음대로 가졌노라
하늘이 바다요 바다가 하늘이라
바다 하늘 모두 다 가졌노라
옳다 그리하여 가슴이 뻐은치야
우리 모두 다 가졌구나 큰 바다로 가졌구나

우리는 바다 없이 살았지야 숨 막히고 살았지야
바다 없는 항구 속에 사로잡힌 몸은
살이 터져나고 뼈 튀겨나고 넋이 흩어지고
하마터면 아주 꺼꾸러져 버릴 것을
오! 바다가 터지도다 큰 바다가 터지도다.
·········<중략>·········
우리들 사슬 벗은 넋이로다 풀어 놓인 겨레로다
가슴엔 잔뜩 별을 안으렴아
손에 잡히는 엄마별 아가별
머리에 그득 보배를 이고 오렴

발아래 쫙 깔린 산호요 진주라
바다로 가자 우리 큰 바다로 가자.

—〈바다로 가자〉에서

　이 시는 해방된 조국의 벅찬 감격을 노래한 것이다. 식민치하의 억압 속에서 벗어난 '우리', 곧 나라를 되찾은 의식적 공간의 확대를 '큰 하늘', '넓은 바다'로 표현한 것이다. 나라를 빼앗겨 질식할 것만 같은 제한된 공간 속에서 벗어나 자유를 되찾아 넓은 공간, 아니 광장廣場으로 뛰쳐나온 감격을 영랑은 "하늘이 바다요 바다가 하늘이라/ 바다 하늘 모두 다 가졌노라"와도 같이 노래하고 있다.

　우리는 넓고 푸른 하늘과 바다를 두고도 바다 없이 오랜 세월을 숨 막히게 살아왔다. 살이 터지고 뼈가 튀겨나고 넋이 흩어져 울고불고 하면서 얼마나 고통스럽게 살았던가? 되돌아보기에는 너무나도 끔찍스런 그런 고통의 세월들을 우리는 참고 견뎌온 것이다. 하마터면 영원히 꺼꾸러지고 말 지경까지 이르러서야 맞이하게 된 해방의 감격, 이것은 누구나 느낄 수 있는 그런 감격이 아니다. 나라를 잃고 오랜 세월을 혹독한 고통의 삶을 살아온 국민이 아니고서는 느낄 수 없는 것이다.

　영랑은 우리들에게 가슴에다 잔뜩 별을 안으라고 한다. 그리고 머리엔 보배를 이고 오라고 한다. 그리고 산호와 진주가 쫙 깔린 바다로 가자고 외쳐댄다. 저 넓고 푸른 바다와 하늘을 모두 다 가진 우리들에게 무한한 공간이 펼쳐져 있다. 이제 우리 앞을 가로막을 아무 장애물도 없다. 그러니 저 무한대의 공간을 향해서 우리의 뜻을 마음껏 펼쳐보자는 것이다.

　민족해방에 대한 영랑의 이러한 감격은 〈천리를 올라온다〉에서도 마찬가지로 기쁨과 환희로 가득 차 있다.

천리를 올라온다.
또 천리를 올라들 온다.
나귀 얼렁소리 닳는 말굽소리
청운靑雲의 큰 뜻은 모여들다 모여들다.

남산북악南山北岳 갈래갈래 뻗은 골짝이
엷은 안개 그 밑에 묵은 이끼와 푸른 송백松柏
낭랑朗朗히 울려나는 청의동자靑衣童子의 글외는 소리
나라가 덩그러이 이룩해지다

　　　　　　　　　　　　　　　—<천리를 올라온다>에서

로 시작되는 <천리를 올라온다>로 이어져 그 절정을 이루고 있다. 1950년
3월호 ≪백민≫지에 발표된 이 시는 영랑이 강진을 떠나 서울로 이사하고
조국 광복의 기쁨을 노래한 것이다. 시로서 그 이미지나 기법의 우열을 척도
하기에 앞서 이 시는 영랑의 시력詩歷으로 보아 그 말기에 해당된다. 이 시는
<바다로 가자>와 함께 해방 후 그의 시적 변모과정을 보여준 것이라 할 수
있다. 해방된 조국의 광장, 서울을 향해 구름처럼 몰려드는 사람들, 그들은
'청운靑雲의 큰 뜻'을 품고 올라온 것이다. 이들의 대열에 끼어 함께 올라온
영랑에게 서울은 '화사한 아침저자', 곧 생동하는 심장으로 새로운 역사를 창
조하게 될 자랑스러운 광장이 아닐 수 없다.

남산에 올라 북한北漢 관악冠岳을 두루 바라보아도
정녕코 산정기로 태어난 우리들이라
우뚝 솟은 뫼뿌리마다 고물고물 골짝이마다
내 모습 내 마음 두견이 울고 두견이 피고

높은 재 얕은 골 흔들리는 실마리길.
그윽하고 너그럽고 잔잔하고 산뜻하지

백마 호통소리 나는 날이면
황금 꾀꼬리 희비교향喜悲交響을 아뢰느니라.

─ <천리를 올라온다>에서

남산에 올라 한눈 안에 들어온 역동적인 서울의 모습을 보고 영랑은 무척 감격하고 있다. 산과 산이 이어지고 강이 굽이돌아 바다로 향해 유유히 흐르는 산하山河와 그 활기찬 정기를 받은 이 겨레의 모습을 자랑스러워하고 있다. <모란이 피기까지는> 등과 같은 초기시의 안타까운 마음으로 기다리는 '봄'이 아니라, 아무 거리낌 없는 마음으로 넓은 하늘을 우러러 '백마 호통소리'와도 같은 장엄한 출범出帆을 생각하고 있다. '눈물'이나 '죽음'과 같은 것은 아랑곳하지 않고 새 조국의 건설을 위한 의욕으로 충만되어 있는 것이다.

2) 이념적 갈등과 절망의 극한적 상황의식

8·15해방 이후 서로 다른 이념의 갈등과 정의로운 젊은이들을 살해하던 참상을 고발한 것이 <새벽의 처형장>이라면, '십리강물'이 피로 물들었던 골육상잔, 곧 '정치의 탈을 쓰고 아우가 형을, 조카가 아저씨를 죽인 민족성을 규탄한 것이 <절망>이다.

새벽의 처형장에는 서리 찬 마魔의 숨길이 휙휙 살을 에웁니다.
탕탕 탕탕탕 픽픽 쓰러집니다.
모두가 씩씩한 맑은 눈을 가진 젊은이들,
낳기 전에 임을 빼앗긴 태극기를 도루 찾아 삼년을 휘두르며 바른 길
을 앞서 걷던 젊은이들
탕탕탕 탕탕 자꾸 쓰러집니다.
연유 모를 떼죽음 원통한 떼죽음
마지막 숨이 다져질 때에도 못 잊는 것은

하현下弦 찬달 아래 종고산鐘鼓山 머리 나르는 태극기
오……망해가는 조국의 모습
눈이 차마 감겨졌을까요.
보아요, 저 흘러내리는 싸늘한 피의 줄기를
피를 흠뻑 마신 그 해가 일곱 번 다시 뜨도록
비린내는 죽음의 거리를 휩쓸고 숨다졌나니.
처형이 잠시 쉬는 그 새벽마다
피를 씻는 물차 눈물을 퍼부어도 퍼부어도
보아요, 저 흘러내리는 생혈生血의 싸늘한 핏줄기를.
　　　　　　　　　　　　　—<새벽의 처형장>의 전문

　잃었던 태극기를 되찾은 지 3년밖에 안 되었는데, 해방의 감격은 모두 사라지고 권력을 쟁취하기 위해 이합집산을 일삼는가 하면, 동족끼리 살생을 서슴지 않은 민족적 현실을 개탄하고 있다. 수많은 젊은이들이 '탕탕'하는 총성과 함께 까닭도 모를 죽음을 당해야만 하는 참상을 '저 흘러내리는 생혈生血의 싸늘한 핏줄기'라고 표현하고 있다.

　우리는 무엇 때문에 해방된 자유의 공간에서 동족간의 살생을 서슴지 않았던가? 이것은 당시의 정치지도자들이 권력을 독점하고자 이념을 앞세워 분열하고 대립과 갈등을 일삼고 있었기 때문이다. 온 국민이 합심하여 새 나라를 건설해도 부족한데, 세칭 지도자를 표방하고 나선 그들이, 편을 가르고 대립과 갈등을 일삼다 보니, 아무것도 모르고 그들을 따르던 많은 젊은이들이 희생될 수밖에 없었던 것이다. 생각하면 너무나도 어리석고 억울한 죽음들이 아닐 수 없다.

　8·15해방 직후, 우리들이 겪었던 정정政情의 혼란상, 아니 아무런 죄도 없이 수많은 젊은이들이 죽어간 참상을 영랑은 <절망>에서 이렇게 노래하고 있다.

옥천 긴 언덕에 쓰러진 떼죽음

생혈生血은 쏟고 흘러 십리강 물이 붉었나이다.

싸늘한 가을바람 사흘 불어 피 강물은 얼었나이다.

이 무슨 악착한 죽음이오니까.

이 무슨 전세에 없던 참변이오니까.

조국을 지켜 주리라 믿은 우리 군병軍兵의 창끝에

태극기는 갈갈이 찢기고 불타고 있습니다.

·········<중략>·········

죽어도 죽어도 이렇게 죽는 수도 있나이까.

산채로 살을 깎이어 죽었나이다.

산채로 눈을 뽑혀 죽었나이다.

칼로가 아니라, 탄환으로 쏘아서 사지를 갈갈이 끊어 불태웠나이다.

흩한 겨레의 피에도 이러한 불순한 피가 섞여 있음을 이제 참으로 알

았나이다.

아! 내 불순한 핏줄 저주받을 핏줄

산 고랑이나 개천가에 버려둔 채 까맣게 연독鉛毒한 죽음의 하나하나

탄환이 쉰 방 일흔 방 여든 방 구멍이 뚫고 나갔습니다.

아우가 형을 죽였는데 이렇소이다.

조카가 아재를 죽였는데 이렇소이다.

무슨 뼈에 사무친 원수였기에

무슨 정치의 탈을 썼기에

이래도 이 민족에 희망을 붙여 볼 수 있사오리까.

생각은 끊기고 눈물만 흐릅니다.

― <절망>에서

　　<절망>은 국가적 보위와 사회적 안정을 지키기 위해 창설된 군부세력의 일부가 정치적 이념의 소용돌이 속에 휘말려 동족간의 살생을 서슴지 않았던 현실은 너무나 참담했다고 말한다. "조국을 지켜줄 것으로 믿었던 군병의 창끝에 태극기가 찢기고 불타고 있는" 모습, 곧 '무슨 정치'의 이름 아래 무참하게 수많은 사람들이 죽어가는 속에서 영랑은 우리 민족의 핏줄에 흐르고

있는 '불순한 피'를 발견하고 절망하고 있다. 그 '불순한 피'가 흐르는 핏줄은 '저주 받을 핏줄'이 아닐 수 없다.

무엇 때문에 우리는 같은 민족끼리 이렇게 편을 가르고 대립하여 서로 죽이고 죽고 하였는가? 민족적으로 이런 엄청난 죄악을 저질러 놓고 무엇이라 변명할 수 있단 말인가? 그리고 어느 누구도 원하지 않는 국토분단을 시켜놓고 자기변명만 하고 있는 것이 위정자들이 아니었던가? 그래서 우리는 한국전쟁이 일어나기까지 크고 작은 정치적 군사적 사건들이 이어지면서 많은 무고한 사람들이 죽어야만 했던 참상을 영랑은 여기서 냉엄하게 지탄하고 있다.

이런 심각한 이념적 대립과 갈등으로 같은 민족끼리 무자비하게 살생을 일삼고 있는 비극적 현실, 아니 국토의 분단에 대하여 개탄하고 있는가 하면, 민족의 장래를 크게 염려하기도 한다.

> 벌써 왜놈과의 싸움도 지난 듯싶은데
> 4년 동안은 누구들 때문에 흘린 피드냐
> 만민공화의 세계헌장에 발맞추는 대한민국
> 민주헌법이 그르더냐 토지개혁을 안 하더냐
> 도시 대서양헌장이 미흡터란 말이지
> 48대 6인데, 6이 더 옳단 말이지.
> 철의 장막은 숨 막혀도 독재하니 좋았고
> 민주개방이 명랑하여도 인권평등이 싫더란 말이지.
>
> 40년 동안의 불 다룸에도 얼은 남은 겨레로다.
> 4년쯤의 싸움이사 우리는 백년도 불가살이
> 이젠 벌써 시비是非를 따질 때가 아니로다.
> 쓰러진 동지의 죽음을 밟고 넘어서 전진할 뿐
> 대의에 죽음 영원한 삶임을 삼천만 모두 다 마음 켜니
> 대의대한大義大韓 그 앞에 간사한 모략과 흉측한 암투가 있을 수 없다.

보라, 저 피로 싸일 실지회복失地恢復의 수만기數萬旗를
들어라, 백만 총준總俊의 지축을 흔드는 저 맹서들.

―<감격 8·15>에서

이 시가 발표된 것이 1949년 8월이니까, 국토가 분단되어 남과 북이 각기
정부를 수립하고 일주년을 맞는 감회를 노래한 것이라 할 수 있다. 분단은
되어 아쉽지만, 그래도 우리들만이라도 화합할 것을 호소하고 있다. 일제의
억압에서 벗어나 왜놈과의 싸움도 끝난 지가 오래 되었는데도, 우리들이 흘
린 피가 누구를 위한 것이냐고 반문한다. 그동안 우리들은 아무런 의미도 없
는 피를 흘렸다는 것이다.

영랑의 이러한 간절한 염원과 호소도 결국은 무화되어 허사로 돌아가고,
민족적 비극이라 할 수 있는 6·25전쟁은 일어났고, 그 전란의 와중에서 영랑
은 비운의 종말을 맞게 되었다. 말하자면, 식민지 치하의 가혹한 학정에서
벗어나 '장엄한 출범'만을 생각하고 생동하는 서울의 광장으로 달려온 영랑
에게 이런 현실은 엄청난 절망감을 안겨다 준 것이다. 해방된 조국에 대한
벅찬 감격이 사라지기도 전에 단순히 사상과 이념을 달리했다는 이유로 서
로 죽여야만 했던 이 민족에게 무슨 희망을 염원할 수 있을까 하는 심한 자
학적 충동에 사로잡히기도 한다.

3) '오월'의 심상과 꾀꼬리의 해조諧調

"모란의 물질화와 원초적 상상력'에서 이미 논의했듯이, <오월>·<오월
아침>·<오월한> 등은 영랑의 중간기와 후기에 걸쳐진 시편들이다. 이것들
이 발표된 시기를 보면, <오월>은 중간기, 일제 말에 발표되었고, <오월
아침>과 <오월한>은 8·15해방 후에 발표되었다.[24] 그러나 이것들이 발표
된 시기를 제작시기와 같다고는 할 수가 없다. 이미 오래 전에 써 두었다가

후에 발표한 것일 경우도 있기 때문이다. 아무튼 이들 시편들은 영랑의 시력으로 보면, 중간기와 후기에 걸쳐서 발표된 것들이나, 초기의 <가늘한 내움>이나 <모란이 피기까지는> 등과는 그 시차에도 불구하고 서로 유사한 시적 속성의 작품들이라 할 수 있다. 이것들이 모두 '오월'을 주제로 하고 있을 뿐만 아니라, 시의 성격도 서로 유사한 면이 없지 않다. 그만큼 영랑과 '오월'은 불가분리의 관계로 후기까지 이어진 시적 속성인 것이다.

        모란이 피는 오월 달
        월계도 피는 오월 달
        온갖 재앙이 다 버러졌어도
        내 품에 남는 다순 김 있어
        마음실 튀기는 오월이러라.

        무슨 대견한 옛날였으랴
        그래서 못 잊는 오월이라
        청산을 거닐면 하루 한 치씩
        뻗어 오르는 풀숲 사이를
        보람만 달리는 오월이러라

        아무리 두견이 애달파 해도
        황금꾀꼬리 아양을 펴도
        싫고 좋고 그렇기보다는
        풍기는 내움에 지늘겨 것만
        어느새 다 해―진 오월이러라.

                                ―<오월한>의 전문

---

24) 이들 작품의 발표지를 참고로 들어보면 다음과 같다.
    <오월>(≪문장≫ 1권 6호, 1939.7)
    <오월 아침>(≪문예≫ 1권 2호, 1949.9)
    <오월 한恨>(≪신천지≫ 5권 6호, 1950.6)

이 시는 영랑이 사거하기 직전, 그러니까 1950년 6월호 ≪신천지≫에 발표된 것이다. 이 시는 분연되어 있지 않지만, 위와 같이 세 개의 연으로 분연하는 것이 타당할 것 같다. 애당초 작자는 분연한 것인데, 잡지사에서 임의로 합친 것인지도 모른다.

비록 이 시가 말년의 작품이라 하지만, <가늘한 내음>이나 <모란이 피기까지는>과도 같은 초기의 시작들이나 <오월>과 <오월 아침>과 같은 후기의 시작들에 나타난 두 가지 시적 속성을 함께 가지고 있다. 그 첫 연과 말 연의 "모란이 피는 오월달/ 어느새 다 해—진 오월이어라"에서 '모란'이나 '오월'의 심상은 그 초기의 시적 속성이고, "아무리 두견이 애달파 해도/ 황금 꾀꼬리 아양을 펴도"와 같이 '꾀꼬리'의 심상은 물론, 그 밝은 색조는 후기의 <오월>이나 <오월 아침>의 공통된 시적 속성인 것이다. 말하자면, '보람'이나 '마음실', '다순' 등과 같은 몇몇 시어들이 <가늘한 내음>과 <모란이 피기까지는>을 위시한 초기의 시작들을 환기시켜 주고도 있으나, 실제로 그 전체의 흐름으로 보아 후기의 <오월>이나 <오월 아침>과 같은 경향의 작품이라 할 수 있다.

들길은 마을에 들자 붉어지고
마을 골목은 들로 내려서자 푸르러졌다.
바람은 넘실 천이랑 만이랑
이랑 이랑 햇빛이 갈라지고
보리도 허리통이 부끄럽게 드러났다.
꾀꼬리는 여태 혼자 날아볼 줄 모르나니
암컷이라 쫓길 뿐
수놈이라 쫓을 뿐
황금 빛난 길이 어지럴 뿐.
얇은 단장하고 아양 가득 차 있는

산봉우리야 오늘밤 너 어디로 가버리런?

―<오월>의 전문

비 개인 오월 아침
홀란스런 꾀꼬리 소리
―찬엄한 햇쌀 퍼져 오릅니다.

이슬비 새벽을 적시울 지음
두견의 가슴 찢는 소리 피어린 흐느낌
한 그릇 옛날 향훈香薰, 어찌
이맘 홍건 안 젖었으리오마는
………<중략>………
몰핀 냄새도 잊어버렸대서야
불혹不惑이 자랑이 되지 않소
아침 꾀꼬리에 안 불리는 혼魂이야
새벽 두견이 못 잡는 마음이야
한낮이 정밀靜謐하단들 또 무얼 하오.

저 꾀꼬리 무던히 소년인가 보오
새벽 두견이야 오―랜 중년이고
내사 불혹不惑을 자랑턴 사람.

―<오월 아침>에서

이 두 편의 시는 중·후반기의 시작으로, 앞의 <오월>은 1939년 7월호 ≪문장≫지에 발표되었고, 뒤의 <오월 아침>은 1949년 10월호 ≪문예≫지에 발표되었다. 바로 앞의 <오월한>을 논의하는 과정에서 말했듯이, <오월 아침>은 그 초기의 <가늘한 내움>이나 <모란이 피기까지는>과는 아주 다른 특색을 보이고 있다. <오월>이나 <오월 아침>이 화사한 꾀꼬리의 노래 소리를 통해서 느끼는 '오월'인데 반해서, 초기의 <가늘한 내

음>이나 <모란이 피기까지는>에서 모란이 피기를 기다리는 '봄'과 그 봄의 상실감을 통해서 느끼는 '오월'은 애상적이다.

이들 시작들이 다 같은 '오월'을 대상으로 노래했으면서도 '모란'과 '꾀꼬리'를 통해서 느끼는 감정은 서로 다르다. 그리고 영랑의 대자연, 대 인생태도에서도 현격한 차이를 보이고 있다. 초기의 <가늘한 내음>이나 <모란이 피기까지는> 등이 '봄'의 기다림과 상실감에서 오는 '슬픔'과 '눈물'로 표상되는 애상이 그 주조를 이루고 있는 데 반해서, 중·후반기의 <오월>·<오월 아침>·<오월한> 등과 같은 작품에서는 그런 상실감과 허탈상태에서 벗어나 따스한 햇볕 속에 무르익는 싱그러운 자연을 가벼운 마음으로 바라보고 있다. 한마디로 영랑의 시는 그 중·후반기에 이르러 초기의 섬세한 감각이나 율격은 찾아 볼 수 없지만, 사계四季의 순환을 따라 변환하는 자연을 희열喜悅의 감정으로 바라보고 있다.

5. 결론

위에서 영랑의 시작세계를 세 단계로 나누어 살펴보았다. 첫 번째 단계로 ≪시문학≫·≪문학≫ 등 용아 박용철이 주재했던 문예지에 발표된 작품들을 중심으로 엮은 『영랑시집』 초판본에 실린 시편들이 초기에 해당되는데, 이들은 대체로 자연에 대한 깊은 애정이 담겨져 있다. 그러나 대자연, 대 인생태도에서는 역정이나 깊은 회의 같은 것은 없다. '슬픔'이나 '눈물'조차도 겉으로 노정되지 않고 안으로 잦아들게 한 극기의 경지를 보이고 있다. 이것은 그 자신의 말을 빌리어 전통시가나 민요 같은 데 흐르고 있는 면면한 정한과 그것을 극복하려는 '촉기', 곧 '불기'와 같은 것인지도 모른다.

두 번째 단계로 <한줌 흙>이나 <독을 차고> 등 그 중간기의 작품들에서 영랑은 시적 변모를 시도한다. 그의 시선을 자연에서 사회로 돌려 시적 자아를 확대하고 있을 뿐만 아니라, 대 인생태도에서 깊은 회의와 '죽음' 의식에 사로잡히게 된다. 그의 초기시편들이 고요하고 섬세한 감각과 자아의 내면, 곧 '마음' 속으로 향해져 있는데 반해서, 그 중간기의 시작들에 이르러서는 이런 감각과 내향성에서 벗어나 자아의 사회적 확대로 '죽음'을 의식하고 있다.

세 번째 단계로 8·15해방 이후에 제작된 말기의 시작들이 해당되는데, 이들은 대체로 '죽음'에 대한 의식은 깨끗이 사라지고 사회 참여의 역동성으로 나타난다. 일제 식민치하의 억압의 공간의식과 강박관념에서 느낀 자학적 충동이라 할 수 있는 '죽음'을 떨쳐버리고 새 나라 건설의 대열에 참여하려는 강한 의욕과 민족적 공동체 의식을 표출하고 있다. 시의 색조조차도 밝아지고 국토 자연의 생동하는 모습을 역동적으로 형상화하고 있다.

영랑만큼 고향에 붙박혀 살면서 시를 쓴 시인도 드물다. 그가 죽기 직전 2~3년 동안 서울에 살면서 쓴 몇 편을 제외하고는 거의가 고향을 둘러싼 자연 풍광과 인정을 노래한 시작들이다. 그 고향의 향토어鄕土語를 곱게 갈고 가다듬은 애틋한 비애의 율조는 영랑의 초기시작에 나타난 특색이 되기도 한다. 비록 그의 시가 자신이 태어난 고향 남도의 온화하고 아름다운 해변의 자연과 인정을 향토어로 표현했다 손치더라도 그것이 그의 고향에 한정된 정감에만 머물러 있는 것이 아니다. 그 곱게 가다듬은 비애의 율조로 환기되는 정감은 우리 모두의 심금을 울려주고 있다. 이것은 마치 『진달래꽃』의 시인 소월素月과도 같다고 할 수가 있다. 그의 소박하고 인정미 넘치는 농촌의 정감적 속성과 정조는 우리의 전통 민요와도 같은 맥락을 형성하고 있는데, 영랑의 시적 본령은 바로 여기에 있다.

영랑이 고향을 떠나지 않고 남도의 가락을 다듬어 자신의 시작세계를 형성한 것은 그의 개적個的인 면도 있다 하겠으나, 한편으로는 그가 살았던 시대 상황과도 깊이 관련되어 있다. 그 어느 누구보다도 참여의식이 강했던 영랑은 식민지 치하의 울분과 설움을 시로써 달래야만 했다. 일신의 안일安逸과 영화榮華를 누리기 위하여 굴욕적인 삶을 영위하기보다는 죽음을 택하겠다고 노래한 일련의 시작에서 볼 수 있듯이, 영랑이 고향에 은둔隱遁했던 까닭은 바로 여기에 있는 것이다.

영랑의 시에서 짜 늘인 듯한 '슬픔'과 '눈물'은 정감적 차원에 있으면서도 영탄詠歎이나 감상적인 데 기울지 않는다. 그 '슬픔'이나 '눈물'이 겉으로 흐르지 않고 마음속으로 홍건히 젖어 흐르는 강물과도 같다. 구김살 없이 짜인 시어들 하나하나가 표상하는 심상은 더할 수 없이 선명하고, 그 율격조차도 곱게 다듬어 서정시의 극치를 보이고 있다.

제3부

주요 심상과 모티프,
그리고 영향과 원천의 문제

'봄—오월'의 심상과 모티프

1. 영랑과 '봄—오월'과의 상관성

영랑의 시에서 '봄—오월'의 심상과 모티프는 매우 중요하다. 영랑에게 사계절 중 그 어느 계절보다 '봄', 특히 '오월'은 특유한 의미를 갖게 된다. 그렇다고 그가 남긴 80여 편의 시에서 '봄', 곧 '오월'을 주제로 했거나, 소재로 한 것이 그리 많은 것도 아니다. 작품의 분량보다 몇몇 '봄'의 시편들에 나타난 '봄', 특히 '오월'에 시선이 집중되어 있어 우리들의 주목을 끌고 있는 것이다.

봄은 한 해의 시작으로 파릇파릇 돋아나는 새싹과 함께 백화가 만개하여 산야山野를 온통 붉게 물들이는 계절로 일년 중 그 어느 계절보다도 활기찬 생명력으로 우리들 앞으로 다가선다. 아마도 만물이 생동하는 봄을 염기厭忌하는 사람들은 이 세상 아무도 없을 것이다.

봄은 동서와 고금을 통하여 자연의 아름다움과 그 역동성을 찬미하기도
하고, 멀리 떠나간 사람이 보고 싶고 그리워지는 계절이기도 하다. 그리고
봄은 많은 사람들로 하여금 어딘가 모르게 멀리로 떠나고 싶은 마음을 충동
이고 가슴을 설레이게 하기도 한다. 그래서 많은 사람들이 봄을 시로 읊고
그림으로 그리고 노래로 부르게 한 것인지도 모른다.

봄이 없는 계절을 그 어느 누구도 상상할 수 없을 것이다. 더구나 사계절
이 뚜렷한 우리들에게 더 말할 것도 없다. 우리들은 봄을 시작으로 여름과
가을로 이어지는 상념을 잠시도 벗어날 수가 없다. 봄이 없이는 여름도 없고,
또한 가을도 겨울도 없다. 그래서 우리는 모든 것을 사계절의 순환에 따른
사고와 관념을 바탕으로 하여 살아가고 있다.

1) '모란'과 '봄-오월'의 원천적 유형

영랑의 경우도 마찬가지다. 그는 '봄'을, 아니 '오월'을 무척 좋아하여 시로
쓴 것으로 보인다. 특히 '오월'은 그가 그토록 기다리던 봄의 막바지로 '모란'
에다 온통 마음을 기울이고 있다. '모란'이 지고 말면, 그가 그렇게 기다리던
봄과 함께 그의 한해는 다 가고 만다고 하기도 한다. 이렇게 영랑에게 '봄',
아니 모란이 피고 지는 '오월'은 생명과도 같은 시간이라 할 수 있다.

영랑은 그 어느 계절보다도 특히 '봄'을 좋아한다. 이것은 산문에서도 마
찬가지다. 산문, 곧 수필이 현재 6편이 전해지고 있는데, <감나무에 단풍드
는 전남의 9월> 단 한 편만 제외하고 나머지 <두견과 종다리>와 '남방춘
신'으로 ≪조선일보≫에 연재된 <춘설春雪>·<춘수春水>·<춘심春心>·
<수양垂楊> 등 4편 모두가 '봄'을 주제로 하고 있다.[1] 이것만 보아도 우리는

---

[1] 이들 수필들은 1939년과 1940년 ≪조선일보≫지를 통해서 다음과 같이 발표되고 있다.
　　杜鵑과 종다리(조선일보, 1939.5.20, 24)
　　春雪－남방춘신·1(조선일보, 1940.2.23)

영랑의 봄에 대한 애착과 관심도를 추정해 볼 수가 있다.

영랑에게 '오월'은 무슨 의미를 갖게 되는 것일까? 그는 무엇 때문에 백화가 만발하는 3~4월을 제쳐 두고서 굳이 모란이 피고 지는 '오월'에다 그의 온갖 염원念願과 기대를 걸고 있는 것일까? 그의 대표작 <모란이 피기까지는>을 위시하여 <오월>·<오월 아침>·<오월한五月恨> 등은 모두가 봄, 특히 '오월'을 주제로 하고 있는 것이다.

영랑은 산문 <두견과 종다리>에서 말하기를 "오월은 두견을 울게 하고 꾀꼬리를 미치게 하는 재앙 달"이라 하고, 더러는 사람들로 하여금 과한 탈선도 서슴지 않게 하기도 한다는 것이다. 그리고 오월이 되면 사람들은 좀 더 멋대로 뛰고 싶고, 제 몸을 달리 만들고자 하는 염원念願으로 불타기도 한다고 하면서 '오월의 표징標徵'을 이렇게 말하고 있다.

> 오월의 훈풍이 어디서 일어나는지를 나는 안다. 오월의 아지랑이가 어디서 처음 깔리는지를 나는 안다. 돛은 유달리 희하얗고 산봉우리는 오늘밤에라도 어디고 불려 가실 듯이 아양에 차있다. 천이랑 만이랑 보리밭이 한결 뒤흔들리면 이랑마다 햇볕이 갈라지고 쪼개지고 푸른 보릿대는 부끄러운 허리통이 드러나지 않느냐. 그 새에 오월의 종다리 산다. 오월에도 늦어야 이놈이 노래한다. 물가에나 산골에서나 밭이랑에서나 각각 멋대로 사는 종다리, 밭이랑에서 사는 놈이 사람의 발치에 가장 많이 쫓기는 놈이다. 두견같이 서럽지 않고 꾀꼬리같이 황홀하지 않아 잔잔한 물소라나 다를 바 없는 그 노래는 가장 알맞은 이 오월의 표징이라 할 수 있다.[2]

春水―남방춘신·2(조선일보, 1940.2.24)
春心―남방춘신·3(조선일보, 1940.2.27)
垂楊―남방춘신·4(조선일보, 1940.2.28)
2) 김영랑, 「두견과 종다리」, 『돌담에 소색이는 햇발같이』(김학동 편저, 새문사, 2012), 146면.

이와 같이 영랑에게 오월은 봄의 전부라 할 수 있다. 그래서 그는 '오월'을 주제로 봄의 시편들을 쓴 것인지도 모른다. '오월'을 주제로 한 시편들의 대부분이 이보다 5년 앞서 제작 발표된 <모란이 피기까지는>과 함께 원형적 역할을 하고 있다. 산문 <두견과 종다리>가 영랑이 온통 '봄'을 오월에다 집중시킨 까닭과 연관된 자연 사물들, 곧 꽃이나 새들의 모습을 형상화하고 있다면, '모란'이 피고 지는 오월에다 집중하여 '봄'을 상징화한 것이 <모란이 피기까지는>이라 할 수 있다.

2) '모란'과 '봄—오월'의 상징성

<모란이 피기까지는>은 영랑의 대표작으로 앞에서 이미 논의하였다. 이 시에서 중요한 것은 영랑이 모란이 피고 지는 '오월'에다 '봄'을 집중시킨 것이라 할 수 있다. 온갖 꽃들이 피어나는 3~4월이 아니고, 봄의 막바지에 이르러 피고 지는 '모란'에다 봄에 대한 염원을 집중시키고 있는 것이다.

영랑은 그가 그렇게 기다리던 봄, 그것도 모란이 피기까지는 봄을 기다리겠다고 한다. 영랑이 그렇게 기다리는 '봄'은 바로 국권상실에 대한 망국한亡國恨의 상징성에 있는 것이다. 온갖 꽃들이 만개하는 3~4월이 지나도 영랑이 그렇게 기다리는 그 '봄'은 오지 않았다. 그래서 그는 모란이 피는 오월까지 봄을 기다리다가 그 모란이 뚝뚝 떨어져 버린 날에야 비로소 봄을 여읜 설움에 잠기겠다는 것이다.

영랑은 그가 사는 집 뜰에다 수많은 모란을 가꾸면서 살았다고 한다. 영랑이 떠난 지가 반세기가 훨씬 넘어 십여 년이 더 흘러갔다. 그럼에도 영랑이 태어나 평생을 살았던 고향집—1990년대에 새로 복원된 생가의 뜰에는 아직도 오월이 되면 모란꽃이 만개한다고 한다. 이것은 영랑의 고향 사람들이 그만큼 영랑을 사랑하고 아끼는 마음에서 영랑을 대신하여 모란을 정성껏 가꾸고 있기 때문이다.

영랑과 '모란'과의 관계는 운명과도 같다. 영랑이 '모란'이 지는 날까지 '봄'을 붙잡고자 한 것은 무엇일까? 그것은 아무래도 빼앗긴 나라를 되찾고자 하는 간절한 염원念願이기도 하다. 영랑에게 봄은 온화하고 만물이 불꽃처럼 타오르는 역동적인 계절로 한해의 중심이 되기도 한다. 일제에 빼앗긴 나라를 되찾아 봄과 함께 다시 시작하고 싶은 마음은 어찌 영랑만의 염원이라 할 수 있겠는가? 우리 민족이면 누구나 바라고 또 바라는 간절한 염원이기도 하다.

영랑이 그렇게 기다리던 '찬란한 슬픔의 봄'은 '모란'과의 관계에서 형성되었다. '진달래꽃'이 소월을 떠오르게 하듯이, '모란'은 영랑을 떠오르게 한다. 이 말은 '모란'이 영랑을 만나서 우리 민족과 뗄 수 없는 상징적 의미를 형성하게 된 것이라 할 수 있다. 그래서 우리 민족은 영랑을 통해서 '모란'을 더욱 사랑하게 되고, 그 '모란'에게 가까이 다가서게 된 것이기도 하다.

모란이 피는 오월 달
월계月桂도 피는 오월 달
온갖 재앙이 다 벌어졌어도
내 품에 남은 따순 김 있어
마음실 튀기는 오월이러라.
무슨 대견한 옛날 였으랴
그래서 못 잊는 오월이랴
청산을 거닐면 하루 한 치씩
뻗어 오르는 풀숲 사이를
보람만 달리는 오월이러라
아무리 두견이 애달과 해도
황금 꾀꼬리 아양을 펴도
싫고 좋고 그렇기보다는
풍기는 내움에 지늘껴것만
어느새 다 해ー진 오월이러라.

一〈오월한〉의 전문

'오월'의 시편들 가운데서 이 작품만이 <모란이 피기까지는>과 연관된다. 그것도 서두의 '모란이 피는 오월 달'과 '보람만 달리는 오월이러라'고 한 표현이 그렇고, 나머지는 산문 <두견과 종다리>에 나타난 내용과 비교되기도 한다.

이 작품은 분연되지 않고 하나로 되어 있으나, 크게 '재앙'과 '보람'의 두 단계로 나누어 볼 수가 있다. 물론 이보다 세분해서 여러 단계로 나누어 그 내용을 살펴 볼 수도 있다. 그러나 여기서는 '재앙'과 '보람'을 기준으로 1~7 행까지를 첫 번째 단락으로, 나머지 8~15행까지를 두 번째 단락으로 구분해서 논의하기로 한다.

영랑은 이 시에서 모란이 피고 월계가 피는 오월을 무엇 때문에 온갖 재앙이 벌어지고 있다고 하고 있는가? 영랑은 말한다. 오월은 두견을 울게 하고 꾀꼬리를 미치게 하는 '재앙 달'로 더러는 사람까지 과한 탈선을 서슴지 않게 한다고 한다. 삼동 내내 움츠리고 있다가 오월이 되면 제멋대로 뛰고 싶고, 제 몸을 조금이라도 다르게 바꿔보고자 하는 충동을 갖게 하는 것이 오월이라 하고 있다.

사람들은 봄이 되면 움츠렸던 몸을 한껏 뻗혀 기지개를 키게 마련이다. 파릇파릇 새싹이 돋아나고 울긋불긋 백화가 난만한 산과 들을 향하여 소리치고 싶고 어디론가 멀리로 떠나고 싶기도 하다. 이러한 흥분된 느낌이나 충동이 어찌 사람에게만 국한된 것일까? 산새나 짐승들, 그리고 벌과 나비뿐만 아니라, 산천초목 할 것 없이 모두가 흥분되어 출렁이고 흥성거리게 하는 것도 봄이 할 일이다.

두견새는 낮도 모자라 밤을 새워가며 울고 있지 않는가? 아니 벌과 나비는 하루 종일 꽃에 매달리고도 모자라하고 있지 않는가? 사람들도 마찬가지다. 온종일 산야를 헤매고도 모자라 밤이 되면 술판을 벌이고 있는 것, 바로 이런 충동적인 행동을 영랑은 봄의 재앙으로 본 것이다. 그래서 영랑은 오월을 못 잊겠다는 것이다.

영랑은 또한 오월을 '보람의 달'이라고 한다. 청산 속 풀숲 사이를 거니는 순간마다 한 치씩 자라나는 풀과 나뭇잎들조차 모두 보람차 한다는 것이다. 그러나 아무리 두견이 애달프게 울어도, 노란 황금 꾀꼬리가 아무리 아양을 떤다고 해도, 봄의 긴긴 해는 서산에 지게 마련이다. 영랑에게 '오월'은 이렇게 재앙과 보람이 교차하는 '찬란한 슬픔의 봄'이 되고 있다.

3) 소년과 중년의 상징성—아침의 꾀꼬리와 새벽의 두견새

영랑의 시에서 '오월'의 표징으로 많이 등장하는 새로 '꾀꼬리'와 '두견새'와 '종달새'를 들 수가 있다. 오월은 두견을 울게 하고 꾀꼬리를 미치게 하여 재앙의 달로 만들지만, 잔잔한 물소리와도 같은 종다리의 노래는 오월의 표징으로 가장 알맞다고 한 산문 <두견과 종다리>를 바탕으로 하여 '오월'의 시편들은 제작되었다. <오월>과 <오월 아침>과 <오월한> 등이 이에 해당되는데, 영랑의 작품연보로 보아 맨 뒤에 편성된 <오월한>은 바로 앞에서 논의하였다. <오월한>은 영랑이 죽기 몇 개월 앞선, 1950년 6월에 제작 발표된 작품이다.

들길은 마을에 들자 붉어지고
마을 골목은 들로 내려서자 푸르러졌다.
바람은 넘실 천이랑 만이랑
이랑이랑 햇빛이 갈라지고
보리도 허리통이 부끄럽게 드러났다.
꾀꼬리는 여태 혼자 날아볼 줄 모르나니
암컷이라 쫓길 뿐
수놈이라 쫓을 뿐
황금 빛난 길이 어지러울 뿐
얇은 단장하고 아양 가득 차 있는

산봉우리야 오늘밤 너 어디로 가버리련?

　　　　　　　　　　　　　　　　　　　　　　—<오월>의 전문

　이 시는 산문 <두견과 종다리>와 거의 같은 시기에 제작 발표된 것이다. 뿐만 아니라, 그 내용도 산문 <두견과 종다리>의 한 장면과 유사한 내용으로 되어 있다. 아마도 이 두 작품이 거의 동시에 발상하여 제작된 것이 아닐까도 싶다.

　따스한 봄바람 속에 넘실거리는 보리밭과 눈부신 햇살로 갈라지는 밭이랑, 보리도 허리통을 부끄럽게 내놓았다는 관능적인 표현은 바로 <두견과 종다리>의 한 장면과도 같다. 그리고 황금빛 꾀꼬리의 어지러운 몸짓하며 아양으로 가득한 산봉우리가 어딘가로 달아나고 싶어 하는 마음뿐만 아니라, 보리의 허리통을 드러내게 하여 관능화한 것조차도 산문과 일치하고 있다. 화려한 봄단장을 한 산봉우리들로 하여금 이렇게 아양을 떨게 하여 어딘가로 달아나게 충동이는 것은 영랑만이 할 수 있는 것이기도 하다.

　영랑은 이 시에서 봄의 생동하는 자연과 일체화되어 서로 마음을 활짝 열고 이야기하고 있는 것이다. 이런 대화는 시인이 아니고서는 할 수 없는 자연과의 소통으로 마음과 마음이 교감하지 않고서는 할 수가 없다. 결국 시인이 보리가 되고 산봉우리나 꾀꼬리가 되기 전에는 자연과의 이런 대화는 불가능한 것이다.

　　비 개인 오월 아침
　　혼란스런 꾀꼬리 소리
　　―찬엄燦嚴한 햇살 퍼져 오릅니다.

　　이슬비 새벽을 적시울 지음
　　두견이 가슴 찢는 소리 피어린 흐느낌

한 그릇 옛날 향훈香薰 어찌
　　이 밤 홍건 안 젖었으리오만은

로 시작되는 <오월 아침>은 8·15해방이 된지 4년이 지난 1949년 9월에 제
작 발표된 작품이다. 앞에서 논의한 <오월한>과 함께 이 작품의 제작연도
로 보아 영랑에게 '봄—오월'의 심상은 그가 죽을 때까지 이어진 것으로 보
이기도 한다.

　혼란스런 꾀꼬리 소리와 가슴을 찢을 듯한 두견의 피나는 흐느낌은 영랑
의 오월의 시편에 나타난 중요 심상이라 할 수 있다. 황금 꾀꼬리의 울음소
리는 슬픔보다는 시적 화자인 영랑의 마음을 산란케 한다는 것이고, 두견의
울음소리는 너무나 슬퍼서 가슴을 찢는 흐느낌으로 들린다고 한다. 그래서
창공을 흔드는 꾀꼬리의 울음소리가 소년이라면, 새벽 두견이 못 잡는 피울
음소리는 영랑 자신과도 같은 불혹不惑의 중년이라 하고 있다.

　　　꾀꼬리는 다시 창공을 흔드오
　　　자랑찬 새 하늘 사치스레 만드오

　　　몰핀 냄새도 잊어버렸대서야
　　　불혹不惑이 자랑이 되지 않소
　　　아침 꾀꼬리에 안 불리는 혼魂이야
　　　새벽 두견이 못 잡는 마음이야
　　　한낮이 정밀靜謐하단들 또 무얼 하오.

　　　저 꾀고리 무던히 소년인가 보오
　　　새벽 두견이야 오―랜 중년이고
　　　내사 불혹을 자랑턴 사람.

　　　　　　　　　　　　　　　—<오월 아침>에서

아침 꾀꼬리에 불리지 않는 혼이나 새벽 두견의 못 잡는 마음조차도 불혹의 중년인 시적 화자의 마음이기도 하다. 해가 눈부신 아침에 경쾌하게 부르는 꾀꼬리 노래가 소년이라면, 새벽녘에 피나게 울어대는 두견새의 흐느낌은 불혹의 나이를 살고 있는 시적 화자의 설움과도 같다는 것이다.

ㄹ. '봄'의 시편들과 그 주제의 유형

영랑의 경우, '봄'을 '오월'에다 국한시키지 않는 시편들도 상당수 있다. 그렇다고 이것들이 '오월'에 국한된 '봄'의 시편들과 그 내용에서 크게 차이를 보이고 있는 것이 아니다. '두견'과 '꾀꼬리'는 물론, '아지랑이'와 '재앙'과 같은 심상의 등장은 여전하고 '봄'을 '마음—가슴'이나 '길'에다 연결시켜 애잔한 슬픔으로 표현한 것이 다르다고 할 수 있다.

1) 꿈 밭에 '봄 마음'과 '봄길', 그리고 '재앙'

영랑은 '봄'을 마음과 가슴으로 느끼게 하여 애틋한 정감으로 빠져들게 한다. 거의가 초기의 시편들이 이에 해당된다. 따스한 봄 햇살이 돌담과 만나 소색이는 <돌담에 소색이는 햇발>의 "내 마음 고요히 고운 봄길 위에/ 오늘 하루 하늘을 우러르고 싶다"에서 '고운 봄길'이 '내 마음'과 이어지면서 시적 화자는 종일토록 파란 하늘을 우러르고 싶다고 한다. 여기서 '고운 봄길'은 '마음', 곧 가슴으로 느끼고 바라보는 '길'이라 할 수 있다. 그러나 '봄길'을 바라보는 시적 화자의 마음은 너무나 외로워서 하루 종일 하늘을 우러르고 있다.

> 굽이진 돌담을 돌아서 돌아서
> 달이 흐른다 놀이 흐른다.

하이얀 그림자
은실을 즈르르 몰아서
꿈 밭에 봄 마음 가고가고 또 간다.

　　　　　　　　　 ─<꿈 밭에 봄 마음>의 전문

허리띠 매는 시악시 마음실 같이
꽃가지에 은은한 그늘이 지면
흰 날의 내 가슴 아지랑이 낀다.
흰 날의 내 가슴 아지랑이 낀다.

　　　　　　　　　 ─<허리띠 매는>의 전문

　앞의 <꿈 밭에 봄 마음>에서 시적 화자는 굽이진 돌담길을 돌아서 달빛과 노을이 흐르는 골목길을 따라서 간다. 은실을 풀어 헤친 듯, 달빛 어린 하얀 꿈 밭을 가고 또 간다고 한다. 꿈 밭을 가고 또 가고 있는 것은 바로 '봄 마음'이 가고 있다는 것이다. 그리고 뒤의 <허리띠 매는>에서는 '흰 날의 내 가슴에 아지랑이가 낀다'고 하고 있다. 산기슭이나 들판 멀리로 아지랑이가 끼는 것이 아니라, 내 가슴에 낀다는 것이다. 마음이 떨리고 긴장되어 허리띠를 단단히 매는 색시의 가느다란 마음과도 같이 꽃가지에 잎이 돋아나고 그늘이 지면, '내 가슴', 곧 시적 화자의 마음에 아지랑이가 낀다고 한다. 봄이 시적 화자의 가슴속까지 파고들어갔다는 것을 이렇게 표현한 것이다.
　그러나 영랑에게 '봄'은 언제나 커다란 재앙일 수밖에 없었다. '봄'은 두견을 피나게 울게도 하고 꾀꼬리를 미치게 하기도 한다. 어디 이것뿐인가. 하늘 높이 종다리도 날게 하여 노래 부르게 하는가 하면, 산야山野에는 온갖 꽃들을 피워 사람들의 마음을 달아오르게 하여 고무풍선처럼 한껏 부풀려 들뜨게 하고 있기 때문이기도 하다.

　뉘 눈결에 쏘이었소
　온통 수줍어진 저 하늘빛

담 안에 복숭아꽃이 붉고
밖에 봄은 벌써 재앙스럽소

꾀꼬리 단 둘이 단 둘이로다.
빈 골짝도 부끄러워
혼란스런 노래로 흰 구름 피어 올라나
그 속에 든 꿈이 더 재앙스럽소
                    ―<뉘 눈결에 쏘이었소>의 전문

뉘 눈결에 쏘였길래 벌써 하늘빛조차 수줍어진 것일까? 이런 표현은 오늘날과도 같은 세태에서는 상상할 수조차 없다. 그동안 우리는 산업화와 함께 개방사회로 접어들면서 '규방'이 활짝 열리고 여성도 남성 못지않게 생활전선에 뛰어들고 있기 때문이다. 오히려 남성보다 적극적으로 각계각층에 참여하여 활동하면서 '규방'의 개념은 먼 역사적 유물로 화하게 된 것이다.

울안에 복숭아꽃이 피는 이른 봄이면 울 밖의 봄은 재앙이 될 수밖에 없다. 그래서 꾀꼬리도 단 둘이 되면 오히려 산골짜기가 부끄러워진다고 한다. 꾀꼬리가 부끄러운 것이 아니라, 산골짝이 부끄러워하게 하는 것, 바로 이것이 시라 할 수 있다. 꾀꼬리들이 사랑에 취해 부끄러워할 겨를이 없음을 이렇게 표현한 것으로, 그들이 부르는 사랑노래, 아니 그 속에 든 꿈이 오히려 재앙이 된다는 것이다.

그러나 영랑에게 '봄'은 못 오실님이 너무나 그리워서 흩어지는 꽃잎처럼 슬프다고 한다.

못 오실님이 그리웁기로
흩어진 꽃잎이 슬프랬던가.
빈 손 쥐고 오신 봄이 거저나 가시련만
흘러가는 눈물이면 님의 마음 젖으련만
                    ―<못 오실 님이>의 전문

여기서 못 오실 님은 누구일까? 아마도 어려서 죽은 아내인지도 모른다. 영랑이 어려서 만난 아내, 그는 사랑도 채 무르익기 전의 짧은 만남이었으나 영랑은 아내의 죽음을 무척 슬퍼하고 아파했다. 그래서 문득문득 생각케 하는 아내가 이토록 그립고 슬퍼지는 것인지도 모른다. 빈손 쥐고 오고가는 것이 어찌 봄뿐이겠는가? 이 세상 어느 누가 무엇을 갖고 갈 수가 있단 말인가. 그래서 사람들은 눈물에 젖어들 수밖에 없다. 흘러가는 것이 눈물이면 님의 마음도 젖어든다고 함은 이 세상 눈물 아닌 것이 없다는 것이다. '흘러가는 것', 그 자체가 변화의 묘미라기보다는 눈물이고 슬픔이라는 것이다. 사람들은 어디로 흘러가는 줄도 모르고 모두가 흘러가서는 돌아올 수 없기 때문이다.

2) 원한과 슬픔으로 흐느끼는 저승의 노래

영랑에게 봄과 두견은 불가분리의 관계인 것 같다. 초·중반기의 시편들로부터 그가 죽음 가까이에 이르러 있었던 1950년 3월에 제작 발표된 <천리를 올라온다>까지 두견의 울음소리가 등장한다. 이것은 그가 '봄'을 맞을 때마다 고향에서 밤중을 울고도 모자라 새벽녘까지 울어 가슴을 찢던 두견의 소리를 못 잊어 하고 있기 때문이다.

> 울어 피를 뱉고 뱉은 피는 도루 삼켜
> 평생을 원한과 슬픔에 지친 작은 새
> 너는 너른 세상에 설움을 피로 새기려오고
> 네 눈물은 수천 세월을 끊임없이 흘러놓았다.
> 여기는 먼 남쪽 땅 너 쫓겨 숨음직한 외딴 곳
> 달빛 너무도 황홀하여 후젓한 이 새벽을
> 송기한 네 울음 천길 바다 밑 고기를 놀래고
> 하늘가의 어린별들 버르르 떨리겠구나.

를 1연으로 하고 있는 <두견>은『영랑시집』초판본(1935)에 수록되어 있다. 이제까지 그 첫 번째의 발표지가 나타나지 않는 것으로 보아 직접 시집에 수록된 것인지도 모른다. 그래서 그 제작시기를 초·중반기라고 한 것이다.

"울어 피를 뱉고 그 뱉은 피를 도루 삼킬 만큼 평생을 원한과 슬픔이 맺힌 두견새"라고 함은 망제望帝의 죽은 넋이 두견새가 되었다는 전설을 그대로 형상화한 것이라 할 수 있다. 원한의 슬픔을 피로 새긴 두견새의 눈물은 수천 세월을 두고 많은 사람들의 눈물을 자아내게 하고 있다. 어디 이뿐이랴. 너무나 구슬퍼 소름끼치게 하는 두견의 울음소리는 산천초목을 울리고도 모자라, 바다 속 깊은 곳의 물고기들을 놀라게 하기도 하고, 어두운 밤하늘에 반짝이는 어린 별들까지도 버르르 떨게 한다는 것이다.

봄이 오면, 아니 오월이 되면 그의 넓은 집 마당에 활짝 피어난 모란꽃과 대삽 속에서 포르르 날고 있는 꾀꼬리와 밤중을 울고도 모자라 새벽잠을 설치게 하는 가슴을 찢는 두견의 울음소리는 평생을 그를 놓지 않았다. 원한과 슬픔으로 흐느끼는 저승의 소리로 영랑에게 잊었던 고향을 환기시켜 주기도 한다.

> 너 아니 울어도 이 세상 서럽고 쓰린 것을
> 이른 봄 수풀이 초록빛 들어 물 내움새 그윽하고
> 가는 댓잎에 초생 달이 매달려 애틋한 밝은 어둠을
> 너 몹시 안타까워 포실거리며 훗훗한 목메었느니
> 아니 울고는 하마 죽어 없으리. 오! 불행의 넋이어
> 우지진 진달래 와직지 우는 이 삼경의 네 울음
> 희미한 줄산이 살풋 물러서고
> 조그만 시골이 홍청 깨어진다.
>
> ─<두견杜鵑>에서

영랑은 여기서 두견새에게 네가 아니 울어도 서럽고도 쓰리기만 한 세상을 네가 울어 더욱 슬프게 하는 까닭이 무엇이냐고 한다. 가느다란 댓잎에

초생 달이 매달려 더욱 처량한 밤을 목이 메도록 울어대는 너의 목소리가 더욱 더 슬픔을 자아내게 한다는 것이다. 참으로 탁절한 표현이 아닐 수 없다. 가는 댓잎에 실낱 같이 가느다란 초생 달을 매어달게 하여 슬픈 마음을 더욱 애절하게 하고 있다.

만개한 진달래꽃밭 속에 숨어 와자지껄하게 울어대는 두견의 울음소리에 아니 울고는 못 배길 시적 화자인 영랑의 마음을, 줄로 이어진 산들이 물러서고 조그만 시골 마을이 온통 깨어나 흥청거리게 한다고 한다. 비록 두견새가 작다고 하지만 그 울음소리가 하도 구슬퍼서 온 세상을 슬픔 속에 빠져들게 한다는 것이다.

> 철마가 터지던 날 노들 무쇠다리
> 신기한 먼 나라를 옮겨다 놓았다.
> 서울! 이 나라의 화사한 아침 저자러라.
> 겨레의 새봄바람에 어리둥절 실행失行한 숫처년들 없었을 거냐.
>
> 남산에 올라 북한관악을 두루 바라다보아도
> 정녕코 산정기로 태어난 우리들이라
> 우뚝 솟은 뫼뿌리마다 고물고물 골짜기마다
> 내 모습 내 마음 두견이 울고 두견이 피고
>
> 높은 재 얕은 골 흔들리는 실마리길
> 그윽하고 너그럽고 잔잔하고 산뜻하지
> 백마 호통소리 나는 날이면
> 황금 꾀꼬리 희비교향을 아뢰리라.
>
> —<천리를 올라온다>에서

이 시는 영랑이 고향을 떠나 서울로 옮겨 살았던 말년의 작품이라 할 수 있다. 그가 청운의 큰 뜻을 품고 올라와 남산에 올라서 생동하는 서울의 시가지를 내려다보고 있다. 그는 서울 시가지가 마치 먼 나라를 옮겨다 놓은 것만 같다고 한다. 봄을 맞아 활기차게 움직이고 있는 시가지를 통해서 먼 훗날에 펼쳐질 조국의 발전상을 꿈꾸고 있다.

두견화, 곧 진달래와 함께 등장하는 두견의 울음소리는 하나의 풍경으로 제시하고 있다. 그저 두견이 울고 두견화가 피고 있을 뿐이다. 여기서 두견 새가 울어야만 두견화가 피건, 아니면 두견화가 피어야 두견새가 울건, 그것 은 자연의 순리順理이고, 이 두 가지, 곧 두견새와 두견화를 제치고 봄을 상상 할 수조차 없다. 아무튼 두견새의 울음소리가 슬퍼서 어떻다는 것이 아니라, 봄을 맞아 산과 들이 푸르러가고 시가지를 가득 메우고 생동감 있게 흘러가 는 사람들의 행렬을 시적 화자는 뚫어져라 바라보고 있는 것이다.

이외에도 봄을 소재로 한 시가 몇 편이 더 있다. 그러나 이것들은 단순히 봄을 맞은 기쁨을 노래한 것들이라 할 수 있다.

> 그대 내 홋진 노래를 들으실까
> 꽃은 가득 피고 벌떼 닝닝거리고
>
> 그대 내 그늘 없는 소리를 들으실까
> 안개 자욱히 푸른 골을 다 덮었네.
> ············<중략>············
> 어슨 달밤 빨간 동백꽃 쥐어 따서
> 마음씨 양 꽁꽁 주물어 버리네.
>
> ―<홋젓한 노래>에서

> 연아문 해? 그때는 봄날이러라 바로 이 못가이러라
> 그이와 단둘이서 흰모시 진설 두르고 푸르른 이끼도 행여 밟을세라 돌
> 위에 앉고 부픈 봄 물결 위의 떠도는 백조를 희롱하여
> 아직 청춘을 서로 좋아하였거니

아! 나는 이즈음 서어하나마 인생을 느끼는데

　　　　　　　　　　　　　—<지반추억池畔追憶>에서

　이 두 편의 시는 위에서 논의된 것과 연관되는 심상이나 주제의식도 없다. 말하자면, 앞의 <호젓한 노래>에서는 봄을 맞아 시인의 외로운 심정을 노래한 것이고, 뒤의 <지반추억>에서는 중년의 나이에 접어든 시적 화자인 영랑이 자꾸만 멀어져 가는 청춘을 아쉬워하고 있다. 영랑에게 봄은 활기찬 역동성의 계절이 아니라, 외롭고 쓸쓸한 정감의 계절로 슬픔과 눈물을 자아내게 하고 있다.

　위에서 살펴본바, 영랑에게 '봄—오월'의 심상이 나타내는 상징적 의미는 다양하게 전개된다. 먼저 '봄—오월'이 '모란꽃'을 만나 또 다른 '봄'의 상징성으로 민족적 염원과 기다림으로 나타나기도 하고, '봄—오월'의 심상이 두견새와 꾀꼬리와 종다리를 만나 피울음과 노래 소리로 표출되기도 한다. 그리고 '봄—오월'의 심상이 두견새를 만나서는 죽음과 이어지면서 중년으로 접어든 시적 화자의 피울음으로 표출되기도 하고, 푸른 대삽3)을 종횡으로 누비면서 경쾌한 목소리로 외쳐대는 꾀꼬리의 목소리를 통하여 철없이 뛰어놀던 소년시절을 떠올리는가 하면, 푸른 하늘을 높이 날아오르며 지저귀는 종다리 노래 소리를 통해서 시적 화자의 외롭고 쓸쓸한 마음을 달래기도 한다.

---

3) 영랑은 '대숲'을 '대삽'이라 하고 있다. 영랑의 고향에서는 '대나무'를 그냥 '대'로 사용하고 있을 뿐, '대나무'라 하지 않는다는 것이다.
　"대삽에서 우렁찬 바람이 터져 나옵니다. 지용의 '청대나무'입니다. 대에 나무를 붙여서 읊는 지용은 용하게도 동백을 춘백나무라 읊습니다. 대나무의 고장故庄인 이곳에선 삼척동자라도 대지, 대나무는 아니랍니다. 그 대밭이 하도 많이 큰 게 있어서 한 동리의 한 촌락을 흔히 에워싸고 있습니다. 그 대밭을 대삽이라 부르지요." (<감나무가 단풍 드는 전남의 구월>, ≪조광≫, 1938년 9월)

'죽음—무덤'의 심상과 모티프

1. '죽음'이란 그저 슬프고 눈물 나는 것

영랑에게 '죽음'이란 그저 슬프고 눈물 나는 것이라고 한다. 이것은 어디까지나 감성의 차원으로 '죽음'이나 '무덤'을 보면 그저 슬프고 서러워진다는 것을 말한 것이다. '죽음'이 무엇인가를 그 밑바닥까지 파고들어 깊이 따지고 하기에 앞서 죽음이나 무덤 앞에 서면 하도 서러워 눈물이 난다는 것을 이름이다. 이것은 '죽음'이나 무덤을 지적으로 접근하기보다는 서럽게 느껴지는 그대로의 감성의 표출이라 할 수 있다.

그렇다면 '죽음'은 무엇인가? 이것은 '삶'이 무엇인가와 함께 인간의 본질적인 문제가 되기도 한다. 다시 말해서 '죽음'이란 '삶'의 대응 개념으로 인류가 생래 이래로 '삶'의 문제와 함께 화두話頭로 삼아온 것도 사실이다. '삶', 곧 태어남이 환희와 기쁨이라면, '죽음', 곧 사멸한다는 것은 비애와 눈물로 표상되기도 한다. 그렇다면 이런 환희나 비애의 관념으로 인간의 삶과 죽음의 본질이 해결되었다고 할 수가 있을까? 아무래도 그것은 아닌 것 같다.

공자의 제자 자로子路가 스승에게 '죽음'이 무엇이냐고 묻자, 공자는 이렇게 말했다. '삶'의 문제도 다 알지 못하는데, '죽음'의 문제를 어떻게 알 수 있겠느냐는 것이다. 그렇다. 사람이 실지로 살면서도 '삶'이 무엇인가를 모르는데, 어찌해서 죽음을 체험해보지도 못하고 죽음의 본질을 알 수 있단 말인가? 그저 태어났으니까 살아가다 죽어가는 것, 바로 이것이 인생인 것이다.

이 세상에 사람, 아니 살아있는 모든 생명체는 반드시 죽어간다. 태어났으니까 죽어야 한다는 것은 진실이고 사실이다. 그렇다고 이것만으로 삶이나 죽음의 본질적 문제가 해결된 것은 아니다. 그래서 인간은 '죽음'의 문제를 과학적인 차원을 넘어서 철학과 종교적 차원에서 해결하고자 하였으나, 아직도 그것을 해결하지 못하고 있다. 아니 그것을 해결하지 못하는 것이 아니라 영원히 해결할 수 없는 과제임에 틀림없다.

하기야 인간의 '삶'이나 '죽음'의 실체나 본질이 해결된다면, 인간이 더 이상 살아갈 필요가 있을까? 아마도 인간은 더 살아갈 필요조차 없을 것이다. 삶이나 죽음의 실체나 본질이 해결될 수 없기 때문에, 그 실체와 본질을 해결하기 위해서 부단히 추구하고 있는 것이 바로 인류의 역사라 할 수 있다. 아무튼 인간의 삶이나 죽음의 실체나 본질은 해결될 수도 없고, 또 해결되어서도 안 된다.

역사적으로 얼마나 많은 시인들이 '죽음'을 주제로 노래했던가? 그것은 헤아릴 수조차 없다. 그렇다면 왜 이렇게 많은 시인들이 '죽음'을 노래했던가? 그들이 죽음의 본질적 문제를 해결하기 위해서 노래한 것은 아니다. 이미 그들은 죽음이 무엇인가 하는 본질적인 것은 해결할 수 없다는 것을 잘 알고 있었다. 그저 살아가다가 죽어가는 것이 너무나 슬프고 고통스럽기 때문에 눈물로써 노래한 것인지도 모른다.

ㄹ. 어려서 만난 두 죽음
ㅡ가까운 육친의 죽음과 어린 아내의 죽음

영랑은 아주 어려서부터 죽음과 만나게 된다. 그것은 가까운 육친과 어려서 결혼한 아내의 죽음을 통해서 '죽음'이 서럽고 슬프다는 것을 알게 된 것이다. 언제나 가까이에서 살을 맞대고 의지하고 살다가 숨 거두고 떠나가고 나면, 영영 다시 만날 수 없는 것, 그것이 바로 죽음이다.

처음에는 어딘가 잠시 나들이 간 것과도 같이 느껴지는 것이 죽음이다. 그러다가 날과 달이 가고 또 가고 해가 바뀌어도 돌아오지 않으면, 그때에야 비로소 영영 만날 수 없다고 생각되는 것, 그것이 바로 죽음이다. 이렇게 생자와 사자가 헤어지고 나면 다시는 돌아올 수도 없고, 만날 수도 없는 것이다. 그러면서 생자의 기억 속에서 차츰차츰 지워지면서 회미해지는 것이 죽음이다.

그러나 아무리 세월이 흐른다 해도 영원히 지워질 수 없는 것이 육친이나 가까운 친구들과의 사별이다. 살아 있는 사람들의 바쁜 일상의 틈새로 문득문득 생각케 하여 서럽게 눈물 나게 하는 것, 바로 이것이 죽음인 것이다.

1) 아주 가까운 육친의 죽음ㅡ붉은 자욱마다 고인 눈물

영랑은 철이 들기도 전에, 아니 아주 어렸던 나이에 '죽음'을 만난 것 같다. 그것도 그와 아주 가깝다기보다 떼려야 뗄 수 없는 육친의 죽음이다. 그는 그 육친과의 사별을 먼 훗날 '연鳶'을 날렸던 어린 시절의 추억을 통해서 그 서러웠던 기억을 통해서 회상하고 있다.

> 오! 내 어린 날 하얀 옷 입고
> 외로이 자랐다 하얀 넋 담고
> 조마조마 길가에 붉은 발자욱

자욱마다 눈물이 고이었었다.

—<연·1>에서

위는 영랑이 세월이 많이 흐른 30대 후반에 이르러 어린 옛 시절을 회상한 <연>의 일절이다. 이것은 그가 '연'을 날리면서 자랐던 어린 시절에 있었던 일인 것 같다. 하얀 옷, 아니 하얀 소복素服으로 넋 잃고 울었던 슬픔을 떠올리고 있다. 영랑에게 그 무엇이 어린 나이에 이렇게 소복을 하고 넋을 잃고 붉은 발자욱마다 눈물이 고이도록 서럽게 했을까? 그와 아주 가까웠던 할머니나 할아버지와도 같은 육친과의 사별이 아니었을까 싶다.

영랑이 이렇게 처음으로 만나게 된 죽음, 그것은 그와 아주 가까웠던 육친과의 사별로 보인다. 하얀 옷 입고 외롭고 슬프다고 한 것으로 보아, 할머니와 할아버지 가운데 하나가 아니면 그 둘일 수도 있다. 분명 아버지와 어머니는 물론 아니다. 아버지는 그때까지 생존해 있었고, 어머니도 영랑의 삼십이 넘어서 돌아가셨기 때문이다.

그렇다면 위에 인용된 <연·1>에 나타난 죽음은 무엇일까? 가까운 육친이 아니고서 어린 아이에게 소복, 곧 상복을 입힐 까닭도 없을 것이다. '연'을 날리면서 자랐던 어린 시절에 영랑은 죽음을 만나 슬퍼했던 기억을 떠올리고 있다. 비록 죽음이 무엇인가 잘 모르긴 했지만, 시적 화자가 딛는 붉은 발자욱마다 눈물이 고인다고 하고 있다.

사람은 언제나 죽음과 만나게 마련이다. 가족이나, 아니면 친구들 그리고 가까운 이웃할 것 없이 우리들이 형성하고 살아가는 공동체 속에는 언제나 죽음이 있게 마련이다. 인간의 삶 자체가 죽음과 맞닿아 있기 때문이다. 살아가는 과정이 곧바로 죽어가는 과정이기도 하다. 그러나 아무리 어려움 속에서 살아간다고 해도 삶은 그 자체가 기쁨이고 환희라면, 아무리 편안하고 안락하게 죽는다 할지라도 죽음은 슬픔과 눈물일 수밖에 없다.

우리가 말로는 죽음 앞에 담담해져야 한다고 한다. 그러나 그것도 타자의 죽음을 두고 한 말이지, 막상 그 죽음이 자기 앞에 다가섰다고 할 때는 어떻겠는가? 이 세상 어느 누구도 죽음 앞에서 담담해질 수는 없다. 불가피하게 받아들일 수밖에 없기 때문에 눈을 감고 가는 것이다. 이것은 살아간다는 말은, 또한 죽어간다는 말과 같다는 것이기도 하다. 인간은 누구나 싫어하지만 태어나는 순간부터 죽음을 향해서 질주하고 있는 것이다. 바로 이것이 인생이라 할 수 있다.

2) 어린 아내의 죽음―그저 서럽고 눈물 나는 것

영랑에게 죽음이란 무엇인가? 아무래도 이때 영랑에게는 '죽음'이 무엇인가와도 같은 깊은 사유의 대상은 아니었던 것 같다. 그것은 그저 살아가다 죽어가는 것, 아니 그 죽음이 너무나도 슬펐기 때문에 눈물로 노래한 것인지도 모른다. 그리고 영랑에게 '죽음'은 격한 분노와 아픔으로 표상되기도 한다.

영랑이 죽음을 두 번째로 만나게 된 것은 아내의 죽음을 통해서다. 이것은 영랑이 휘문의숙에 재학하고 있었던 열여섯 살 때의 일이다. 서울의 하숙집에서 불의에 받은 아내의 부보訃報는 그를 통곡으로 빠져들게 한 것이다.

영랑이 첫 아내 김은하金銀河와 결혼한 것은 1916년의 일이다. 비록 그들이 어린 나이에 결혼했지만 금슬琴瑟이 무척 좋았던 것 같다. 영랑은 고향의 아내가 서울 하숙집으로 보내주는 편지를 통해서 부부의 정을 쌓아가고 있었다. 어린 나이로 엄격하기만 했던 대가의 시부모를 잘 모시고 살고 있는 아내가 언제나 고맙고 대견스러웠다는 것이다. 그런데 그런 아내가 갑자기 죽었다는 부보는 영랑에게 큰 충격이 아닐 수 없다. 그래서 그는 열차를 타고 가면서도 그 부보를 믿고 싶지가 않았다. 그러나 고향 가까이에 이르러 아내의 죽음이 사실로 확인되자 통곡을 하였다는 것이다.

쓸쓸한 뫼 앞에 후젓이 앉으면
마음은 갈앉은 양금줄 같이
무덤의 잔디에 얼굴을 비비면
넋이는 향 맑은 구슬손 같이
산골로 가노라 산골로 가노라
무덤이 그리워 산골로 가노라

—<쓸쓸한 뫼 앞에>의 전문

영랑이 죽음이나 무덤을 알게 된 것은 아내의 죽음과 무덤을 통해서였으며, 아내와의 사랑도 무덤을 통해서 느끼게 된 것이다. 깊은 산속 아내 혼자서 쓸쓸하게 누워 있는 무덤 앞에 앉으면 마음이 차분히 가라앉는다고 한다. 그리고 무덤 위에 파릇파릇 돋아나는 잔디에 얼굴을 비비면 아내의 넋이 향 맑고 아담한 구슬 손같이 느껴진다고 한다. 그가 산골로 자꾸만 가고 싶어 한 것도 아내의 무덤이 그리워서 그랬다는 것이다.

영랑은 어려서 죽은 아내의 무덤을 통해서 죽음이 서럽고 슬프다는 것을 알게 된다. 사람은 한 번 죽어서 땅에 묻히면 영영 만날 수 없는 것, 그래도 만나고 싶으면 무덤이나 찾아가야 겨우 죽은 영혼과 만나 이야기할 수밖에 없으니 말이다. 그래서 영랑에게 죽음은 서럽고 눈물 나는 것, 아니면 못다한 사랑을 나누게 된 것도 쓸쓸한 아내의 무덤을 통해서였을 것이다.

영랑이 아내와 사별하고 한참 세월이 흐른 뒤에 홀로 고향에 살면서 죽은 아내가 생각날 때에는 이따금 찾아가 부른 시편들은 이외에도 몇 편 더 있다. 그것들은 모두 사행연의 짧은 소곡小曲들이다.

좁은 길가에 무덤이 하나
이슬에 젖이우며 밤을 새인다

나는 사라져 저별이 되오리
뫼아래 누워서 희미한 별을
—<좁은 길가에 무덤이 하나>에서

못오실 님이 그리웁기로
흩어진 꽃잎이 슬프랬던가
빈손쥐고 오신봄이 거저나 가시련만
흘러가는 눈물이면 님의마음 젖으련만
—<못 오실 님이 >의 전문

어덕에 누워 바다를 보면
빛나는 잔물결 헤일수 없지만
눈만 감으면 떠오는 얼굴
뵈올적마다 꼭 한분이구료.
—<언덕에 누워 바다를 보면>의 전문 출저

좁은 길가의 외로운 무덤은 죽은 아내의 무덤이다. 밤새도록 이슬에 젖고 서도 더 적셔진다는 것이다. 여기서 이슬은 눈물로 죽은 아내가 못다 한 사랑이 애달파서 흘리는 눈물이다. 그래서 시적 화자는 아내에 대한 그리움을 못 이겨 뫼 아래 누워서 희미한 별을 마냥 바라보고 있다. 그리고 그가 그렇게 그리워하는 아내는 '못 오실 님'이고 '눈만 감으면 떠오르는 얼굴'로 눈물과 설움일 수밖에 없다. 그러나 눈만 감으면 떠오르는 얼굴은 언제나 꼭 한 분, 서러운 그 색시의 얼굴이라는 것이다.

그색시 서럽다 그얼굴 그동자가
가을 하늘가에 도는 바람슷긴 구름조각,
핼쑥하고 서느러워 어디로 떠갔느냐
그색시 서럽다 옛날의 옛날의

그 색시를 생각하면 너무나도 서럽다는 것이다. 그 얼굴 그 눈동자가 마치 맑고 푸른 하늘가에 떠도는 구름조각처럼 해쓱해지고 서늘한 바람을 타고 어디로 떠갔느냐고 하면서 살아서 함께 했던 그 옛날이 서럽고도 그리워진다고 한다. 비록 이들 내외가 어린 나이에 만나 아주 짧은 시간을 살고 헤어졌지만, 영랑에게 죽은 아내에 대한 기억은 좀처럼 지워지지 않았다. 그래서 영랑은 생각날 때마다 죽은 아내의 무덤을 찾아 가서 서러운 노래를 부른 것이다.

ㄹ. 민족관념과 '죽음'의 상징성

영랑의 경우, 중·후반기에 이르러 '죽음'의식은 초기의 시편들과는 달리, 일제의 식민정책과 8·15해방 후의 혼란된 정국인, 이념적 대립과 갈등으로 빚어진 동족간의 살상 문제와 맞물리고 있다. 태평양전쟁의 발발을 전후한 시기에 일제의 탄압정책이 가중되어 오는 암담한 민족적 현실과 직면하여 출구조차 꽉 막힌 극한상황에서 느끼는 자학적 충동으로 스스로 목숨을 끊고자 독을 차지 않을 수 없었던 것이 일제 말엽의 죽음에 대한 관념이었다면, 8·15해방 이후에는 동족 간에 살상을 서슴지 않았던 끔찍스런 현장 속에서 목격했던 수많은 젊은이들의 죽음을 통해서 느끼는 참담함과 좌절감으로 표상되기도 한다.

1) '죽음'의식과 자학적 충동ー분노의 불길로 치솟는 것

영랑은 초기의 시편들이 고요하고 섬세한 감각과 내면, 곧 마음의 세계로 집중된데 반해서 중간기의 전환적 시편들은 이런 섬세한 감각과 내향성에서 벗어나 자아를 외적 사회로 확대하면서 '죽음'을 의식하기 시작한다. 그러나 전환기 시작에 나타난 '죽음'은 타자의 죽음이 아니라, 시적 화자인 영랑 자신의 죽음이라 할 수 있을 것이다.

이 시기에 이르러 영랑은 "내 인생이란 그때부터 벌써 시든 상 싶어"[4]라고 '삶' 자체를 회의하기 시작한 <연·2>는 '인생'도 '겨레도' 다 멀어진 허탈 상태에서 '삶'과 '죽음'의 문제를 생각하고 있다. 여기서 '멀어졌다'고 함은 아무래도 나라를 빼앗기고 아무런 의욕도 없이 살아가는 시적 화자의 무료한 삶을 이렇게 말한 것이다.

그렇다면, 영랑을 이렇게 심적 허탈상태에 이르게 한 것은 무엇일까? 그것은 감성적 차원보다는 자아의 사회적 확대, 곧 일제의 억압정책이 날로 가중되어 오는 암울한 시대상황에서 기인된 것으로 보인다. 그 어디를 향해 보아도 탈출구가 없이 폐쇄되어 질식할 것만 같은 일제 말엽의 절망적 상황에서 비롯된 것이라 할 수 있다. 그래서 영랑은 자신도 모르게 '나'와 '너' 할 것 없이 해칠 수도 있는 '독毒'을 차고 다닐 수밖에 없었다.

> 내 가슴에 독을 찬지 오래로다.
> 아직 아무도 해한 일 없는 새로 품은 독
> 벗은 그 무서운 독 그만 흩어버리라 한다.
> 나는 그 독이 벗도 선뜻 해할지 모른다 위협하고
> ··········<중략>··········
> 나는 독을 품고 선선히 가리라.
> 마감 날 내 깨끗한 마음 건지기 위하여
>
> ─<독을 차고>에서

---

4) 김영랑의 <연·2>의 일절

"독을 차지 않고 살아도 머지않아 가버린다"5)에서 '가버린다'고 함은 죽음을 의미한다. 그런데 여기서 영랑이 의식한 '죽음'은 역사적 시대적 고뇌에서 비롯된 것이다. 날로 가중되어 오는 일제의 억압정책으로 어둡고 암담하기만 했던 민족적 현실, 아니 출구조차 없는 막다른 극한상황에서 느껴지는 절망적 '죽음'이라 할 수 있다. 그래서 영랑은 죽는 날까지 '깨끗한 마음', 곧 안일한 '굴종屈從의 삶을 살지 않기 위해서 독을 차지 않을 수가 없다고 한 것이다.

여기서 '독'과 '죽음'의 연관성은 '굴종의 삶'의 거부로서 표출된다. '독'은 나라를 빼앗기고 온갖 수모를 당하면서 부끄러운 굴종의 삶을 살기보다는 스스로 목숨을 끊겠다는 결의와도 연관된다. 그리고 또한 '독'은 나에게 부끄러운 '굴종의 삶'으로 유도하거나 강요하는 그 어떤 세력이나 친구들조차도 해할지 모른다고 경고하기도 한다.

그렇다면, 여기서 시적 화자, 곧 영랑 자신이 삶을 마감하는 날까지 지키고자 하는 '깨끗한 마음'은 무엇일까? 그것은 바로 민족감정이라 할 수 있다. 일제의 단말마적 억압정책으로 피폐할 대로 피폐해진 삶은 그 시대 수많은 지식인들로 하여금 변절케 하였다. 그 가까운 주변의 많은 사람들이 변절하여 일제에 아부하면서 굴욕적 삶을 살아가는 모습을 보고 서글퍼하기도 하고 분노하기도 한다. 이런 어려운 가운데서도 영랑은 자신의 '깨끗한 마음'을 지키고자 독을 차지 않을 수 없었던 것이다.

> 헤어진 고총에 자주 떠오리
> 날마다 외롭다 가고 말 사람
> 그래도 뫼 아래 비돌 세우리
> 「외롭건 내 곁에 쉬시다 가라」

---

5) <독을 차고>의 2연 1행을 참조.

한 되는 한마디 새기실런가

―<묘비명墓碑銘>에서

아쉰 마음 끝내 못 빼앗고
주린 마음 그득 못 배불리고

어피차 몸도 괴로워졌다
바삐 관에 못을 다져라.

아무려나 한줌 흙이 되는구나.

―<한줌 흙>에서

이 두 작품은 '죽음'의식을 주제로 한 것들로, 전 세계가 전쟁의 거센 격랑으로 소용돌이치던 시기에 제작 발표된 것들이다.[6] 식민치하를 살고 있는 우리 민족은 한 치의 앞도 가늠할 수 없을 만큼 어둡고 암담하기만 했다. 징병이다 창씨개명이다 공출이다 갖은 수탈행위를 자행하는 일제의 만행은 날로 더해오고 있었다.

지식인들이 이런 어둡고 암울한 시대에 양심을 지키고 살아간다는 것은 너무나 고통스러웠다. 이것은 영랑의 경우도 마찬가지다. 아무리 영랑이 고향에 묻혀 산다고 하지만, 그런 무거운 중압감에서 벗어날 수는 없었다. 그래서 그는 결국 죽음을 생각하지 않을 수가 없었다.

이렇게 어둡고 암울하기만 했던 시대상황에서 영랑이 민족적 양심을 굳건히 지키고 살아가기에는 너무나 어렵고 절망적이었다. 자신에게 분노하면서도 그 난관을 극복하지 못한 영랑은 실의와 좌절 속에서 스스로 목숨을 끊고 싶은 자학적 충동에 휘말려들고 만다. 그래서 그는 독毒을 차지 않을 수가

---

6) 앞의 <묘비명>은 1940년 12월호 ≪조광≫지에 발표되었고, 뒤의 <한줌 흙>은 1940년 3월호 같은 ≪조광≫지에 발표된 되었다.

없었고, 서둘러 '관棺'에 못을 다지라고 외쳐대면서 '한줌 흙'으로 돌아간 무덤에 세워질 '묘비명'까지 쓰게 된 것인지도 모른다.

2) '잘 가기'와 '망각忘却'의 의미

영랑은 '죽음'을 '잘 가기'와 '망각'으로 표현하기도 한다. 하기야 사람이 태어나서 살다가 죽어가는 과정으로 보면, 세월을 따라 흘러가다가 소멸되는 것이다. 결국은 보이지 않는 어딘가를 향해서 가는 것, 다시 말해서 우리는 태어나자 곧바로 죽어가는 과정을 밟아가고 있는 것이다. 그래서 영랑이 인간의 죽음을 '잘 가기'로 표현한 것으로 보인다.

> 어느 날 어느 때고
> 잘 가기 위하여
> 편안히 가기 위하여
>
> 몸이 비록
> 아프고 지칠지라도
> 마음 편안히
> 가기 위하여
>
> 일만 정성
> 모두어 보리.
>
> ─<어느 날 어느 때고>에서

인간은 누구나 언젠가는 어디론가 가야만 한다. 그러나 가는 날도, 가는 곳도 모르면서 자꾸만 가고 있다. 그래서 사람들은 이런 덧없는 삶을 허무한 것이라고 하기도 한다. 죽음을 바로 앞에 두고도 외면하고 살아가고 또 그렇게 하고 싶은 것이 인간의 본능인지도 모른다.

불혹의 막바지에 이르러 있는 영랑은 덧없이 흐르는 세월 속에서 인생의 허무를 의식한다. 그래서 그는 마음 편안히 가기 위해서 온 정성을 모아 보자고 한다. 아무리 몸이 아프고 지쳤다 할지라도 편안히 가고자 한다. 그러나 마음 편안히 삶을 마감한다는 것이 그리 쉬운 것은 아니다. 일만 정성을 모아 바쳐야만 하고, 또한 평생을 수도사와도 같이 마음을 닦아야만 하는 좁은 길이라고 하기도 한다.

> 살이 삭삭
> 여미고 썰릴지라도
> 마음 편안히
> 가기 위하여
>
> 아! 이것
> 평생을 닦는 좁은 길.
>
> ―<어느날 어느 때고>에서

사람들에게는 삶도 중요하지만, 삶에 못지않게 죽음도 중요한 것이다. 우리가 일상 외면하고자 하는 죽음, 그러나 그것을 외면한다고 해서 피해갈 수 있는 것이 아니다. 태어난 모든 것, 생명을 가진 모든 것은, 반드시 소멸한다는 것은 자연의 법칙이기도 하다. 아무리 인간의 힘이 크다고 한들, 거대한 자연의 힘을 이겨낼 수는 없는 노릇이다. 보이지도 않고, 볼 수도 없는 자연의 힘, 그것은 무위無爲하지만 하지 않음이 없다. 이 무위의 법칙, 아니 무위하지만 하지 않음이 없는 자연의 힘은 인간의 생로병사를 철저히 관장하고 있는 것이다.

걷던 걸음 멈추고 서서도 울컥 생각키는 것 죽음이로다.
그 죽음이사 서른 살적에 벌써 다아 잊어버리고 살아왔는데
웬 노릇인지 요즘 자꾸 그 죽음 바로 닥쳐온 듯만 싶어져.
항용 주춤 서서 행 길을 호기로이 달리는 행상行喪을 보고 있느니.

내 가버린 뒤도 세월이야 그대로 흐르고 흘러가면 그뿐이오라
나를 안아 기르던 산천도 만년 하냥 그 모습 아름다워라
영영 가버린 날과 이 세상 아무 개갤 것 없으매
다시 찾고 부를 인들 있으랴 억만영겁億萬永劫이 아득할 뿐.

로 시작되는 <망각忘却>은 제의題意 그대로 '죽음'을 주제로 하고 있다. 이 시는 전체가 5연으로 구성되어 있는데, 먼저 각 연의 내용을 간추려 보면 다음과 같다.

제1연에서 영랑은 아무데서나 닫다가 생각나게 하는 것은 '죽음'이라 하고 있다. '죽음'의 문제를 잊고자 하여 오랜 세월을 그렇게 살아왔지만, 웬일인지 요즘은 바로 그 죽음이 눈앞에 다가온 것만 같았다. 그래서 영랑은 행 길을 따라 산으로 달려가는 상여喪輿를 기다리기도 한다. 죽음은 우리가 회피한다고 해서 피해갈 수 있는 성질의 것이 아니다. 살아간다는 것, 바로 그것은 죽어간다는 것과 맞물려 있기 때문이다. 삶의 끝에는 반드시 죽음이 이어져 온다는 것은 누구나 죽음을 회피할 수 없다는 것을 의미한다.

제2연에서 영랑은 내가 죽어간 뒤에도 세월이야 그대로 흘러갈 것이라고 한다. 그리고 내가 살아생전에 나를 그 품에 안아 기르던 산과 냇물도 여전히 아름다울 것이다. 오직 나만이 죽어서 어디론가 가는 곳도 모르면서 영영 돌아오지 못할 그곳으로 떠나가고 자취조차 찾을 수도 없게 된다. 사람들은 누구나 자신이 죽고 나면 세월도 멈추어 서고 자연도 많은 변화가 있을 것으로 생각한다. 아니 그렇게 되기를 간절히 바라고 있는지도 모른다. 그러나

내가 죽은 후에도 세월은 여전히 흐를 것이고, 자연도 변함없이 봄이 되면 꽃들은 피고지고, 가을이면 낙엽이 되어 떨어질 것이다. 오직 나만이 홀로 죽어서 떠나고 없는 것이다.

제3연에서 영랑은 아무리 산천이 아름답고 노래가 고울 지라도, 아니 아무리 사랑과 예술이 달콤하다고 해도, 그 모두가 허무하다고 한다. 인간이 산다는 것, 그 자체가 허무한 존재라는 것이다. 짧은 한 순간이 행복하고 참다웠다고 할지라도 그것들이 다 무슨 소용이란 말인가? 우리가 세상에 태어나지 않음만 같지 못한 것이 바로 인간의 존재라는 것이다.

제4연에서 영랑은 눈을 감고 깊은 명상에 잠긴 대로 눈물 흐르고 헐떡이다 숨이 끊어지면 가는 것이라고 한다. 더구나 일제의 총칼 앞에 옴짝하지 못했던 비운悲運의 겨레들, 아니 비겁하게 살 수밖에 없었던 우리들이 죽으면 그만이라는 허망한 생각만이 나를 꽉 잡고 있느냐고 반문하기도 한다.

제5연은 이 시의 결론으로서 영랑은 그가 살아온 허망한 죽음의 세월들을 잊고자 해도 잊히지 않는다고 한다. '내 죽음', 아니 죽음을 망각할 수 있는 것이라면 좋겠지만, 그렇지 못한 것이 죽음이라는 것이다. '죽음'과 삶은 긴밀한 관계로, 삶이 곧 죽음이고, 또한 죽음이 곧 삶이라 할 수 있다. 인간의 삶과 죽음이 따로 있는 것이 아니라, 삶과 죽음은 한 끈으로 이어져 있다. 이 말은 살아 있는 실체는 반드시 죽어야만 한다는 것을 의미한다.

누구나 '죽음'은 생각하기조차 싫어한다. 아니 망각하고자 하는 것이 사람의 본능이기도 하다. 그러나 '죽음'은 누구에게나 바로 앞에 다가서고 있다. '죽음'을 바로 앞에 두고도 그것을 잊고자 하는 것, 이것은 천고로부터 이어져 온 인간의 고뇌이기도 하다. 아니 인간의 역사라 할 수도 있을 것이다.

이 시에서 영랑이 말하고자 하는 것이 바로 죽음의 문제다. 바로 눈앞에 다가오고 있는 죽음을 잊고자 하지만 잊히지 않는다는 것이다. 무엇 때문에 죽음을 잊고자 해도 잊을 수가 없는 것일까? 그것은 태어난 모든 것은 사멸해야 하기 때문이다. 이 말은 생과 사는 한 끈으로 이어졌다는 것을 의미한다.

영랑의 시에서 이러한 '죽음'의 문제가 객체에서 자아로 돌아오게 된 것은 무엇 때문일까? 그것은 중·후반기의 시작에 나타난 현상으로, 일제의 수탈정책과 연관되고 있다. 날로 가중되는 억압정책으로 숨을 쉴 공간조차 좁혀져 있을 뿐만 아니라, 저항조차 불가능한 한계상황에서 굴종적인 삶을 살기보다는 자살을 생각할 수밖에 없었다. 결국 그의 '죽음'에 대한 이러한 관념은 자학적 충동에서 기인된 것이라 할 수 있다.

3) 원통한 떼죽음과 망해 가는 조국의 모습
─이념적 대립과 갈등

8·15해방과 함께 영랑은 활짝 열린 광장으로 뛰쳐나왔다. 폐쇄되어 어둡기만 했던 좁은 공간에서 움츠리고 살았던 삶에서 벗어나 크고 넓은 하늘과 바다로 달려 나온 것이다. 그래서 그는 스스로 죽고자 했던 자학적 충동에서 벗어나 새나라 건설에 직접 참여하기도 한 것이다.

그는 청운의 큰 뜻을 품고 고향을 떠나 서울로 거처를 옮기고 친구들과 함께 각종 행사에 참여하여 활동하기도 한다. 그러나 그것도 잠시였다. 정국은 날로 혼란을 거듭했고, 국민은 이념적 차이로 첨예하게 대립하여 갈등하고 있었다. 그리하여 서로 편을 갈라 싸우고 죽이기를 서슴지 않았다. 국가의 장래는 아랑곳 하지 않고 정권욕에 휘말려 분쟁만 일삼고 있었던 것이다.

정치지도자들의 이런 잘못된 생각으로 국민들은 분열되어 서로 편을 가르고 적대시하고 있었다. 그릇된 정치지도자들을 추종하던 무고한 젊은이들이 수없이 희생되었던 것이 해방정국의 처참한 우리의 모습이라 할 수 있다. 일본의 쇠사슬에서 벗어난 감격이 채 가시기도 전에 빚어진 이런 사회적 혼란상은 결국 동족상쟁이라는 커다란 재앙을 불러오고 만 것이다. 생각하면 너무나도 아픈 상처로 역사적 죄악이 아닐 수 없다.

> 새벽의 처형장에는 서리찬 마魔의 숨길이 휙휙 살을 에웁니다.
> 탕탕 탕탕탕 픽픽 쓰러집니다.
> 모두가 씩씩한 맑은 눈을 가진 젊은이들 낳기 전에 임을 빼앗긴 태극
> 기를 도루 찾아 삼년을 휘두르며 바른 길을 앞서 걷던 젊은이들
> 탕탕탕 탕탕 자꾸 쓰러집니다.
> 연유 모를 떼죽음 원통한 떼죽음
> 마지막 숨이 다 질 때에도 못 잊는 것은
> 하현下弦 찬달 아래 종고산鐘鼓山 머리 날리는 태극기
> 오……망해가는 조국의 모습
> 눈이 참아 감겨졌을까요.
>
> ─<새벽의 처형장>에서

해방 정국의 혼란상은 극에서 극으로 치닫고 있었다. 무엇 때문에 누가 누구를 이렇게 처참하게 죽이고 죽임을 당해야 하는가? 그것도 아까운 많은 젊은이들이 무참하게 처형당해야만 하는가? 빼앗겼던 태극기를 되찾아 3년을 활기차게 휘날리며 정의의 길로 내닫던 젊은이들이 탕탕하는 총소리에 죽어가야만 했던가? 까닭도 모를 떼죽음, 아니 원통한 떼죽음이 아닐 수 없다.

영랑은 이런 해방 정국의 혼란상 속에서 망해가는 조국의 모습을 보고 있었다. 몇몇 정치 지도자들의 잘못된 생각으로 이념과 사상을 앞세워 편을 가르고 민족을 분열시켜 많은 젊은이들을 희생시킨 것을 맹렬히 비난하고 있다. 서로 합심하여 공동체의식으로 새나라 건설에 전력을 기울여도 모자라는데, 날마다 정쟁을 일삼고 민족분열을 획책하고 있으니 망할 길밖에 없다는 것이다.

무고한 젊은이들이 수없이 죽어나가는 '새벽의 처형장'에서 흘러내리는 생혈生血의 싸늘한 핏줄기, 이것은 영랑의 마음을 너무나 아프게 하였던 것

이다. 그래서 그는 '오……망해가는 조국의 모습'이라고 외쳤던 것이다. 서로
보듬고 살아도 모자라는데 이렇게 분열되어 서로 간에 살상을 자행하고 있
었음은 망할 민족이 아니고서는 할 수 없는 만행이 아닐 수 없다.

옥천玉川 긴 언덕에 쓰러진 죽음 떼죽음
생혈生血은 쏟고 흘러 십리강물이 붉었나이다.
싸늘한 가을바람 사흘 불어 피 강물은 얼었나이다.
이 무슨 악착한 죽음이오니까
조국을 지켜 주리라 믿은 우리 군병의 창끝에
태극기는 갈갈이 찢기고 불타고 있습니다.
별 같은 청춘의 그 총총한 눈들은
악의 독주毒酒에 가득 취한 군병의 칼끝에
모조리 돌려 빼이고 불타 죽었나이다.
………<중략>………
근원이 무에든지 캘 바이 아닙니다.
죽어도 죽어도 이렇게 죽는 수도 있나이까
산채로 살을 깎이어 죽었나이다.
산채로 눈을 뽑혀 죽었나이다.
칼로가 아니라 탄환으로 쏘아서 사지를 갈갈이 끊어 불태웠나이다.
훗한 겨레의 피에도 이렇게 불순不純한 피가 섞여 있음을 이제 참으로
알았나이다.
아 내 불순不純한 핏줄 저주받을 핏줄.

— <절망>에서

동족 간의 갈등이 이런 처참한 살상으로 확대된 것을 영랑은 무척 안타까
워하고 있다. 아니 분노하고 있는 것이다. 배달의 단일민족으로서 따지고 보
면 서로가 한 핏줄로 이어진 형제고 이웃으로 생각하고 있었는데, 이렇게 처
참하게 살상하고도 어찌 같은 민족으로 자처할 수 있겠는가? 한 핏줄로 이어

진 자랑스러운 민족의 피 속에 저주받을 그런 불순물이 섞여있다는 것을 처음으로 알게 되었다는 것이다. 어떻게 같은 민족끼리 이런 잔인하고 엄청난 살상행위를 자행할 수 있단 말인가? 영랑은 그의 눈앞에 펼쳐지고 있는 정국과 사회적 혼란을 보고 좌절하지 않을 수가 없었다. 언제나 단일 민족으로서 대륙의 한 귀퉁이에 매어달려 강인한 민족성으로 형성된 문화전통을 끈질기게 지켜온 것을 자랑스럽게 생각하고 있었는데, 이렇게 동족 간에 자행된 처참한 살상행위를 보고 영랑은 참담한 심정을 가늠할 수가 없었다. 전혀 전망조차 불투명한 어둡고 캄캄한 장막으로 가리고, 오직 저주의 핏줄과 망해가는 조국의 모습만 보일 뿐이다.

이 시기에 영랑이 말한 '죽음'은 '타살로 처참한 '처형장'에서 바라본 젊은이들의 '원통한 떼죽음'이다. 일부 그릇된 지도층들의 정권야욕으로 순진한 젊은이들을 모아 편을 가르고 이념과 사상의 갈등을 일삼다가 결국은 처참한 살상의 참극까지 펼치게 된 것이다. 그래서 많은 무고한 젊은이들이 처형장에서 '원통한 떼죽음'을 당해야만 하는 갖가지 비극적인 현상이 펼쳐졌던 것이다.

이제까지 영랑의 시에 나타난 '죽음―무덤'의 심상과 모티프를 크게 세 단계로 나누어 살펴보았다. 먼저 그가 철없을 때 만난 육친의 죽음과 어린 아내의 급작한 죽음을 통해서 죽음은 슬프고도 눈물 나는 것으로 보았고, 두 번째는 빼앗긴 나라와 일제의 억압정책이 가중되면서 어둡고 암담하기만 했던 조국현실에 절망하여 굴종의 부끄러운 삶보다는 죽음을 생각하지 않을 수 없었던 극한적 시대상황에서 벗어나고자 자살까지 생각한 것이다. 그리고 세 번째는 우리들이 그렇게 기다리고 고대했던 해방정국에서 정쟁에 휘말려 충돌하고 갈등하다가 서로가 처참하게 살상행위를 자행하여 수많은 젊은이들의 떼죽음을 통하여 망해가는 조국의 참담한 모습을 보기도 한 것이다.

영향과 원천

— 상호텍스트성의 문제

영랑의 시에서 몇몇 시편들은 영향과 원천, 곧 비교문학적 차원에서 상고해볼 필요성이 제기된다. 그것은 전통소와 외래소의 변주로서 상호텍스트성의 차원에서 고찰되어야 할 것이다. 그렇다고 영랑의 시에서 그 영향의 실체가 짙게 깔려 쉽게 접근할 수 있는 그런 차원은 아닌 것 같기도 하다.

> 달밤에 이슬 맞음이 내 *Mignon*을 안고 울기를 몇 번이던고
> 청산은 내 청춘을 병들게 하였거니와 오히려 향내를 뿌리어준다.

위는 청산학원 재학 당시에 쓴 것과 같은 엽신葉信에 적혀진 것이라고 한다. 괴테*Goethe, Johann Wolfgang von*의 시 <미뇽의 노래>가 없는 바 아니나, 영랑에게도 미뇽Mignon은 삶의 큰 몫을 차지하고 있었는지도 모른다.[1) 영

랑은 그가 청산학원 영문과를 택한 것을 계기로 하여 시인이 된 것으로 생각된다. 비록 그 기간이 그렇게 길지 않았지만, 용아龍兒 박용철朴龍喆과의 우의友誼는 물론, 영랑의 시에 대한 관심도 이때부터 비롯된 것이라 할 수 있다.

영랑의 습작기간은 그가 시단에 본격적으로 등장한 1930년도 이전, 그러니까 1920년대로 앞당겨 잡아야만 한다. 그것은 ≪시문학≫지의 간행연도와, 그리고 박용철의 일기 및 그 밖에 나타난 단편적인 기록들이 그것을 말해 주고 있다. 영랑의 시에서 그가 받은 해외문학과의 영향관계를 추적한다는 것은 그리 쉽지가 않다. 그가 영문학을 전공한 것도 불과 한 학기밖에 되지 않는데다 그의 시에 나타난 시어선택이나 시적 소재의 향토성은 물론, 율격조차도 오히려 고대시가나 민요의 율격과 맥락관계를 이루고 있으니 말이다. 이러한 관점에서 보면 영랑의 시에서 서구 시와의 영향관계를 설정한다는 것은 매우 어렵기도 하다.

1. 영랑의 시와 서구 문학적 영향의 단편들

1920~30년대에 활동했던 우리나라 시인들의 대부분이 서구시를 이상적 교본으로 삼고 시에 입문한 것이다. 이것은 우리가 그만큼 근대화의 과정이 뒤처져 있었기 때문이다. 우리보다 먼저 서구문학사상을 받아들인 일본을 매개로 우리는 서구 문학을 접하게 되었다. 그리고 그 당시 활동한 시인들의 대다수가 일본 유학생이었다는 사실도 간과해서는 안 된다. 어쨌건 우리는 그때 이러한 경로를 통해서 우리의 '근대시', 곧 새로운 형태의 시를 시도하게 된 것이다.

---

1) 김용성저, 앞의 「한국현대문학사탐방」, 253면 참조.

영랑의 경우도 마찬가지다. 그가 시에 입문한 것은, 일본에서 많은 서구시를 읽으면서 비롯된 것이다. 그것도 영국·프랑스·독일 등과 같은 선진한 나라의 낭만주의 시나 상징주의 시를 통해서 문학수업을 시작한 것도 사실이다. 이렇게 생각하면 우리의 1920~30년대에 활동했던 시인들의 대부분이 이러한 범주에 포괄된다고 할 수도 있을 것이다.

1935년 시문학사에서 간행된 『영랑시집』 초판본의 모두冒頭에서 'A thing of beauty is a joy for ever'라고 한 키츠 *Keats, john* 원작 <엔디미언 *Endymion*> 의 첫 행 절은 다분히 의도적인 것이라 할 수 있다. 이것은 그만큼 영랑이 키츠의 시에 심취하고 있었다는 반증이 되기도 한다. 그리고 그의 사행소곡四行小曲 중에서,

> 빈 포켓에 손 찌르고 폴 베를렌느 찾는 날
> 왼 몸은 흐렁흐렁 눈물이 찔끔 나누나
> 오! 비가 이리 쭐쭐 내리는 날은
> 설운 소리 한 천 마디 썼으면 싶어라.

라고 한 것을 위시하여 ≪시문학≫ 2호에 역재한 예이츠 *Yeats, William Butler*의 시 <하늘의 옷감>과 <이니스프리>가 있다. 이외에도 해방 후 1949년 3월호 ≪신천지≫에 역재한 봐이너드 *Weinert, Erich* 원작 '나치 반항의 노래'로서 <도살자屠殺者의 군대를 떠나라!>·<히틀러에 대하는 독일병사>·<병사들이여 이제는 아무 희망도 없다> 등 3편이 있다.

이와 같이 영랑이 청산학원 재학 당시 깊이 탐닉耽溺하고 있었던 영시와의 영향관계가 표면화되어 있는 것은 키츠와 예이츠뿐이다. 이외에 프랑스의 시인 베를렌느 *Verlaine, Paul*의 이름이 나타나 있는가 하면, 독일시인 봐이너드가 있다. 이들 가운데서 예이츠의 원작 <하늘의 옷감>이나 <이니스프

리>는 영랑의 초기 시와 동시에 나타난다. 이것은 역시도 창작시 못지않게 중요한 몫을 담당했던 시대적 반영이기도 하다.

> 내가 금과 은의 밝은 빛을 넣어 짠
> 하늘의 수놓은 옷감을 가졌으면
> 밤과 밝음과 어스레한 밝음의
> 푸르고 흐리고 검은 옷감이 내게 있으면
> 그대 발아래 깔아드리련마는
> 가난한 내라, 내 꿈이 있을 뿐이여,
> 그대 발아래 이 꿈을 깔아드리노니
> 사뿐히 밟고 가시라, 그대 내 꿈을 밟고 가시느니
>
> ─<하늘의 옷감>의 전문

> 나는 일어나 바로 가리 이니스프리로 가리
> 외 엮고 흙을 발라 조그만 집을 얽어,
> 아홉이랑 밑을 심고 꿀벌의 집은 하나
> 숲 가운데 빈 땅에 벌 잉잉 거리는 곳
> 내 홀로 게서 살리라.
>
> ─<이니스프리>에서

역시譯詩와 영랑의 초기 시와의 사이에 정조의 관련성은 물론, 이외의 유연성이 지어질 것으로 생각된다. 그러나 영랑의 시에서 이와 같은 영향의 심도를 측정한다는 것은 그리 쉬운 일이 아니다. 왜냐하면 영랑의 해외문학에 대한 소양이나 그 취향을 알아 볼 수 있는 자료들이 위에 제시된 이외에 별로 전해지지 않고 있기 때문이다. 뿐만 아니라, 영랑의 시 자체에서도 우리 고유의 시가나 민요의 정감과 율격에 훨씬 가까이 접근되어 있기 때문에 그렇게 생각되기도 한다.

특히 외로 엮고 흙으로 바른 조그만 집과 아홉이랑 밀밭과 꿀벌이 잉잉거리는 곳은 가난하고 한적한 시골의 자연풍경이기도 하다. 수많은 인파로 북적거리고 죄악이 난무하는 대도시를 떠나 가난하지만 순박한 사람들이 평온한 자연 속에서 살고 싶은 마음을 이렇게 표현한 것이라 할 수 있다. 영랑이 국토의 남단 온화한 고향의 전원 속에 살면서 집 뜰에 모란을 가득 심고, 모란이 피기를 기다리는 심정과도 같다고 할 수 있을 것이다.

ㄹ. 영향과 원천의 문제―〈두견〉과 〈두견부〉

> 네의 모든 아름다운 시에 축복 있으라. 그대의 *Nightingale*은 다시 보아
> 도 ダレル하는 데가 있는 것 같네. 그렇게 긴 시일수록 산문화를 시킨
> 다면 몰라도 形形의 변화를 구하지 않을까 하네.[2]

라고 한 용아 박용철의 말은 시사示唆하는 바가 크다. 영랑의 〈두견杜鵑〉과 키츠의 〈두견부杜鵑賦 *Ode to Nightingale*〉와의 상관성을 암시해 주고 있으니 말이다.

> 울어 피를 뱉고 뱉은 피는 도루 삼켜
> 평생을 원한과 슬픔에 지친 새
> 너는 너무 세상에 설움을 피로 새기러 오고
> 네 눈물은 수천 세월을 끊임없이 흐려놓았다.
> 여기는 먼 남쪽 땅 너 쫓겨 숨음직한 외딴 곳
> 달빛 너무도 황홀하야 후젓한 이 새벽을
> 송기한 네 울음 천길 바다 밑 고기를 놀래고
> 하는가 어린별들 버르르 떨리겠구나.
> ……………〈중략〉…………

---

2) 앞의 『박용철전집』 2권, 348면.

너 아니 울어도 이 세상 서럽고 쓰린 것을
이른 봄 수풀이 초록빛 들어 물 냄새 그윽하고
가는 댓잎에 초생 달 매달려 애틋한 밝은 어둠을
너 몹시 안타까워 포실거리며 훗훗 목메었느니
아니 울고는 하마 죽어 없으리 오! 불행의 넋이어
우거진 진달래 와직지 우는 이 삼경三更의 네 울음
희미한 줄 산이 살풋 물러서고
조그만 시골이 홍청 깨어진다.

―<두견>에서

전체가 4연으로 된 <두견>은 초기시편이면서도 <불지암서정佛地菴抒
情>·<청명淸明> 등과 형태적 변모를 보인 작품임은 앞에서도 논의된 바다.
한밤중(夜三更)에 피나게 우는 두견의 울음소리를 통해서 인간의 죽음을 생
각하고 있다. 촉왕蜀王 망제望帝, 곧 두우杜宇의 망혼亡魂이 두견새가 되었다
는 고사故事와의 상호텍스트성을 바탕으로 한 것이나,3) 이 시의 발상단계에
서 영랑이 키츠의 <두견부杜鵑賦 Ode to a Nightinagle>에서 발상한 것임을
박용철도 이미 지적하고 있다. 이것은 영랑의 <두견>과 키츠의 <두견부>
와의 제목은 물론, 그 내용의 일부에서도 유사성을 지니고 있다. '두견의 소
리'를 통해서 '죽음'을 발상한 것이라든지, 또는

몇 해라 이 삼경에 빙빙 도―는 눈물을
숫지는 못하고 고인 그대로 흘리웠느니
서럽고 외롭고 여윈 이 몸은
퍼붓는 네 술잔에 그만 지눌겼느니

---

3) 이 故事는 華陽國志 蜀志에 보면,
  "周失綱紀蜀侯蠶叢始稱王後有王曰敎民務農一號杜主七國稱王杜宇稱帝號曰望帝更名蒲
  卑有水災其相開明決玉疊山以除水害帝遂委以政事禪位于開明帝升西山隱焉時適二月子鵑
  鳥鳴故蜀人悲子鵑鳴也"라고 되어 있다.

무섬 정 드는 이 새벽 가지 울리는 저승의 노래

　　　　　　　　　　　　　　　　　　　—<두견>에서

내 가슴은 아프고, 어스름한 마비痲痺가 감각을
괴롭히노나, 마치 독배를 방금 마신듯,
혹은 무슨 께름한 마약을 찌꺼기까지 먹고서
일분 뒤에 황천黃泉의 나라로 잠겨간 듯

　　　　　　　　　　　　　　　　　　—<두견부>에서4)

과도 같이 두견의 울음(노래) 소리에 취하여 모든 감각이 마비된 상태로 유
도되고 있음은 물론, 그 두견의 소리를 통해서 '죽음', 곧 '저승'(永郞)과 '황천
黃泉 Lethe-wards'(키이츠)을 의식하게 되는 유사성을 볼 수가 있다.

　　고금도古今島 마주 보이는 남쪽 바닷가 한 많은 귀양길

　　　　　　　　　　　　　　　　—<두견>에서, 영랑

　　쓸쓸한 요인국妖人國, 거친 바다의 흰 물결을 향하여

　　　　　　　　　　　　　　　　—<두견부>에서, 키츠5)

와도 같이 영랑의 '고금도古今島'는 키이츠의 '요인국妖人國'(선도仙島, *faery
lands*)와 유사한 심상이다. 그러나 영랑의 경우, '고금도'나 '남쪽' 같은 것은

---

4) 이것은 양주동역의 <夜鶯賦>(『英詩百選』 탐구당, 1958)에서 인용한 것으로 원문
　은 다음과 같다.
　My heart aches, and a drowsy numbness, Pains
　　My sense, as though of hemlock I had drunk
　Or emptied some dull opiate to the drains
　　One minute Past, and Lethe-wards had sunk
5) 7연의 말미에서 인용한 것으로 원문은 다음과 같다.
　The same that oft-times hath
　Charmed magic casements, opening on the foam
　　Of perilous seas, in faery lands forlorn,

실질적으로 그 향토를 둘러싼 자연현상이기도 하다.

이와 같이 영랑의 <두견>은 그 뉘앙스나 분위기, 또는 그 내용의 일부에서 키츠의 <두견부>와 맥락을 같이 하고 있음은 박용철을 위시한 몇몇 논자들에 의해서 지적되고 있다. 그러나 이 두 시는 서로 유사성을 보이고 있는가 하면, 서로가 다른 차이점도 있는 것이다. 앞에 인용된 영랑의 시 <두견>의 머리에서, "울어 피를 뱉고 뱉은 피를 도루 삼켜/ 평생을 원한과 슬픔에 지친 적은 새"라고 한 두견의 울음소리는 '피울음'으로 표상되어 있다. 이에 반해서 키츠의 <두견부>에서는 "푸른 떡갈나무의/ 음율적인 곳, 수없는 그늘 속에서/ 맘 놓고 소리 질러 여름을 노래하나니"6)와 "그래도 너는 노래하리, 마는 나는 듣지 못하리/ 무심한 흙이 되어 너의 소리 높은 진혼가鎭魂歌를 듣지 못하리."7) 등과 같은 행 절에 나타난 두견의 소리는 '울음소리'가 아닌 '노래 소리'다. 영랑의 시에서는 두견의 울음, 아니 '피울음 소리'와 '죽음'이 서로 합치된 '자아와 세계의 미분화' 상태에 있다면, 키츠의 시에서는 두견의 노래 소리와 '죽음'이 서로 거리를 두고 있다. 다시 말해서 키츠의 <두견부>에서 두견의 노래 소리는 '목청껏 부르는 여름의 노래 Singest of summer in full-throated ease'의 맑고 아름다운 해조諧調 속에서 자신의 '죽음'을 의식하고 있는 것이다.

이 두 시의 차이, 이것은 영랑이나 키츠가 갖고 있는 서로 다른 대자연, 대인생태도에서 기인된 것임은 말할 것도 없다. 영랑의 <두견>이나 키츠의

---

6) 이 원문을 인용하면 다음과 같다.

In some melodious-Plot

Of beechn green, and shadows numberless.

Singest of summer in full-throated ease

7) 이 원문을 인용하면 다음과 같다.

Still wouldst thou sing and I have ears in vain —

To thy high requiem become a sod

<두견부>에서 발상한 흔적이 여러 측면에서 나타나 있다손 치더라도 이 두 시가 본질적으로 합치될 수 없음은 그들의 사유思惟, 곧 동양과 서양이라는 엄청난 간격에서 온 것이다. 따라서 영랑의 <두견>이 키츠의 <두견부杜鵑賦>와 같은 이질異質의 바탕에서 촉발하여 두견의 피울음, 다시 말해서 망제혼望帝魂의 울음소리로 표상하고 그 울음소리를 통해서 느끼는 자신의 '죽음'조차도 슬프지 않을 수가 없다. 한마디로 영랑의 <두견>의 이질적 요소를 전통의 요소에다 융화하여 그 나름으로서 변주시킨 것으로 보아야만 한다.

3. '춘향' 설화와 그 변주의 의미

<춘향春香>은 영랑의 시력으로 보아 중간기에 속하는 작품이다. 고소설 『춘향전』, 곧 '춘향'의 설화를 상호텍스트성으로 하여 제작된 것이라 할 수 있다.

> 큰칼 쓰고 옥에든 춘향이는
> 제 마음이 그리도 독했는가 놀래었다.
> 성문이 부서져도 이 악물고
> 사또를 노려보는 교만한 눈
> 그는 옛날 성학사成學士 박팽년朴彭年이
> 불지짐에도 태연하였음을 알았었니라
> 오! 일편단심一片丹心.
>
> —<춘향>에서

으로 시작되는 <춘향>은 전체가 7연으로 이루어졌다.[8] 1940년 9월호 ≪

---

8) 이 <春香>은 1940년 9월호 ≪文章≫지에 처음 발표될 당시는 총 5연이었으나, 후

문장≫지에 발표된 이 시는 고소설『춘향전』의 내용을 소재로 하고 있다. 신임부사 변학도의 수청을 거부한 탓으로 옥 속에 갇힌 춘향이가 온갖 고초를 겪는 장면으로부터 이몽룡이 암행어사가 되어 춘향을 찾아온 장면에 이르기까지를 그 대상으로 삼고 있다.

그러나 영랑의 시 <춘향>은『춘향전』을 바탕으로 하고 있으면서도 서로 다른 차이를 나타내고 있다. <춘향>1~5연에 이르는 내용은 고대소설『춘

에『영랑시집』에 수록될 때에 7연으로 고쳐져 있음을 알 수가 있다. ≪문장≫지에 실린 <춘향>은 2연의

깊은 겨울밤 비바람은 우루루루
피ㅅ칠해논 獄窓살을 드리치는데
獄죽엄한 冤魂들이 구석구석에 휙휙 울어
淸節春香도 魂을 잃고 몸을 버려버렸다
밤새도록 까무라치고
해돋을녁 깨어나다.
오! 一片丹心

이 5연으로 편성되었고, 그 대신 2~3연으로는,

원통코 독한마음 잠과꿈을 이뤘으랴
獄房 첫날밤은 길고도 무서워라
설움이 사모치고 지쳐 스러지면
南江의 외론 魂은 불리어 나왔느니
論介! 어린 春香을 꼭안어
밤새워 마음과 살을 어루만지다
오! 一片丹心

사랑이 무엇이기
貞節이 무엇이기
그 때문에 꽃의 春香 그만 獄死하단 말가
지네 구렁이 같은 卞學道의
흉측한 얼굴에 가물어쳐도
어린 가슴 달콤히 지켜주는 도련님 생각
오! 一片丹心

등 두 연이 추가되어 있다.

향전』의 내용과 거의 일치하지만, 이몽룡이 암행어사가 되어 나타난 결미 6~7연에서,

믿고 바라고 눈 아프게 보고 싶은 도련님이
죽기 전에 와주셨다 춘향이는 살았구나.
쑥대머리 귀신 얼굴 된 춘향이 보고
이도령은 잔인스레 웃었다. 저 때문의 정절이 자랑스러워
"우리 집이 꽉 망해서 상거지가 되었지야"
틀림없는 도련님 춘향은 원망도 안했느라
오! 일편단심

모진 춘향이 그 밤 새벽에 또 까무라쳐서는
영 다시 깨어나진 못했었다. 두견은 울었건만
도련님 다시 뵈어 한을 풀었으나 살아날 가망은 아조 끊기고
왼 몸 푸른 맥도 확 풀려 버렸을 법
출도 끝에 어사는 춘향의 몸을 거두며 울다.
"내 변씨보다 더 잔인 무지하여 춘향을 죽였구나."
오! 일편단심

에서 서로 상충되고 있음을 알 수 있다. 이를테면, 이몽룡이 암행어사가 되어 처음 등장하는 6연에서 "이도령은 잔인스레 웃었다. 저 때문의 정절이 자랑스러워"라고 한 구절에서 '잔인스레'나 '자랑스러워'가 이어진 문맥에서 풍기는 뉘앙스나 분위기와 어조는 물론, 특히 7연에 이르러서는 『춘향전』과는 판이한 양상으로 나타난다.

　『춘향전』 자체가 안고 있는 문제성은 그것이 배경으로 하고 있는 사회제도나 관습 및 시대성으로 미루어 전적으로 타당성이 주어질 수 없음은 일찍부터 논의되어져 왔다. 그러나 『춘향전』의 이러한 결함에도 고대소설의 한

전형으로 금자탑을 이루고 있음은 말할 것도 없거니와, 그 주인공 '춘향'은 정절의 표상으로서 신격화되어 전승되고 있음은 그것을 입증하고도 남음이 있다. 춘향과 이몽룡, 춘향과 변학도의 삼각관계에서 죽음을 걸고 애인 이몽룡을 기다려야 하는 정절과 현실에 순응하여 살 수 있는 수청이란 갈등, 그러나 춘향은 죽음을 무릅쓰고 정절을 지켜야만 했던 일편단심이 『춘향전』의 기본 구조인 것이다.

이와 같이 『춘향전』의 기본구조인 '고진감래苦盡甘來'의 결미법은 거개의 고대소설에 일관하는 속성이다. 이에 반해서 영랑의 시<춘향>은 『춘향전』과의 상호텍스드성을 바탕으로 하고 있으면서도 그 결미법은 전혀 이와 대립되는 입장으로 서구 고전비극의 구성법을 취하고 있다. 다시 말해서 춘향이 변학도에게 겪는 수난 과정은 서로가 일치하고 있으나, 그 결미의 일편단심 기다리던 이몽룡과의 해후와 함께 죽음으로 이끌어갔다는 것이다.

이러한 결미법은 우리의 고유한 서사문학이 갖는 구성 원리는 아니다. 서구 고전비극의 구성 원리로서 대단원大團圓 denouement과도 같은 것이다. 따라서 영랑이 이렇게 전통의 소재로서 그것을 서구 고전비극의 구성법으로 운용하고 있음은 그의 의도적인 것일 뿐만 아니라, 서구문학적 영향으로 간주되기도 한다.

아무튼 여기서 영랑의 시<두견>과 <춘향>을 하나의 유형으로 보게 된 것은,

> 비탄의 넋이 붉은 마음만 낱낱 시들피나니
> 짙은 봄 옥속 춘향이 아니 죽었을나다야
>
> —<두견>에서
>
> 두견이 울어 두견이 울어 남원南原고을도 깨어지고
> 오! 일편단심

·············<중략>·········

모진 춘향이 그 밤 새벽에 또 까무라쳐서는

영 다시 깨어나진 못했었다. 두견은 울었건만

—<춘향>에서

과도 같이 <춘향>과 <두견>이 서로 교차되어 있는 것조차도 의도적인 것이겠으나, 전자 <두견>은 키츠의 <두견부>의 '두견杜鵑, Nightingale'에서 발상했으면서도 촉왕蜀王 망제혼望帝魂의 피울음 소리로 표현했고, 후자 <춘향>은 『춘향전』의 내용, 아니 전통의 소재를 취했으면서도 춘향을 죽음으로 이끌어 서구 고전비극의 결미법과도 같이 처리하고 있는 것으로 보아 전통과 이질의 변주라는 범주로 포괄할 수 있다.

이것은 비극적 설화를 작가에 의해 의도적으로 행복한 결론으로 유도하는 우리의 전통적 서사문학에서 일탈하게 한 것이다. 춘향은 감옥 속에서 그렇게 기다리던 이몽룡을 만나자 곧바로 죽게 하는 그런 결미법은 우리의 전통적 서사구조가 아니다. 그것은 서구의 비극적 서사문학의 구성법에서 볼 수 있는 것이기도 하다.

※   ※   ※

영랑의 시에서 주요 심상과 모티프로는 '마음—가슴'·'눈물—울음'·'죽음—무덤'·'봄—오월' 등이 있다. 그런데 앞의 '마음—가슴'과 '눈물—울음'의 심상과 모티프의 문제는 영랑의 시작세계를 고찰하는 제2부에서 비교적 심도 있게 다루었기 때문에, 여기서는 '봄—오월'과 '죽음—무덤'의 심상과 모티프만 다루었다. 그리고 영랑의 시에 나타난 영향과 원천의 문제, 다시 말해서 비교문학적 차원에서 고찰한 '영향과 원천—상호텍스트성의 문제'를 뒤에다 덧붙였다. 이것도 심상과 모티프의 문제에 못지않게 영랑의 시적 특색을 이해하는 데 중요한 요소의 하나로 보기 때문에 여기에다 편성한 것이다.

| 제4부 |

작품론 몇 가지

섬세한 표현기법과 서정시의 극치

—<돌담에 소색이는 햇발>

1. 분석에 앞선 몇 가지 전제—제목의 문제

<돌담에 소색이는 햇발>은 1930년 5월호 ≪시문학≫지에 처음으로 발표되었다. 그런데 그때 이 시는 1연 3행의 '내 마음 고요히 고흔 봄길 우에'를 빌어서 제목으로 삼았다. 이것이 다시 1935년 11월 시문학사에서 출간된 『영랑시집永郎詩集』 초판본에서는 수록시편 모두를 제목 없이 일련번호만 붙이고 있다. 이때에 이 시는 <끝없는 강물이 흐르네>[1]에 이어 두 번째로 수록하고 있다. 이 작품의 제목을 '돌담에 소색이는 햇발'로 하여 열

---

1) 이 작품은 영랑의 첫 발표작으로 ≪시문학≫ 창간호(1930.3)의 서두에 실릴 때는 제목을 '동백닙에 빗나는 마음'이라 하고 있다.

네 번째로 싣게 된 것은 영랑이 서정주(未堂: 徐廷柱)에게 위임하여 마지막으로 펴냈다는 『영랑시선』에서였다. 영랑의 시가 이렇게 제목이 자주 바뀌게 된 것은 용아 박용철이 시문학사에서 펴낸 『영랑시집』 초판본에서 제목 없이 일련번호만 붙였기 때문이다. 1949년 중앙문화사에서 『영랑시선』을 펴낼 때만 해도 시의 행 절을 따서 제목을 삼은 것이 많다. 때로는 첫 연의 첫 번째 행 절이나, 아니면 다른 행 절을 빌어서 그 제목을 삼기도 한 것이다. 이 작품도 마찬가지로 '돌담에 소색이는 햇발'은 1연 1행에서 따온 것이고 '내 마음 고요히 고흔 봄길 우에'는 1연 3행을 따서 그 제목을 삼은 것이다.

이 작품이 잡지에 처음 발표될 때와 시집에 수록될 때에는 그 내용에서 거의 차이를 보이지 않고 있다. 아마도 ≪시문학≫지에 발표된 것을 그대로 옮겨 실은 것으로 보인다. 그런데 1949년에 중앙문화사에서 간행된 『영랑시선』에서는 그 시대에 따른 철자법에 맞추어졌기 때문에 약간의 차이를 보이고 있을 뿐이다. 이 두 가지 경우를 들어 비교 해보면 다음과 같다.

영랑시집(시문학사, 1935)	영랑시선(중앙문화사, 1949)
돌담에 소색이는 햇발가치 풀아래 우슴짓는 샘물가치 내마음 고요히 고흔봄 길우에 오날하로 하날을 우러르고십다. 새악시 볼에 떠오는 붓그럼가치 詩의 가슴을 살프시 젓는 물결가치 보드레한 에메랄드 얄게 흐르는 실비단 하날을 바라보고십다.	돌담에 소색이는 햇발같이 풀아래 웃음짓는 샘물같이 내마음 고요히 고흔봄 길우에 오날하로 하날을 우러르고싶다. 새악시 볼에 떠오는 부끄럼같이 詩의 가슴을 살프시 젖는 물결같이 보드레한 애메랄드 얄게 흐르는 실비단 하날을 바라보고싶다.

위에서 『영랑시집』 초판본의 것과 ≪시문학≫ 2호의 것은 서로 일치하고 있다고 함은 이미 앞에서 말했다. 그런데 1949년 중앙문화사에서 출간된 『영랑시선』에서는 그 시대 철자법의 변화에 맞춰서 표기했기 때문에 약간의 차이를 보이고 있다.

연/행	영랑시집	영랑시선
1연 1행	햇발가치	햇발같이
2행	우슴짓는	웃음짓는
2행	샘물가치	햇발같이
4행	우러르고십다	우러르고싶다
2연 1행	새악시 볼에	새악시 볼에
1행	붓그럼가치	부끄럼같이
2행	젓는 물결가치	젖는 물결같이
3행	에메랄드	애메랄드
4행	바라보고십다	바라보고싶다.

우리는 여기서 '가치'를 '같이'로 '우슴짓는'을 '웃음짓는'이나 '십다'를 '싶다'와도 같은 철자법상의 극미한 차이밖에 없음을 알 수가 있다.

2. '내 마음'과 '시의 가슴'—하늘을 바라보고 싶은 마음

이 시는 전체가 2연으로 각 연은 4행으로 구성되어 있는데, 내용보다는 그 표현기법에 중요성을 두고 있다. 시의 내용을 군이 따지자면 봄 길을 걸으면서 하늘을 우러르고 싶은 마음을 노래한 것이다. 그리고 1~2연은 화자가 하늘을 바라보고 싶은 마음이 '내 마음'과 '시의 가슴'이 다르고, '우러르고 싶다'와 '바라보고 싶다'의 차이가 그 전부라 할 수 있다.

제1연에서는 먼저 봄 길 위를 홀로 걸어가는 시적 화자의 눈앞에 펼쳐지는 정경情景을 제시하고 있다. 그것은 시골의 한적한 골목길에 이어진 돌담과 봄볕을 받아 푸릇푸릇 돋아나는 풀 밑에 솟아나는 맑은 샘물이다. 양지바른 돌담에 봄의 따스한 햇볕이 내려 쪼이는 모습을 돌담과 햇볕이 만나 소색인다고 하였다. '속삭이는'이 아니라, 부드럽고 다정하게 표현하기 위해서 '소색이다'고 한 것이다. 이것이 방언이라 할지라도, 영랑의 의도적인 표현이 아닐 수 없다. 한적한 시골의 돌담이 따스한 햇볕을 받아 반짝이는 모습을 이렇게 표현한 것이다. 햇볕과 돌담이 고요히 만나 다정한 마음으로 도란거리게 하기 위한 것이라 할 수 있다. 봄이 되어 새싹이 푸릇푸릇 돋아나고, 그 아래 퐁퐁 솟아나는 맑은 샘물을 웃음 짓는다고 하였다. 맑게 솟아오르는 샘물조차도 웃음, 그것도 살포시 웃는 색시의 웃음으로 표현하고 있는 것이다. 큰 소리로 환하게 웃는 웃음이 아니라, 소리 없이 살포시 웃는 웃음이다. 이 시는 그 음상音相이나 율격律格을 포함하여 향토적 자연과의 조화에서 섬세함의 극치를 보이고 있다.

여기서 시적 화자는 하늘을 우러르고 싶다고 한다. 그것도 고요하고 고운 봄길 위에서 하늘을 우러르고 싶다는 것이다. 1~2행에서 이루어진 정밀靜謐한 분위기를 해치지 않기 위해서 고요하고 고운 봄길 위에서라고 한 것이다.

백화가 만발하여 더없이 화사하고 아름답고 소란스러운 봄 길이 아니라, 고요하고 고운 봄 길이다. 그리하여 하늘을 우러르고 싶은 마음조차도 차분히 가라앉아 고요하고 유연해질 수밖에 없다.

　제2연은 하늘을 바라보고 싶은 마음을 '시의 가슴'이라 하고 있다. 먼저 첫 행에서 어여쁜 색시의 붉은 볼에 떠오르는 부끄러움과도 같다는 것이다. 한없이 수줍어하는 어여쁜 색시, 그에게는 떠들썩한 웃음소리가 오히려 괴이할 뿐이다. 그저 부끄러워만 하는 소박하고 청순淸純한 모습으로 그리고 있다. 이것은 제1연과의 순기능적 대응의 관계가 되기도 한다. 만일 여기서 떠들썩한 분위기가 형성된다고 하면, 이 시가 의도한 공적空寂하고 정밀한 시적 분위기는 일시에 무너질 수밖에 없다. 그리고 2행에서 '시의 가슴', 곧 시인의 가슴속에서 살포시 일어나는 물결도 잔잔하게 하여 공허한 마음으로 하늘을 바라보게 한다. 시적 화자가 바라볼 하늘조차도 실비단결과도 같이 보드레한 하늘이다. 짙푸른 하늘보다 한껏 보드레한 비단결로 하여 그것을 바라보는 마음조차도 부드럽게 하고 있다. '시인의 마음'을 '시의 가슴'이라 한 것도 영랑이 아니고서는 할 수 없는 표현이다. '시의 가슴' 깊이 파고들어가기 위해서 영랑은 부단한 노력을 한 것이다. 시인은 누구나 언어 구사에서 많은 어려움도 따르기도 하지만, 그것이 성공하여 아름다운 세계가 펼쳐질 때에 느끼는 희열과 쾌감은 이 세상 무엇과도 바꿀 수 없는 것이기도 하다.

3. 마음과 시 언어 선택의 문제

이 시의 주제라 할 수 있는, 하늘을 우러르고 싶은 '내 마음'과 하늘을 바라보고 싶은 '시의 가슴'은 무엇일까? 여기서 '내 마음'과 '시의 가슴'은 같은 '시인의 마음'이라 할 수 있다. 하늘을 우러르고 싶은 '내 마음'을 통한 '시의 가슴'으로 하늘을 바라보아야 하기 때문이다. 이것은 '내 마음'이 '시의 가슴'으로 옮겨갔다는 것을 이름이다.

그렇다면 여기서 영랑이 말하는 '마음'이란 무엇인가? 그 마음의 경지가 어느 만큼의 깊이에 위치하고 있는가? 아무래도 그 마음은 깊은 깨달음이나 해탈의 경지에 있는 것은 아닌 것 같기도 하다.[2] 그저 대립적 갈등과 비애의 눈물, 그리고 환희의 웃음들이 수없이 교차하는 정감의 세계에 머물러 있는 것이다. 마음이 곧 부처란 경지는 깨달음이나 해탈을 위한 무욕의 경지라 할 수 있다. 그러나 정감의 세계란 인간의 현실적 삶과 밀착되어 고뇌하고 갈등하는 그런 차원에 있는 것이다.

영랑이 하늘을 바라보고 싶고 우러르고 싶은 마음은 정감의 차원으로 대립과 갈등적 삶의 한계를 벗어난 것은 아니다. 영랑의 마음속에는 빼앗긴 나라에 대한 원한이나 슬픔 같은 것이 앙금처럼 가라앉아 있다. 따라서 영랑이 바라보고 싶고 우러르고 싶은 마음조차도 갈등의 차원에 머물러 있는 것이다.

끝으로 영랑의 초기시편들에서 우리가 무엇보다도 먼저 느끼게 되는 것은 시어 선택의 문제다. 영랑은 마치 연금술사錬金術師와도 같이 시어 하나하

---

2) 여기서 '깊은 깨달음이나 해탈의 경지'라 함은 불교에서 말하는 차별세계를 초월한 맑고 고요한 '자성청정自性清淨'과도 같은 그런 경지가 아니고 감성의 세계를 이름인 것이다.

나를 갈고 다듬는다. 향토의 투박한 언어들을 갈고 다듬어 그 음상이나 율격을 최상으로 끌어올려 절묘한 조화의 세계를 이루고 있다. 언어의 소리나 선과 색을 통한 형상화뿐만 아니라, 그 섬세한 표현기법은 어느 누구도 따를 수가 없다. 아무리 투박한 토속어라 할지라도 갈고 다듬으면 곱고 아름다운 정감의 시세계를 이룰 수 있다는 단적인 예라 할 수 있다. 따스한 봄날의 햇살과 투박한 돌담이 만나 소색이는 다정한 모습을 통해서 우리들에게 또 하나의 맑고 고요한 시적 경지를 보여주고 있는 것이다.

'봄'의 상실감과 비애의 정조

—〈모란이 피기까지는〉

1. 분석에 앞선 몇 가지 전제—형식의 문제

〈모란이 피기까지는〉은 영랑의 대표작의 하나로, 그 주제의식은 봄의 상실감과 비애의식으로 요약할 수 있다. 이 작품은 1934년 4월호 ≪문학≫지에 발표된 작품으로 영랑의 시력으로 보면, 그 중간기에 접어들 무렵에 제작된 것이다. 시의 형식에서도 2~4행연을 형성하고 있는 것이 그 초기의 현상이라면, 이 작품은 분연되지 않고 하나로 되어 있다. 영랑의 경우, 이 작품을 기점으로 하여 시형의 변화가 시작된다고 할 수 있다.

〈모란이 피기까지는〉은 일차로 ≪문학≫지 3호에 발표될 때부터 완벽하게 이루어졌다. 이것이 『영랑시집』(시문학사, 1935)과 『영랑시선』(중앙문화사, 1949)를 거쳐 오면서도 거의 고쳐지지 않고 그대로 옮겨 싣고 있다. 이들 간의 차이가 있다면, 시대의 변화에 따른 극미한 철자법상의 차이밖에 없다.

시행	문학 3호	영랑시집	영랑시선
1	~기둘니고~잇슬테요	~기둘리고~잇슬테요	~기둘리고~있을테요
7	천디에~없어지고	천지에~업서지고	천지에~ 없어지고
10	~하냥	~하냥	~한양
12	~기둘니고~찰난한	~기둘리고~찰란한	~기둘리고~찰란한

우리는 여기서 시대의 변화에 따른 극미한 철자법상의 차이밖에는 찾아볼 수가 없다. 따라서 이 작품은 제작 당시부터 완벽하게 이루어진 것으로 간주되기도 한다. 그리고 앞에서 논의되었듯이, 영랑의 시에서 2행 또는 4행을 단위로 하여 분연하는 것이 초기의 특색이라면, <모란이 피기까지는>으로부터 분연의 단위가 변화하고 있다는 것을 알 수 있다. 이 작품은 전혀 분연되지 않고 하나로 하고 있을 뿐만 아니라, 이 작품으로부터 짧은 형식에서 벗어나 호흡이 보다 긴 시형의 실험이 시작되고 있다고 할 수가 있다.

ㄹ. 찬란한 슬픔의 봄—각 단락의 간추린 내용

영랑의 시에서 '오월', 곧 늦봄을 소재로 한 것을 그 특색의 하나로 들 수가 있다. 작품 수의 비율로는 그리 큰 것은 아니지만, 영랑의 강렬한 의도가 반영되어 있는 것은 사실이다. <오월>이나 <오월 아침>과 <오월한> 등과 같이 '5월'을 직접 제목으로 삼고 있는가 하면, <가늘한 내음>이나 <모란이 피기까지는>과 같이 '오월의 모란'을 주제로 하고 있는 작품들도 있다.

<모란이 피기까지는>은 원래 분연되지 않고 있지만, 각 연을 2~4행을 단위로 하여 다음과 같이 다섯 개 단락으로 구분해 볼 수가 있다.

첫 번째 단락으로, 1~2행을 들 수가 있다. 시적 화자인 영랑은 여기서 모란이 피기까지 나의 봄을 기다리고 있겠다고 한다. 산과 들에 붉게 물들였던 봄꽃들이 모두 지고 많은 사람들이 봄이 갔다고 하지만, 영랑은 아직도 봄을 기다린다는 것이다.

두 번째 단락은 3~4행으로, 모란꽃이 모두 떨어져 버리면, 그때 가서야 나는 봄을 잃은 설움에 잠기겠다고 한다. 모란이 피었다가 지는 것으로 봄의 오고가는 기준을 삼겠다는 것이다. 시적 화자에게 '봄'은 기다림과 연관되어 그 상징적 의미를 갖게 된다. 모란의 개화와 함께 우리들의 마음도 활짝 열리는 그런 봄을 영랑은 기다리고 있는 것이다.

세 번째 단락은 5~8행으로, 오월의 어느 무덥던 여름날 모란의 꽃잎이 떨어져 그 꽃잎마저 시들어버리고 모란이 자취도 없이 사라지고 나면 '나', 곧 시적 화자의 뻗쳐오르던 보람이 송두리째 무너지고 깊은 슬픔에 잠기고 만다는 것이다.

네 번째 단락은 9~10행으로, 모란이 모두 떨어져 어딘가로 흩어져버리면, 그것으로서 내 한해는 다 가고 만다. 그래서 시적 화자는 모란의 낙화와 함께 삼백 예순 날을 마냥 서글퍼하면서 슬퍼할 수밖에 없다는 것이다. 모란이 피기를 기다리는 봄이 기쁨과 희망이라면, 모란이 지는 봄은 상실과 아픔의 봄이기도 하다.

다섯 번째 단락은 11~12행으로 모란이 또 다시 피기까지 시적 화자는 기다려야 한다는 것이다. 그러면 언젠가는 보람되고 찬란한 봄이 되어 돌아올 것이라는 시적 화자의 염원을 노래하고 있다. 아무 보람도 없이 떠나가는 봄이 슬픔이라면, 모란이 만개하여 화자에게 기쁨을 주는 봄은 눈부시게 찬란한 봄일 수밖에 없다는 것이다.

3. 모란이 피는 날과 지는 날
─이상과 가치의 세계로의 확대

'모란'이 피는 오월에다 봄의 마지막 기대를 걸고 있는 영랑에게는 봄과 여름이 교차하는 '오월'이 찬란한 슬픔의 계절인지 모른다. 봄 가운데서도 백화가 만발하는 3~4월이 아니고, 굳이 오월에 피는 모란을 통하여 자아의 상실감을 되찾으려는 것은, 영랑의 의도적인 것일 뿐만 아니라, 그의 시를 더욱 애상적이게 하는 까닭이 되기도 한다.

영랑에게 '모란'은 물질화한 원초적 사물로서 고향과 직접 연결된다. 고향이란 하나의 영역이 아니라, 하나의 물질이라고 한 바슐라르*Gaston Bachelard*의 말과도 같이, '모란'은 영랑이 편애하는 심상이며, 하나의 원초적 감정이 되고 있다. 다도해연안에 위치한 영랑의 고향집, 그 뜰에 즐비하게 심겨져 있는 '모란'은 물질화한 원형, 곧 몽환夢幻의 세계 속에 피어있는 꽃으로, 고향을 환기할 수 있는 하나의 사물이 된다.

　모란에다 '봄'의 온갖 기대를 걸고 있는 '봄'의 상징적 의미는 매우 다양하다. 따라서 이제까지 여러 사람에 의해서 논의되어온 '봄'에 대한 해석의 구구함도 바로 여기에 있는 것이다. 모란에서 느끼는 시적 화자의 '봄'은 특이할 뿐만 아니라, 그 봄의 상징적 의미 또한 그리 단순치가 않다. 무엇인가 잃었던 상실감에서 벗어나고자 하는 기대가 온통 '모란'에 집중되어 있는 것이다.

　<모란이 피기까지는>은 '삶과 인생에 대한 보랏빛과도 같은 기대와 신뢰감이 모란의 낙화와 함께 상실되고 만 비애와 허전함을 내용으로 하고 있다. 모란은 영랑의 정신적 의거처依據處로서 이상의 실현을 위한 보다 강렬한 집념의 표상이라 할 수 있다. 영랑이 참고 기다리고 슬퍼하는 것도 모란이 피고 지기 때문이다.

　'삼백 예순 날'은 모란이 피는 날과 모란이 피기를 기다리는 시간의 연속으로서, 영랑에게 모두 '보람의 날'로 만들고 있지만, 그 감정의 밑바닥에는 모란을 잃은 상실감과 허전함이 짙게 깔려 있는 것이다.

　영랑의 집 마당에 정성들여 가꾼 수많은 모란, 그들이 피기를 기다리는 '오월', 다시 말해서 시적 화자가 기다리고 또 보내기를 싫어하는 '봄'은 무엇을 의미하는가? 모란이 피는 '오월'이 가면, 또 다시 모란이 피기를 기다리는 봄으로 이어진다. 영랑이 살았던 시대적 배경이나 사회적 환경으로 미루어 볼 때, 이것은 식민치하의 지식인들이 가졌던 실의失意와 좌절挫折의 늪에서 벗어나 그들의 보람과 이상이 꽃피어나기를 기다리는 날이기도 하다.

그렇다고 이 시에서 영랑이 기다리는 '봄'의 의미는 이것만으로 한정되는 것이 아니다. 스스로의 생명에서 발하는 더욱 큰 이상과 가치의 세계로까지 확대되는 보람과 최고의 목적이 함의되어 있는 것이다. 영랑이 이렇게 온통 모란에다 집중시켜 그만의 독특한 의미를 창출 부여하게 된 것이다.

영랑만큼 고향에 뿌리박고 살면서 시를 쓴 시인도 그리 흔치 않을 것이다. 말년에 서울로 옮기고 쓴 몇 편의 시를 제외하고는 거의가 고향에 살면서 고향을 둘러싼 자연과 인정을 노래한 시편들이다. 향토색 짙은 토속어들을 곱게 가다듬어 짜 느린 것과도 같이 곱게 가다듬은 율조律調는 영랑의 시에 나타난 특색이 되기도 한다.

비록 영랑의 시가 자신이 태어난 고향 남도의 온화하고 아름다운 자연과 인정을 향토어로 노래하였다고 할지라도 그것이 고향에 국한된 의미만을 갖는 것이 아니다. 그 곱게 가다듬어진 비애의 율조로 환기되는 정감은 보편성의 정서로 우리들의 심금을 울려주고 있다. 소박하고 인정미 넘치는 전원적 순속淳俗과 아름다운 자연을 노래한 시편들은 고시가나 민요와도 깊은 맥락을 형성하고 있는 것이다.

우리 근대시사에서 서정시를 말할 때, 소월과 영랑을 빼놓을 수 없다. 북에는 소월, 남에는 영랑이란 말이 있듯이, 이 두 시인을 제켜놓고는 서정시를 말할 수가 없을 것 같다. 그것도 그럴 것이 '진달래'가 소월을 만나서 우리들과 더욱 가까워졌듯이, '모란꽃'이 영랑을 만나서 더욱 친근해진 것은 사실이다. 사랑하는 사람을 떠나보내야만 하는 여인네의 슬픔과 원망을 통해서 우리들의 심금을 울려주는 것이 소월의 '진달래꽃'이라면, 한정閒靜한 집 뜰에다 모란을 가득 심어놓고 그것들이 피고 지기까지 '봄'을 기다리겠다는 영랑의 염원이 우리들의 마음을 흥건히 적시면서 많은 것을 생각케도 하고, 지나온 삶을 되돌아보게도 한다. 만약 이 두 가지 꽃이, 아니 '진달래'와 '모란꽃'이 소월이나 영랑을 만나지 못했다면, 그것들은 우리들의 가슴속에 어떤 모습을 하고 있을까?

가슴속 깊이 젖어드는 청명과
자연과의 조화

―<청명淸明>

1. 분석에 앞선 몇 가지 전제―원전확정의 문제

<청명淸明>은 1935년 시문학사에서 출간된 『영랑시집』 초판본의 마지막 53번째로 편성하고 있다. 이 작품은 시집에 수록되기에 앞서 발표된 신문이나 잡지가 아직 밝혀져 있지 않다. 아마도 시집 편성 당시에 제작되어 직접 시집에 수록된 것인지도 모른다.

이 작품은 1949년 11월 중앙문화사에서 김광섭·이헌구·서정주 등의 이름으로 편성된 『영랑시선』에 수록된 것과 약간의 차이를 보이고 있다.

『영랑시집』(초판본)	영랑시선(중앙문화사)
호르 호르르 호르르르 가을 아참	호를 호르르 호르르르 가을 아침
취여진 청명을 마시며 거닐면	취여진 청명을 마시며 거닐면
수풀이 호르르 버레가 호르르르	수풀이 호르르 버레가 호르르르
청명은 내머리속 가슴속을 저저들어	청명은 내머리속 가슴속을 저저들어
발끝 손끝으로 새여나가나니	발끝 손끝으로 새여나가나니
온살결 터럭끗은 모다 눈이요 입이라	온살결 터럭끗은 모다 눈이요 입이라
나는 수풀의 정을 알수잇고	나는 수풀의 정을 알수있고
버레의 예지를 알수잇다.	버레의 예지를 알수있다.
그리하야 나도 이아참 청명의	그리하여 나도 이아침 청명의
가장 고읍지 못한 노래ㅅ군이 된다.	가장 고읍지못한 노래ㅅ군이 된다.
수풀과버레는 자고깨인 어린애	수풀과버레는 자고깨인 어린애라
밤새여 빨고도 이슬은 남엇다.	밤 새여 빨고도 이슬은 남었다.
남엇거든 나를 주라	남었거든 나를 주라
나는 이청명에도 주리나니	나는 이청명에도 주리나니
밤에 문을달고 벽을향해 숨쉬지안엇느뇨.	방에 문을달고 벽을향해 숨쉬지않었느뇨.
해ㅅ발이 처음 쏘다오아	햇발이 처음 쏘다지면
청명은 갑작히 으리으리한 冠을 쓴다.	청명은 갑작히 으리으리한 冠을 쓰고
그때에 토록하고 동백한알은 빠지나니	토르룩 실으르 동백한알은 빠지나니
오! 그빛남 그고요함	오! 그빛남 그고요함
간밤에 하날을쫓긴 별쌀의 흐름이 저러	간밤에 하날을쫓긴 별살의흐름이 저러
햇다.	햇다.
왼소리의 앞소리오	왼소리의 앞소리요
왼빛갈의 비롯이라	왼빛갈의 비롯이라.
이청명에 포근 칙여진 내마음	이청명의 폭은 취여진 내마음
감각의 낯닉은 고향을 차젓노라.	감각의 시원한골에 돋은 한낫 풀닢이라.
평생 못떠날 내집을 드럿노라.	평생을 이슬밑에 자리잡은 한낫 버러지
	로라.

위에서 서로간의 차이를 밑줄로 표시하였다. 1~3연까지는 철자법의 시대적 변화에 따른 경미한 차인데 반하여, 4~5연의 경우는 내용면에서도 많은 차이를 보이고 있다.

영랑시집(초판본, 1935)		영랑시선(중앙문화사, 1949)	
1연: 1행	아참→아침		
2연: 2행	알수잇고→알수있고	3행	알수잇다→알수있다.
4행	그리하야→그리하여	4행	이아참→이아침
3연: 1행	어린애→어린애라	2행	남엇다→남었다
3행	남엇거든→남었거든	5행	안엇느뇨→않었느뇨
4연: 1행	해ㅅ발이→햇발이	1행	쏘다오아→쏘다지면
2행	冠을 쓴다→冠을 쓰고	3행	그때에 토록하고→토르록
5행	별쌀의→별살의	5행	실으로
			저러했다→저러했다.
5연: 1행	앞소리오→앞소리요		포근 칙여진→폭은 취여진
	낯익은 고향을 차젓노라→	3행	못떠날 내집을 드럿노라→
4행	시원한 골에 돌은 한낫 풀 넋이라	5행	평생을 이슬 밑에 자리잡은 한낫 버러지로라

위에서 볼 수 있는바, 4~5연에서는 초판본과 『영랑시선』에서 많은 차이를 보이고 있다. 특히 5연 4~5행의 경우는 내용의 거의가 바뀌고 있다. 그런데 이것이 영랑이 직접 바꾼 것인지, 아니면 위임 받은 서정주에 의해서 고쳐진 것인지 알 수가 없다. 미당 서정주의 말에 의하면, 이 책은 그가 영랑으로부터 전적으로 위임받아 펴냈다고 하고 있기 때문에, 그 사실의 진위를 여기서 밝힐 수는 없다. 영랑 그 자신이 교정해서 위임한 것일 가능성도 배제할 수 없기 때문이다.

그리고 자구字句의 문제로, 1연 2행의 '취여진 청명을'이 5연 3행의 '포근 칙여진'으로 되어 있다. 여기서 '취여진'과 '칙여진'은 같은 단어로 생각되는데 서로 다르게 되어 있다. 이것을 『영랑시선』에서는 다 같이 '취여진'으로 하고 있는 것으로 보아 초판본에서의 '칙여진'은 잘못 되었다는 것이 된다. 그렇다면, '취여진'은 무슨 뜻일까? '칙여진'은 '추겨진', 곧 '축축이 젖었다'는 뜻으로 생각되는데 어느 것이 맞는지 알 수가 없다. 혹여 그의 고향에서 사용되는 방언으로 '취여진'이 '축축하다'는 뜻으로 사용되고 있는지도 모른다. 그리고 3연 5행의 '밤에 문을 달고'는 문맥상으로 보아 잘 맞지 않는 것 같다. 문을 닫거나 열거나 하는 것으로 생각되는데 문을 달고는 무엇을 의미하는지 알 수가 없다.

ㄹ. 머릿속과 가슴속에 깊이 젖어든 청명

이 시의 제목인 '청명清明'은 절기節氣의 '청명'은 아니다. 맑고 밝은 것, 곧 마음이 맑고 밝은 것을 이름이다. 청량한 가을 아침, 보드라운 햇살이 환히 비쳐오는 속에서 느껴지는 청신清新한 촉감으로 시의 제목으로 삼은 것이라 할 수 있다. 이 시는 영랑이 자연과의 합일된 상태에서 부른 노래로 시적 화자인 영랑이 자연이고, 자연이 영랑이듯이 서로 일치된 고도한 경지에 이르고 있다. 전체가 5연으로 되어 있는데, 각 연의 내용을 간추려보면 다음과 같다.

제1연에서 시적 화자는 호반새가 호르르르 날고 있는 대삽, 곧 대숲 속을 촉촉한 청명을 마시면서 거닐고 있다.[3] 수풀이 호르르 하는지 벌레들이 호르르 하는지조차도 구분할 수 없으리만큼 자연과 일체가 된 시적 화자에게

---

3) 호반새가 호르르르 날고 있는 대삽 속에서 '청명清明'을 마시면서 거닐고 있는 영랑의 모습은 산문 <감나무에 단풍드는 전남의 9월>에도 똑같이 나타나고 있다.

그 맑고 깨끗한 청명이 머릿속과 가슴속에 젖어들었다가 손끝과 발끝으로 빠져나가는 것과도 같다고 한다. 누구나 나와 자연과 일체가 되지 않고서는 이런 경지에 도저히 이르러 갈 수가 없는 것이다.

제2연에서 시적 화자는 온 살결과 터럭 끝까지 모두 눈이 되고 입이 되어 수풀의 은정恩情을 깨닫게 될 뿐만 아니라, 수풀 속에서 자연과 조화롭게 살아가는 벌레들의 예지를 알게 된다. 그래서 시적 화자는 양명陽明한 가을 아침, 자신도 모르게 청명의 가장 곱지 못한 노래꾼이 되어 있음을 깨닫게 된다. 이것은 시적 화자와 자연과의 동화과정을 이렇게 말한 것이다.

제3연에서 수풀과 벌레는 실컷 자다가 깨어난 어린애와도 같이 밤새도록 빨아먹고도 남은 이슬을 화자는 달라고 한다. 이런 서늘한 가을 아침, 맑고 깨끗한 청명에도 언제나 부족함을 느끼게 되어 방에 문을 달고 벽을 향해 숨을 쉰다고 한다. '방에 문을 달고'에서 '달고'가 무척 애매하다. '열거나 닫거나' 할 문이어야만 하는데, 문을 새로 다는 것이 아니라면, 여기서 달고는 무엇을 말함일까? 혹여 잘못된 오류일지도 모른다.

제4연에서는 맑은 가을의 아침 햇살이 쏟아지면서 그 맑고 밝은 청명은 갑자기 으리으리한 관冠을 쓴 것과도 같다고 한다. 여기서 관을 쓴다고 함은 무슨 뜻일까? 해가 돋아오는 순간 높은 산에 환히 밝아오는 광경을 두고 한 말인가? 아무튼 그 환해지는 순간에 무르익은 동백 한 알이 토록 톡하고 떨어지면서 고요한 자연의 정막을 깨트린다는 것이다. 환한 아침 햇살의 빛남이나 고요함도, 그리고 간밤 하늘에서 쫓겨난 별 살의 흐름도 자연의 신묘神妙한 모습이 아닐 수 없다.

제5연에서 영랑은 토록 톡하고 떨어지는 동백 알이나 빛나는 아침 햇살은 모든 소리와 빛깔의 시작이 된다고 한다. 청신한 가을 아침의 청명으로 포근하게 적셔지는 내 마음의 감각이 무르익은 고향, 바로 이것은 내가 평생을 떠나지 못할 집과도 같다는 것이다. 이것은 청명淸明으로 젖어든 시적 화자가 자연과 합일된 경지를 이름인데, 내가 수풀이고 수풀이 내가 되듯이, 우리가 자연과의 일체화를 이룩할 때만이 일체의 대립과 갈등에서 벗어나 화평의 세계로 이르러 갈 수 있다는 것이다.

3. 자연과의 합일과 법열의 경지

시문학동인으로 함께 활동했던 정지용은 이 시를 두고 차라리 평필評筆을 던지고 독자로서 서고 싶다고 하였다. 그 '시적법열詩的法悅에 영육의 진경震慶'을 건디는 이외에 아무것도 말하고 싶지 않다고 하면서,

> 자연을 사랑하느니 자연에 몰입하느니 하는 범신론자적 공소한 연구가 있기도 하나, 영랑의 자연과 자연의 영랑에 있어서는 완전 일치한 협주를 들을 뿐이니, 영랑은 모토母土의 자비하온 자연에서 새로 탄생한 갓 낳은 새 어른으로서 최초의 시를 발음한 것이다.4)

라 하고 있다. 시도 이런 경지에 이르면, 누구나 환한 법열을 느끼게 될 것이다. 내가 바로 자연이고, 자연이 나이듯이 일체화되어 있는데 무슨 대립과 갈등이 있겠는가? 무아의 상태에서만이 이룩할 수 있는 시적 경지라 할 수 있다.

국토의 남단 언제나 온화한 풍광과 때 묻지 않는 순후淳厚한 인정 속에서 살아가는 영랑, 그가 숨 쉬며 살고 있는 거처조차도 많은 새들과 벌레들이 깃들어 포르르 날고 있는 푸른 대숲으로 둘러싸이고, 그 속에서 영랑은 언제나 섬들이 오리새끼들과도 같이 잠방거리는 넓고 푸른 바다를 바라보면서

---

4) 김학동 편, 『정지용전집·산문』(민음사, 1988) 264면.

살고 있었다. 그는 이에 더 무슨 욕심을 가질 필요가 있겠는가? 일체의 세속적인 것에서 벗어난 무욕의 상태에서 자연과 일체화된 경지에서 이 시를 발상하여 제작했을 것이다.

영랑은 시작 과정에서 누구보다도 시어를 가다듬는다. 언어의 소리와 빛깔과 형체를 가다듬어 청각적인 요소를 시각화하는가 하면, 역으로 시각적인 것을 청각화하여 음악적인 효과를 거두기도 한다. 그래서 그를 두고 정지용은 언어의 연금술사라고 한 것이다. 언어의 속성을 영랑만큼 파악하고 표현하여 시적 형상화에 성공을 거둔 시인도 드물 것이다.

'독毒'을 찬 가슴과 허무의식

—〈독을 차고〉

1. 분석에 앞선 몇 가지 전제—원전확정의 문제

〈독毒을 차고〉는 1939년 11월호 ≪문장≫지에 일차로 발표되었다가 1949년 11월 중앙문화사에서 간행된 『영랑시선』에 수록된 작품이다. 여기서 이 작품을 택하게 된 것은 무엇보다도 영랑의 시력으로 보아 일제에 대한 강렬한 저항과 '죽음'의 문제를 주제로 한 중간기를 대표하고 있기 때문이다. 영랑은 이때로부터 '내 마음'의 내면화된 세계에서 벗어나 자아의 사회적 확대를 시도한다. 영랑의 시가 일제 강점하의 저항적 한계를 의식하고 죽음을 의식하기 시작한 것이 이 시기의 작품들이라 할 수 있다.

이 작품이 시집에 수록될 때, 거의가 그대로 전재되고 있다. 자구에서 약간의 차이를 보이고 있는데 들어보면 다음과 같다.

1연: 4행 ~벗도 선뜻→~선뜻 벗도
2연: 2행 屢億千萬 世代가~→億萬世代가~
4연: 1행 ~毒을 품고→→~毒을 차고
    2행 ~내 깨끗한 마음~→~내 외로운 魂~

우리는 여기서 극미한 차이를 찾아볼 수 있다. 그리고 3연 4행의 '내 산체 짐승의'는 첫 발표지나 시집에서 공히 '산체'로 하고 있는데, 이것은 '산 채'의 오식誤植이 아닐까도 싶다. 말하자면, '산체'가 아니라. '산 채로'의 뜻인 '산 채'가 맞지 않을까 한다. 아마도 영랑의 고향에서는 '체'로 발음하고 있는지도 모른다.

ㄹ. 나의 '깨끗한 마음'과 '독毒'과의 관계

이 시의 주제로 되어 있는 '독毒'은 무엇일까? 그것은 나는 물론, 너조차도 죽일 수 있는 독이다. '독'은 나의 깨끗한 마음을 지키기 위해서 가지고 다니는 것이지만, 자칫 너조차도 죽이게 될 것이라고 위협하기도 한다.

제1연에서 영랑은 내 가슴에 아직 아무도 해한 적 없는 독을 찬지가 오래되었다고 한다. 그런데, 친구들은 그 무서운 독을 그만 흩어버리라고 한다. 그때마다 시적 화자인 영랑은 그 독이 친구도 해칠 수 있다고 위협하면서 버리지 않고 지니고 다닌다는 것이다.

제2연에서 내가 독을 차지 않고 산다고 할지라도, '너'와 '나' 모두 가버리게 되어 있지 않는가. 이것을 생각하면 인생이 허무하다 아니할 수 없다. 아니 이렇게 억겁億劫의 많은 세월이 흘러가고 우리가 살고 있는 지구가 모지라져 사라진다고 하면, 인간의 삶이 얼마나 허무한 것인가? 그럼에도 '너'나

'나'를 해칠 수도 있는 그렇게 무서운 독을 차고 다니는 까닭을 알 수 없다고 반문하기도 한다.

제3연은 이 시의 핵심부로, 화자는 덧없고 무상한 세상에 태어난 것을 원망하지 않고 산 것은 단 하루도 없었다는 것이다. 그것은 우리들이 살고 있는 세상이 너무나도 허무하기 때문이다. 나라를 빼앗기고 남에게 억압 받고 살아가는 화자의 마음이 더욱 안타깝기만 하다. 앞뒤로 맹렬히 공격해오는 '이리'와 '승냥이'는 언제나 화자의 깨끗한 마음을 노리고 있다. 화자 자신이 산 채로 이들 짐승들에게 잡아먹히게 될는지도 모른다고 한다. 여기서 '이리'와 '승냥이'는 일본 관헌이나 친일세력들을 이렇게 비유한 것이다.

제4연은 이 시의 결론으로서 시적 화자는 자신이 세상을 하직하고 죽는 날까지 깨끗한 마음을 지키기 위해서 끝까지 독을 품고 살겠다는 결의를 굳게 다지고 있다. 그가 이렇게 독을 품고 결의를 다지는 것은 나라를 되찾는 먼 훗날까지 깨끗한 마음을 지키기 위해서라고 할 수 있을 것이다.

3. '독'의 상징성과 민족관념
──'이리'와 '승냥이'와의 관계

앞에서도 논의된 바, 이 시에서 '독'은 무엇이며, 또 시적 화자인 '나'에게 덤벼드는 '이리'와 '승냥이'는 무엇을 상징하고 있는 것일까? '독'은 '나', 곧 시적 화자의 깨끗한 마음을 지키기 위해서 가지고 다니는 것이고, '이리'와 '승냥이'는 언제나 시적 화자의 깨끗한 마음을 빼앗고자 위협하고 사나울 뿐만 아니라, 교활하기 짝이 없는 짐승들인 것이다.

영랑의 시에서 이런 '독'이나 '이리'와 '승냥이'와의 관계와도 같이 유사하게 이루어진 작품으로 <거문고>가 있다. <거문고>는 이 시와 함께 일제의 억압정책이 극에 달해 있었던, 다시 말해서 태평양 전쟁이 발발하여 우리 민족으로서는 암담하기만 했던 시기에 제작 발표된 작품이다.[5]

> 검은 벽에 기대선 채로
> 해가 스무 번 바뀌었는데
> 내 기린麒麟은 영영 울지 않는다.
> ………<중략>………
> 바깥은 거친들 이리떼만 몰려다니고
> 사람인양 꾸민 잔나비 떼들 쏘다니어
> 내 기린은 맘둘곳 몸둘곳 없어지다.
>
> 　　　　　　　　　　　　　　　－<거문고>에서

　여기서 영영 울지 못하는 '기린'과 거친 들을 몰려다니며 갖은 행패를 부리는 '이리떼', 그리고 이리떼를 쫓아서 사람처럼 꾸미고 온갖 사악한 짓을 하면서 설치는 '잔나비떼'들의 관계가 <독을 차고>의 '이리'와 '승냥이', 그리고 시적 화자인 '내'가 지니고 다니는 '독'과의 관계와 같다고 할 수 있다. <거문고>의 '이리떼'와 '잔나비떼'가 일본 관헌이나 그들을 추종하면서 갖은 영화를 누리고 있는 친일파 일당들이라면, 이들 일본 관헌이나 치일세력들이 무한히 괴롭히고 있는 '기린'은 '독립투사'나 민족주의자들을 상징하고 있다.

　일제 강점 하에서 너무나도 가혹했던 고통의 세월을 살면서도 끝내 자기를 지키고자 굳은 신념과 결의를 다지고 처절하게 저항했던 시인으로 이상화李相和를 들지 않을 수 없다. 그는 절창 <빼앗긴 들에도 봄은 오는가>로 우리들의 심금을 울려주기도 하였다. 이상화는 그의 시에서 '자족自足'과 '굴종屈從'에서 살아가기보다는 차라리 죽음을 택하겠다고 굳은 결의를 다지기도 한

---

5) <거문고>는 1939년 1월호 ≪조광≫지에 발표된 것이다.

다. 말하자면, 이것은 일제의 폭압적 정책에 굴종하면서 안일하게 살기보다는 차라리 죽음을 택하겠다는 결의를 다지는 서원이라 할 수도 있을 것이다.

영랑의 이 시에서도 마찬가지다. 나의 깨끗한 마음을 해치고자 하는 '이리 떼'나 '잔나비떼'로부터 자신을 지키기 위한 '독'과의 관계라 할 수 있다. 그래서 이 '독'은 '나'와 '너'를 모두 해칠 수 있는 '독'이 되고 있는 것이다. 나의 깨끗한 마음을 해치고자 하면, 아무리 친한 친구인 '너'조차도 해칠 수 있다. 따라서 이 '독'은 시적 화자의 문제이기도 하지만 타자인 '너'의 문제가 되기도 한다. 말하자면, 나의 깨끗한 마음을 지키기 위해서 죽을 수도 있지만, 나의 마음을 해치고자 하는 대상에게 가해할 수 있는 '독'으로 강한 저항성을 상징하기도 한다.

영랑은 이 시기에 이르러 죽음의 문제와 직면하게 된다. 심지어 자신이 죽어 묻힐 무덤에 세울 <묘비명墓碑銘>까지 짓기도 한다. "내 관棺에다 서둘러 못을 다져라. 아무려나 한 줌 흙이 되자"고 한 <한 줌 흙>도 마찬가지로 자신의 죽음을 주제로 한 것이다. 그리고 이 '죽음'에 대한 관념은 일제의 만행을 고발하고 저항의식을 직설적으로 표출한 것과도 연관되고 있다.

영랑에게 죽음은 국권상실로 인한 암담한 민족적 현실에서 기인된다. 날로 가중되어 오는 일제의 억압정책은 영랑, 아니 우리 민족 모두에게 많은 고통을 안겨 주었다. 어디로 향해서도 차단된 벽, 암담한 민족적 현실은 영랑으로 하여금 죽음을 생각하게 한 것으로 보인다. 그래서 그는 항시 '독'을 차고 다닐 수밖에 없었다. 굴욕적인 삶을 살기보다는 죽음을 생각할 수밖에 없었던 것이다.

해방의 감격과 의식공간의 확대

—<바다로 가자>

1. 분석에 앞선 몇 가지 전제—원전확정의 문제

<바다로 가자>는 일차로 1947년 8월 7일자 ≪민중일보≫에 발표되었다가 1949년 11월 중앙문화사에서 김광섭, 이헌구, 서정주 등 공동명의로 펴낸 『영랑시선』에 실리게 된다. 이 시가 처음으로 신문에 발표될 때에는 전체를 분연하지 않고 있다. 그런데 이것이 『영랑시선』에서는 다섯 단락으로 나누어 분연하고 있다.

다시 말해 이 시가 처음 일차로 신문에 발표할 때는 <모란이 피기까지는>과도 같이 분연하지 않았다가, 시집에 수록할 때에 전체를 6행연으로 하여 분연하고 있다는 것이다.[6]

1연: 1행 바다로 가자~ ········ 6행~큰바다로 가잤구나
2연: 7행 우리는 바다 없이~ ········12행~큰 바다가 터지도다.
3연: 13행 쪽배 타면 제주야~ ········18행 우리는 가졌노라.
4연: 19행 우리 큰 배타고~ ········24행 바다가 네 집이라
5연: 25행 우리는 사슬 벗은~ ········30행 우리 큰 바다로 가자.

　각 연을 일정하게 6행을 단위로 하여 분연했기 때문에 그 내용이나 문맥
상 어색한 면이 없지도 않다. 좀 더 세분하여 분연했으면, 같은 연에서 그 의
미나 흐름이 보다 자연스럽지 않았을까 하는 아쉬움이 없지도 않다. 그리고
자구字句의 차이는 거의 발견되지 않고 있으나, 시대에 따른 철자법의 차이
가 몇 군데 있을 뿐이다.

　말하자면, 4연 3행의 '맞이은→맞다은'과 5연 3행의 '애기별→아가별', 그
리고 5연 4행의 '머리 우엔→머리엔' 등이 그 전부라 할 수 있다. 이런 경미한
차이로 미루어 이 작품도 <모란이 피기까지는>과 마찬가지로 맨 처음 제
작할 당시 시상을 완벽하게 가다듬어진 것이 아닐까도 싶다. 누구나 그 초고
에서 많은 가필이 가해져서 하나의 작품이 완성되게 마련인데, 이런 경우는
시 쓰기가 훨씬 용이한 것은 사실이다. 이것은 시를 써본 사람은 누구나 경
험하게 되는 사실이기도 하다.

ㄹ. 되찾은 나라에 대한 감격과 환희 — 각 연의 간추린 내용

　<바다로 가자>는 한마디로 빼앗겼던 나라를 되찾은 감격의 노래라 할 수
있다. 일제의 강점 하에서 자유를 잃고 암울한 시대를 살아야만 했던 우

---

6) 이 작품이 원래는 분연된 것인데, 일차로 ≪민중일보≫에 발표될 때에 작자의 의도
와는 다르게 신문사에서 분연하지 않고 수록했는지도 모른다. 그 당시 우리나라의
출판수준이 낮아서 그런지 이러한 현상을 가끔 찾아볼 수 있기에 말이다.

리 민족이 8·15해방을 맞이하여 가슴 벅차했었던 기쁨과 환회의 순간을 이렇게 역동적으로 표현하고 있는 것이다. 이 시는 전체를 다섯 단락으로 구분하고 있는 바, 각 연의 내용을 간추려 보면 다음과 같다.

제1연에서 시적 화자는 빼앗겼던 나라를 되찾은 환회의 기쁨을 크고 넓은 하늘과 바다에다 비유하고 있다. 잃었던 큰 하늘과 넓은 바다를 마음대로 가질 수 있게 되었다는 것이다. 바다가 하늘이고 하늘이 바다로, 우리는 그 크고 넓은 하늘과 바다를 모두 갖게 되어 너무나도 가슴이 벅차올라 뻐근하기까지 하다고 한다. 그래서 시적 화자는 우리 모두 저 넓은 바다로 가자고 큰 소리로 외치고 있다.

제2연에서 시적 화자는 바다 없이 울고불고 하면서 숨 막히게 살았던 시절을 되돌아보기도 한다. 그때에 우리들은 살이 터지고 뼈가 튀겨나고 넋이 흐려져서 잘못하면 꺼꾸러질 뻔하였다는 것이다.

제3연에서 쪽배를 타면 제주도 갈 수 있고, 독목선獨木船을 타고 왜놈들의 나라야 갔다 왔지만, 그것들은 실개천이지 바다라고 할 수가 없다. 실개천을 넘어 태평양이나 대서양과도 같은 크고 넓은 바다를 항해할 큰 배를 짓자고 한다. 우리들이 앞으로 펼쳐야 할 활동무대는 제주와 일본을 넘어 세계로 뻗쳐야 한다는 것이다.

제4연에서 시적 화자는 우리들이 지은 큰 배를 타고 저 큰 물결을 헤치고 태풍을 걷어차고 하늘과 맞닿은 수평선을 넘어 큰 소리로 외치면서 넓은 바다를 향해 떠나자고 한다. 오랜 세월을 바다 없는 항구에 매었던 무거운 마음들을 툭툭 털고 일어서야 저 크고 넓은 바다는 너의 집으로 언제나 드나들 수 있기 때문이다.

제5연은 이 시의 결론으로서 오랫동안 꽁꽁 묶어두었던 쇠사슬에서 벗어나 해방된 민족으로서 벅찬 가슴에 하늘의 초롱초롱 빛나는 별을 잔뜩 안고 오라고 한다. 손마다 크고 작은 별들을 잡고, 머리에는 보배를 가뜩 이고 오라, 발아래 산호와 진주가 수없이 깔려 있는 넓고 큰 바다로 가자고까지 한다.

3. 의식공간의 확대와 역동성

─그 크고 넓은 '하늘'과 '바다'

이 시의 서두에서 영랑은 우리는 이제 큰 하늘 넓은 바다를 마음대로 가졌다고 노래하고 있다. '큰 하늘'과 '넓은 바다'는 넓은 공간을 말함이고 '우리'는 공동체의식이며 '마음대로'는 자유의 상징이라 할 수 있다. 그동안 우리는 저 악독한 일제에게 큰 하늘과 넓은 바다를 빼앗기고 공동체의식을 상실한 채로 좁고 어두운 공간에 갇히어 억압 속에서 살았다는 것이다.

인간이 마음대로 할 수 있는 '자유'는 공간의 개념이다. 그것은 물리적 공간도 되지만 의식적 공간도 된다. 물리적 공간이건 정신적 공간이건 간에 그 확대에서 우리는 자유를 의식할 수가 있다. 공간의 확대가 없이는 자유를 누릴 수가 없다. 그래서 영랑은 여기서 8·15해방의 감격과 함께 되찾은 하늘과 바다를 크고 넓다고 한 것이다.

국권의 상실과 함께 큰 하늘과 넓은 바다를 모두 빼앗기고 암울하고 좁은 공간에서 겨우 연명하던 우리 민족은 공동체의식을 잃고 뿔뿔이 흩어진 속에서 온갖 고통을 감내하면서 오랫동안 살았다는 것이다. 그런데 '바다'와 '하늘'을 모두 가진 우리의 가슴은 너무나 벅차서 뻐근하기만 하다고 한다.

이런 해방의 감격은 영랑에게만 국한된 현상은 아니다. 그 시대의 시인들 모두에게 공통되는 감격으로 의식공간의 확대와 공동체의식을 노래한 것이다. 좁고 어두운 공간에 유폐되어 신음하던 개아의 고통에서 벗어나 자유를 만끽하는 벅찬 감격의 기쁨과 환희로 목청껏 외쳐대고 있다. 거기에는 온통 감격의 눈물과 환희와 열광, 그리고 밝은 미래에 대한 기대감이 역동적 파장으로 출렁이고 있다.

큰 하늘과 넓은 바다를 잃고 울고불고 하면서 숨 막히게 살아온 세월들,

우리는 자칫하면 영영 거꾸러질 뻔했다고 한다. 살이 터지고 뼈가 튀겨나고 넋이 흩어지는 그런 기막힌 세월을 우리는 살아온 것이다. 생각하면 우리 민족에게는 너무나도 가혹했던 세월이 아닐 수 없다. 그러나 이제 우리는 이런 혹독한 고통의 세월에서 벗어나게 되었다. 모두가 공동체의식으로 돌아와 새 나라를 건설하고 힘차게 나가자는 결의를 다지기도 한다.

하마터면 영영 거꾸러질 나라를 되찾은 기쁨을 영랑은 큰 바다가 터진다고 하였다. 마치 한껏 부풀은 풍선이 터질듯이 시적 화자의 크고 넓은 하늘과 바다를 모두 가진 기쁨과 환희로 가득차서 터질 것만 같은 마음을 이렇게 표현한 것이다. 여기에 무슨 심적 고통이나 대립과 갈등이 있겠는가? 오직 내일에 대한 희망과 환희, 뜨겁게 달아오른 열정만이 불타고 있을 뿐이다.

그러나 영랑에게 이러한 민족해방의 감격과 환희는 잠시였을 뿐이었다. 이 뒤를 바로 이어서 발표한 <절망>이나 <새벽의 처형장> 등과 같은 작품에서는 수많은 젊은이들의 떼죽음으로 나타난다. 이것은 무엇 때문에 그러한가? 아무래도 해방정국의 혼란상을 지적하지 않을 수 없다.

8·15 해방이 되자, 집권욕에 사로잡힌 그릇된 정치지도자들은 민족보다는 이념과 사상을 앞세워 국민들의 분열을 획책했다. 그래서 국민들은 이념과 사상의 심한 대립과 갈등 속으로 휘말려들면서 극단적 살상행위를 서슴지 않고 자행한 것이다. 그러다가 국토는 결국 남과 북으로 갈려, 심한 대립과 갈등을 일삼다가 동족간의 비극적인 전쟁으로 이어지게 된 것이라 할 수 있다.

이런 해방적국의 극한적 혼란상으로 빚어진 민족적 비극성을 영랑은 젊은이들의 '떼죽음'을 통해서 바라본 것이다. 아니 그릇된 정치지도자들의 탐욕으로 말미암아 수많은 젊은이들의 죽음을 통해서 망해가는 조국의 모습을 보기도 한 것이다. 영랑이 <바다로 가자>를 썼던 되찾은 나라에 대한 감격과 환희는 송두리째 사라지고 오직 망해가는 조국의 모습을 한탄하다가 그도 결국 전쟁의 소용돌이에 휘말려 불의의 죽음을 맞이하게 된 것이다.

영랑의 시와 산문

— 서지적 접근

영랑의 경우, 산문은 그 양에 있어서 극히 한정된다. 그렇다고 시작도 그 렇게 많은 편은 아니다. 현재까지 밝혀진 시편의 수는 역시譯詩 5편을 포함하 여 89편밖에 되지 않는다. 이것은 그가 문단에서 활동한 기간에 비해서 적은 편에 속한다. 그리고 산문의 수는 훨씬 더 적은데, 그것들조차도 그의 생 애로 보아 후기에 국한되어 있다.

이것은 아마도 영랑이 시작에만 집중하고 있었기 때문에 그런지도 모른다. 그렇다고 그가 소월과 같이 많은 시편을 발표한 것도 아니다. 이것은 시 제작 과정에서 그만큼 많은 공력功力을 들여 어렵게 제작했기 때문일 수도 있다.

사실 고월(古月: 李章熙)·상화(尙火: 李相和)·노작(露雀: 洪思容)·육사(陸史: 李源祿) 등과 같은 시인들도 많은 시작품을 남긴 것은 아니다. 적게는 30여 편, 많게 는 70여 편밖에 남기지 않았으나, 우리 근대시사에서 **빼놓을** 수 없는 역할을 하고 떠난 것이다. 영랑도 많은 시편을 남긴 것은 아니나, 우리 근대시사의 전환기에서 같은 시문학동인이었던 용아(龍兒: 朴龍喆)와 지용(鄭芝溶) 등과 함께 커다란 역할을 하고 떠난 것이다.

이들은 모두가 타고난 재능도 뛰어났지만, 젊어서 오로지 시작에만 몰두했던 것도 사실이다. 그래서 그들이 남긴 주옥같은 시편들은 우리들로 하여금 커다란 감동을 주었을 뿐만 아니라, 많은 것을 생각하게 하고 있다. 만약 이들이 오늘날과 같이 영악하고 부질없는 물질이나 영욕에 매어달려 있었다면 어떠했을까? 이들 중에는 선대로부터 많은 재산을 물려받은 사람들도 있다. 그러나 그들은 문학을 한답시고 물려받은 재산을 모두 탕진하고 말년에 빈곤 속에서 허덕이나 떠나가기도 한 것이다. 이들이 선대로부터 물려받은 재산을 잘 지키고 평생을 편하고 쉽게 살았다면, 그들은 우리들에게 어떤 모습으로 남게 되었을까?

1. 시작활동

영랑은 용아와 동향으로 그들이 함께 기획하여 출간한 시지 ≪시문학≫을 통해서 문단에 나왔다. 그는 초기에는 용아가 주재한 잡지에만 발표하다가 후기에 이르러 비로소 발표지의 범위를 확대하게 된다. 이것은 이들 영랑이나 용아가 ≪시문학≫지를 통해서 처음으로 등단했기 때문이다. 『영랑시집』 초판본에 수록된 53편에서 그 일부만이 용아가 주재한 ≪시문학≫과 ≪문학≫지에 일차로 발표되었을 뿐이며, 나머지는 모두 시집에 직접 수록한 것들이라 할 수 있다.

『영랑시집』 초판본에 수록된 시편들을 초기시라 하면, 그 이후 중반기와 후기의 시편들은 대부분 당시의 신문이나 잡지에 발표된 것들이다. 여기서 중반기라 함은 『영랑시집』 초판본 이후 8·15해방 이전까지의 작품들이 해당되고, 8·15해방 이후, 그가 사망하기 직전까지 제작 발표된 작품들이 후기 시에 속한다. 따라서 1949년 중앙문화사에서 간행된 『영랑시선』에는 중반기와 후기시의 일부가 수록되어 있다.

여기서는 이런 영랑의 시작활동을 먼저 '시집의 편성과정'에 대해서 살펴보고, 그 다음으로 시작 전체를 초·중·후 등의 시기별로 단계화하여 논의하기로 한다.

1) 『영랑시집』의 편성과정

영랑의 시집은 1935년 11월 시문학사 간의 『영랑시집』을 위시하여 8·15해방 후 중앙문화사와 정음사에서 간행된 『영랑시선』과 신구문화사 간의 『한국근대시인전집』⑤과 박영사 간의 『영랑시집』 등이 있다. 그러나 이들은 판이 거듭될 때마다 몇 편씩 추가로 증보되어 있는데, 이것들을 각 시집별로 살펴보면 다음과 같다.

첫째, 시문학사 간의 『영랑시집』은 박용철에 의해서 편집간행된 것으로 총 53편의 시작들을 수록하고 있다. 이것들은 거의가 ≪시문학≫과 ≪문학≫ 양지에 발표된 것들이나, 초판본에서는 처음 발표될 때의 제목을 버리고 일련번호로만 구분하고 있다.

둘째, 중앙문화사 간의 『영랑시선』(1949.11)과 정음사 간의 『영랑시선』(1956.5)은 각기 간행연도의 시차뿐만 아니라 간행사명조차도 다르지만, 그들의 편성내용에 있어서는 서로 일치하고 있다. 이것은 정음사에서 출간된 『영랑시선』 말미에 붙인 이헌구李軒求의 「재판의 서에 대하여」에서,

다시 형의 유시遺詩를 재판하였으면 하는 의론議論이 가끔 있었던 것
이요. 특히 작년 봄에는 미망인의 전언을 유자遺子들을 통하여 듣기도
하여 이의 인쇄를 추진하려고 알선하여 왔다. 그러던 중 천만다행으로
1949년 발간된 형의 자선自選인『영랑시선』의 지형이 남아있다는 말
을 듣고 수소문하여 알아본 결과, 기적처럼 대한인쇄공사 창고 속에서
양차의 적침敵侵을 받으면서도 이것만이 고스란히 남아있다는 것은
하나의 천행이 아닐 수 없는 것이다.7)

라고 한 것으로 보아 정음사 간의『영랑시선』은 1949년 11월에 간행된 중앙
문화사 간의『영랑시선』의 지형을 그대로 이용한 것임을 알 수가 있다. 그러
나 여기서 중앙문화사 간의『영랑시선』을 "영랑의 자선……운운"한 것은,

◇ 그는 좋아라고 자기 시선도 내고, 대한민국 운동도 하겠다 하며 "내
　시선은 자네가 봐서 골르고 발문跋文도 좀 붙여라" 했다.8)

◇ 끝으로 이 시선을 3부로 나눈 것은 연대순에 의한 것이 아니라, 시형
　또는 내재율의 유형별로 가른 것을 말해둔다. 이렇게 하는 것이
　독자들을 위하여 오히려 편리하지 않을까 생각되었기 때문이다.9)

라고 한 서정주의 <영랑의 일>이나『영랑시선』(정음사 간)의「발사」10)에서
한 말로 미루어 알 수가 있다. 따라서 이 두『영랑시선』은 편성내용이 서로
일치하고 있는 것들로, 시문학사 간의『영랑시집』에 수록된 53편 중 43편과
새로 17편을 추가하여 총 60편으로 이루어져 있다.
　셋째, 신구문화사 간의『한국시인전집』⑤(1956.4)과 박영사 간의『영랑
시선』(1959.11)은 각기 70편으로 편성되어 있으나, 이들 일부의 시편 배열

---

7) 정음사 간,『영랑시선』의 <재판의 서에 대하여>에서 인용.
8) 서정주,「영랑의 일」(「발사」)에서 인용.
9) 정음사 간,『영랑시선』의「발사」에서 인용.
10) 위의 <발사跋詞>는 중앙문화사 간의『영랑시선』(1949)의 것을 그대로 출판한 것이다.

만 달리하고 있다. 전자 『한국시인전집』은 『박용철시집』·『신석정시집』 등과 함께 편성되어 있으며, 후자 박영사 간의 『영랑시집』은 문고본으로 되어있다. 그런데 이 두 시집에 증보된 10편의 시는 시문학사 간의 『영랑시집』에 수록된 53편 가운데서 중앙문화사 및 정음사 간의 『영랑시선』이 나올 때에 제외되었던 10편을 다시 수록한 것이다.

넷째, 1981년 문학세계사에서 출간된 필자의 『모란이 피기까지는』은 영랑의 시와 산문은 물론, 평전評傳을 겸한 책으로, 그동안 정리하지 못했던 시와 산문들을 새로 발굴하여 총 정리한 것이다. 시는 역시를 포함하여 89편, 산문 16편을 수록하고 있다. 이후로 새로 증보된 것이 전혀 없는 것으로 보아, 영랑의 문학은 이 책에 모두 집성된 것으로 생각된다.

2) ≪시문학≫과 영랑의 시적 출발

영랑이 ≪시문학≫을 통해서 시단에 처음 등장했던 사실은 앞에서 논의하였다. 뿐만 아니라, ≪시문학≫지는 영랑과 용아와의 교유交遊에서 태동胎動한 것임은 용아가 영랑에게 보낸 편지에서,

> 양주동군의 ≪문예공론≫을 평양서 발간한다고 말하면, 이에 방해가 될 듯싶네. 그러나 통속위주通俗爲主일게고 교수품위敎授品位를 발발發할 모양인가 보니 길이 다르이. 하여간 지용수주중득기일芝溶樹州中得其一이면 시작하지. 유현덕劉玄德이가 복룡伏龍 봉추鳳雛에 득기일得其一이면 천하가정天下可定이라더니 나는 지용이가 더 좋으이. ≪문예공론≫과 특별한 관계나 맺지 않았는지 모르지. 서울 걸음은 해 보아야 알지.[11]

라고 한 것이라든지, 또는 그의 일기에서,

---

11) 『박용철전집』 2권(시문학사간, 1940), 319면.

2월 10일(正月初二日)이었다. 시잡지詩雜誌의 출판出版 등의 결정적 의론을 하고 삼월 하순의 상경上京을 약約하였다.12)

라고 한 것으로 미루어 알 수 있다. 이와 같이 용아의 주간으로 간행한 ≪시문학≫은 통권 3호로서 종간되었으나, 한국시사에서 하나의 전환점을 이룬 순수시지가 됨은 말할 것도 없다. 이에 대해서 영랑 자신도 당시를 회고한 <인간 박용철>에서 말하기를,

> ≪시문학≫은 나온 뒤 어느 한 분의 비평문도 얻어 본 일이 없는 것도 기이하였지만은 그러한 순수시지純粹詩誌가 그만한 내용과 체재體裁를 가지고 나왔던 것도 당시 시단의 한 경이가 아닐 수 없었다. 다만 세평대로 너무 고답적인 편집방침 해지該誌의 수명을 짧게 한 것은 유감이랄 밖에 없다. 뒤이어 ≪문예월간≫·≪문학≫ 등에서 용아龍兒는 명편집인이었고 특히 ≪문학≫은 벗의 특이한 편집취미編輯趣味가 가장 잘 나타나 있다 할 수 있었다.13)

라 하고 있다. 한마디로 순수시지 ≪시문학≫이 갖는 문학사적 의미와 박용철이 ≪시문학≫·≪문예월간≫·≪문학≫·≪극예술≫ 등의 편집에서 보인 재능을 영랑은 이렇게 말하고 있다. 그러나 영랑은 이들에서 ≪문예월간≫이나 ≪극예술≫에는 단 한 작품도 발표하지 않고 있다. 위의 인용에서도 영랑의 고답적 기질이 암시되고 있듯이, 박용철과 해외문학파들의 합작으로 이룩한 ≪문예월간≫은 영랑에게는 조잡하고 속되게만 보였던 것이다.

> 벗의 이형異兄(異河潤, 필자주)과 ≪문예월간≫을 시작하여 그 첫 호가 나왔을 제 나는 벗을 어찌나 공격하였던고, 2~3호 이렇게 나올 때마

---

12) 위의 책, 369면.
13) 김영랑, 「人間 박용철」(≪조광≫ 5권 12호 1939.12), 318면.

다 실로 내 공격 때문에 벗은 딱한듯 하였었다. 순정과 양심으로 시작한 《시문학》, 바로 뒤에 영합迎合과 타협妥協이 보이는 편집방침은 세상을 모르는 내가 벗을 공격하였음에도 지당한 일이었다. 그 다음에 나온 《문학》은 그래도 깨끗하고 당차지 않았는가. 지금 생각해 보아도 《문예월간》은 문예지로서 삼류 이하의 편집밖에 더 될 게 없다. 벗이 시조를 쓰시던 버릇과 《문예월간》을 하던 것을 나는 참으로 좋게 여기지 않았었다.[14]

이와 같이 영랑은 박용철이 편집 간행한 문예지 중에서 《시문학》과 《문학》 통권 3호에 이르기까지 계속 많은 작품을 발표하고 있었는데 반해서, 《문예월간》이나 《극예술》에서는 통권 4호와 5호에 이르기까지 단 한 편의 작품도 발표하고 있지 않았던 까닭을 알게 된다. 《시문학》은 원래 용아와 영랑이 함께 기획 간행한 것이지만, 《문예월간》에는 영랑이 전혀 참여하지 않고 있다가 《문학》지에 다시 그의 작품을 발표하고 있는 사실은 이들 서로의 관계를 말해 주고 있다.

《문학》 창간호는 《문예월간》지에 예고한 《시문학》 4호의 원고를 바탕으로 편성한 것이다. 이것은 《시문학》 4호에 예고된 목차내용과 《문학》 창간호의 목차내용과는 일부 중복되어 있는 것으로 미루어 그렇게 추정할 수도 있다.[15]

영랑과 《시문학》 및 《문학》지와는 불가분의 관계로 이 양지에 발표된 영랑의 작품들은 초기에 해당된다. 뿐만 아니라 1935년 용아가 주재하여 간행된 『영랑시집』은 이들을 중심으로 하여 엮은 것이다. 그 후 영랑은 어느 특정의 문예지에 전적으로 관여한 흔적은 전혀 없고, 다만 당시의 몇몇 한정된 잡지에 작품을 발표하고 있을 뿐이다.

---

14) 위의 글, 319면.
15) 이 경우는 김용직의 「시문학파연구」(『한국근대문학연구』, 서강대학교 인문과학 연구소, 1969)에 소상히 밝혀져 있다.

3) 시작들의 발표지에 따른 분포ー초기 · 중기 · 후기

영랑은 그 초기에는 박용철, 정지용 등과 함께 같은 동인이 되어 출간한 ≪시문학≫과 ≪문학≫에만 발표한다. 그래서 이것들을 중심으로 새로 쓴 작품들을 합쳐서 1935년『영랑전집』초판본을 출간하다. 이후로 일제 말기로부터 그가 사망하기 전까지의 시작품들은 당시의 신문이나 잡지에다 발표하고 있다. 이것들을 초·중·말기로 구분하여 그 발표지에 따른 분포를 보면 다음과 같다.

(1) 초기시의 발표지 별 분포

영랑의 초기시작들은 주로 1930~1933년 사이에 ≪시문학≫이나 ≪문학≫지에 발표되었다가 1935년 시문학사에서 간행된『정지용시집』에 이어서 두 번째로 11월에 출간된『영랑시집』초판본에 수록된 시편들이 해당된다. 영랑은 이 기간에 용아가 주재하고 있었던 시문학사에서 출간된 잡지에만 작품을 발표하고 있다. 아마도 영랑이 그 당시 고향에만 머물러 있었기 때문에, 다른 신문이나 잡지에는 작품들을 발표할 기회를 얻지 못한 것으로 생각된다. 그는 주로 용아가 주관했던 ≪시문학≫과 ≪문학≫에만 국한해서 작품들을 발표하고 있다. 그것도 용아가 해외문학파와 함께 했던 ≪문예월간≫이나 ≪극예술≫에는 단 한 작품도 발표하지 않고 있는 것이다.

◇ ≪시문학≫1~3호에 실린 작품들(1930.3~1931.10)

호수	수록작품	
1호(30.3)	동백닙에 빗나는 마음 누이의 마음아 나를 보아라 님두시고 가는 길의(4행소곡) 저녁째 저녁째(4행소곡) 푸른 향물(4행소곡) 除夜 원망	어덕에 바로 누어 뵈지도 안는(4행소곡) 문허진 성터에(4행소곡) 풀우에 매저지는(4행소곡) 좁은 길가에(4행소곡) 쓸쓸한 뫼아페
2호(30.5)	내 마음 고요히 고흔 봄길우에 허리띄 매는(4행소곡) 다정히도 부러오는(4행소곡) 어덕에 누어(4행소곡) 하날ㅅ가ㅅ다은데	숩바테 봄마음 못오실 님이(4행소곡) 향내 업다고(4행소곡) 가늘한 내음
3호(31.10)	내 마음을 아실 이 눈물속 빗나는(4행소곡) 바람에 나붓기는(4행소곡) 시내ㅅ물 소리	밤ㅅ사람 그립고야(4행소곡) 빈 포케트에 손찌르고(4행소곡) 뻘은 가슴을(4행소곡)

◇ ≪문학≫1~3호에 실린 작품들(1933.12~1934.4)

호수	수록작품	
1호(33.12)	그 밖에 더 아실이(4행소곡) 저 곡조만 마조(4행소곡) 사랑은 깊으기(4행소곡)	밤이면 고총아래(4행소곡) 山골을 노리터로(4행소곡) 빠른 철로에(4행소곡)
2호(34.2)	佛地菴抒情	
3호(34.4)	모란이 피기까지는	

이상은 영랑의 시적 출발을 이루는 ≪시문학≫과 ≪문학≫ 양지에 발표된 작품들이다. 총 37편 중 4행소곡이 23편으로, 후에 간행된 『영랑시집』 초판본은 이들을 중심으로 엮은 것이다. 이외에도 ≪시문학≫ 2호에 역재된 예이츠Yeats, William Butler 원작 <하날의 옷감>과 <이늬스쓰리>16) 등의 역시가 있다.

(2) 중기시의 발표지 별 분포

시문학사 간의 『영랑시집』(1935) 이후 1945년 8·15해방 이전까지 발표된 작품들이 이에 해당되는데, 이 시기는 영랑의 시력으로 보아 중간기에 해당된다. 제2차 세계대전이 펼쳐지고 일제의 탄압정책은 극점에 달해 우리 민족의 고통은 이만 저만이 아니었다.

그래서 그런지 영랑의 시도 절망적이고 '죽음'을 주제로 한 시가 두드러졌다. 일제에 아부하면서 굴종의 삶을 살기보다는 죽음으로 항거하겠다는 시들이 많았다. 이것들은 당시에 출간된 잡지 ≪여성≫·≪조광≫·≪문장≫·≪인문평론≫ 등에 발표되고 있다. 이들의 발표지 별로 들어보면 다음과 같다.

발표지	수록작품	
여성	가을17)(1938.10) 연(1939.5) 호젓한 노래(1940.6)	달마지(1939.4) 江물(1940.4)
조광	거문고(1939.1) 墓碑銘(1939.12) 偶感(1940.6)	가야금18)(1939.1) 한줌 흙(1940.3)

---

16) 이 두 작품의 원제를 보면, <하날의 옷감>은 'He Wishes for the Cloths of Heaven'이며, <이늬스쓰리>는 'The lake Isle of Innisfre'이다.

문장	五月(1939.7) 春香(1940.9)	毒을 차고(1939.11)
인문평론	집(1940.8)	

(3) 후기시의 발표지 별 분포

8·15해방 이후 영랑이 사거한 1950년 9월 이전까지 발표된 시작들이 해당된다. 2차 세계대전의 종료와 함께 되찾은 나라에 대한 감격과 해방정국의 혼란상을 노래한 것들이 대부분을 차지하고 있다. 동족 간의 이념적 대립과 갈등을 안타까워하기도 하고, 그리고 서로간의 서슴없는 살상행위를 맹렬히 비판하기도 한다.

이 시기의 시작들은 당시의 신문이나 잡지, 곧 ≪신천지≫·≪백민≫·≪문예≫·≪신사조≫·≪민성≫·≪민족문화≫·≪민중일보≫·≪동아일보≫·≪서울신문≫ 등에 발표되어 있다. 이것들의 발표지에 따른 분포를 보면 다음과 같다.

발표지	수록작품	
신천지	한줌 흙(1948.10) 忘却(1949.8)	놓인 마음19)(1948.10) 五月恨(1950.6)
백민	연(1949.1)	千里를 올라온다(1950.3)
민성	발짓(1949.8)	어느날 어느때고(1950.1)
문예	五月 아츰(1949.9)	
신사조	압허 누어20)(1950.5)	

17) 이 <가을>은 ≪시문학≫ 창간호에 발표될 당시에는 그 제목을 <누이의 마음아 나를 보아라>로 하고 있으나, 후에 <오―매 단풍 들것네>로 바꾸었다.
18) <가야금>은 후에 개고하여 <행군行軍>이란 제목으로 ≪민족문화≫ 창간호에 다시 발표하고 있다.
19) <놓인 마음>은 『영랑시선』에서는 <땅거미>로 개제하여 수록하고 있다.

민족문화	行軍(1949.10)	池畔追憶(1950.2)
민중일보	바다로 가자(1948.8.7)	
동아일보	북(1946.12.10.) 絶望(1948.11.6)	겨레의 새해(1949.1.6.) 새벽의 處刑場(1948.11.14)
서울신문	感激 八·一五(1949.8.14)	
경향신문	샘(1949.5.30)	

이상은 필자가 입수한 자료의 범위 안에서 영랑의 후기시작들의 발표지별 분포이다. 「영랑시집의 편성경위」에서 이미 밝혔듯이, 1959년에 간행된 신구문화사 및 박영사 간의 『영랑시집』에 수록된 70편의 시작들은 그 이전의 중앙문화사와 정음사 간의 『영랑시선』에 수록되어 60편 중 『영랑시집』(시문학사 간, 1935) 초판본의 53편에서 제외되었던 10편을 다시 수록하여 70편이 된 것이다. 중앙문화사 간의 『영랑시선』(1949)은 원래가 영랑이 서정주에게 위임하여 제외한 것을 보면, 영랑 자신의 의도도 크게 반영되어 있는 것으로 보인다.

4) 시집의 편성과정과 증보된 새 시편들

먼저 중앙문화사 및 정음사 간의 『영랑시선』에서 제외되었던 『영랑시집』 초판본에 실렸던 10편의 작품은 다음과 같다.[21]

7) 눈물에 실려가면　　　　26) 사랑은 깊으기(4행소곡)

35) 빠른 철로에(4행소곡)　　36) 생각하면 부끄러운(4행소곡)

---

20) 이 <아파 누워>는 『영랑시선』의 <아파 누워 혼자 비노라>를 다시 발표한 것이다.
21) 번호는 시문학사간 『영랑시집』에 제목 없이 실린 일련번호이다. 따라서 각 작품의 첫 행 절을 제목삼아 인용한 것이다.

41) 아파 누워	44) 바람따라 가지오고
48) 降仙臺 돌바늘 끝에	49) 사개틀닌 고풍古風의
50) 마당 앞 맑은 새암을	40) 황홀한 달빛

  그리고 후에 중앙문화사와 정음사에서 출간된『영랑시선』에 실린 60편은
바로 앞의 10편을 제외한『영랑시집』초판본의 43편과 새로 17편을 증보하
여 편성되는데, 그 증보된 작품들을 들어보면 다음과 같다.

4) 五月(문장, 39.7)	5) 五月 아침(문예, 49.9)
6) 낮의 소란소리(미상, 영랑시선)	10) 빛깔 환히22)(여성, 39.4)
13) 내 흣진 노래23)(여성40, 40.6)	16) 수풀아래 작은 샘24) (경향신문, 49,5.30)
20) 땅거미(신천지, 48.10)	21) 집(인문평론, 40.11)
23) 연·1(여성, 39.5)	24) 연·2(백민, 49.1)
27) 언—땅 한 길(영랑시선, 49.11)	28) 북(동아일보, 49.12.10)
29) 바다로 가자(민중일보, 47.8.7)	55) 한줌 흙(조광, 40.3)25)
56) 毒을 차고(문장, 39.8)	59) 春香(문장, 40.9)
60) 忘却(신천지, 49.8)	

  끝으로 영랑의 중·후기 작품으로『영랑시선』에 수록되어 있지 않는 작품
들은 15편인데 들어보면 다음과 같다.

---

22) ≪여성지≫에 발표될 당시의 제목은 <달마지>로 되어 있다.
23) ≪여성≫지에 발표될 당시의 제목은 <호젓한 노래>로 되어 있다.
24) 이 작품이 ≪경향신문≫에 발표될 때는 제목을 '샘'으로 하고 있다.
25) <한줌 흙>은 1948년 ≪신천지≫ 10월호에 <놓인 마음>·<땅거미>와 함께 다
   시 발표되고 있다.

거문고(조광, 39. 1)

墓碑銘(조광, 39. 12)

偶感(조광, 40.6)

샘(경향신문, 49. 5.30)

感激 8·15(서울신문, 49. 8.14)

새벽의 處刑場 (동아일보, 48. 11.14)

어느 날 어느 때고(민성, 50. 3)

江물(여성, 40.4)

겨레의 새해(동아일보, 49. 1. 6)

발짓(민성, 49. 8)

行軍(민족문화, 49. 10)

絶望(동아일보, 48. 11. 6)

池畔追憶(민족문화, 50. 2)

千里를 올라온다(백민, 50.3)

가야금(조광, 39.1)

그러나 위에 제시된 작품 중 <가야금>과 <행군行軍>은 같은 작품으로, <가야금>을 개고하여 <행군>으로 다시 발표했고, <아파 누워>는 <아파 누워 혼자 비노라>와 동일 작품이기 때문에 여기에 새로 추가된 확실한 작품은 15편이 되는 셈이다.

이외에도 1949년 3월호 ≪신천지≫에 역재된 에리히 봐이너트 Weinert, Erich(1890~1953) 원작 '나치 반항反抗의 노래'로 <도살자屠殺者의 군대軍隊를 떠나라!>·<히틀러에 대하는 독일병사獨逸兵士>·<병사兵士들이여 이제는 아무 희망希望도 없다> 등 3편이 있다.

ㄹ. 산문 활동

영랑은 초기에는 거의 산문을 발표하지 않고 있다. 그렇다고 후기에도 많은 산문들을 발표한 것도 아니다. 영랑의 경우, 산문의 양이 극히 한정되고 있는데, 수필로는 '봄'을 주제로 한 다섯 편과 '가을'을 주제로 한 <감나무에

단풍드는 전남의 9월> 1편, 그리고 친구인 용아에 관련된 글 4편이 있다. 그리고 <출판문화出版文化 육성育成의 구상構想>이란 평문을 비롯한 3편과 기타 잡문으로는 <지용형芝溶兄>과 <피서지순례避暑地巡禮> 등 2편이 있을 뿐이다.

1) 수필과 평문 및 기타

영랑의 산문으로는 수필과 평문 및 기타로 구분된다. 그리고 그 분량의 면에서도 극히 한정된다고 할 수가 있다. 이제까지 밝혀진 것으로는 짧은 단문을 포함하여 15편 내외이다. 이것들은 대부분 당시의 지상에 발표되어 있다.26) 그런데 이들 가운데서 5편이 용아의 사후에 그를 회상하여 쓴 글로, 우리는 이것들을 통해서 영랑과 용아와의 밀접한 관계와 우의友誼의 심도를 짚어볼 수가 있다.

(1) 수필

영랑의 수필로는 6편이 전해지고 있다. 그것들은 앞에서 말한 바, 일제 말엽에 쓴 것들로 영랑의 생애로 보아 중반기에 해당된다. 이들은 모두 당시의 신문이나 잡지에 발표되고 있다.

> 감나무에 단풍 드는 全南의 九月(조광, 38.9)
> 杜鵑과 종달이(조선일보, 39.5.20~21)
> 春心(조선일보, 40.2.2)
> 春雪(조선일보, 40.2.23)

---

26) 이 밖에 秋山이 영랑의 또 다른 雅號인지, 아니면 同名異人인지 알 수 없기 때문에, 여기에 제시지는 않았다.

春水(조선일보, 40.2.27)
垂楊(조선일보, 40.2.28)

위에서 ≪조광≫지에 발표된 <감나무에 단풍 드는 전남全南의 구월九月>만이 가을을 소재로 하고 있다. 그리고 나머지 ≪조선일보≫에 시리즈로 발표된 <두견杜鵑과 종달이>·<춘심春心>·<춘설春雪>·<춘수春水>·<수양垂楊> 등은 모두 그 제목과도 같이 '봄'을 주제로 하고 있다. 이것은 시에서도 마찬가지로 '봄'을 주제로 한 시편들과도 같이 영랑이 봄을 무척 좋아하고 있다는 반증이 되기도 한다.

(2) 용아 박용철에 대한 회상의 글

영랑과 용아와의 관계는 그 어느 누구보다도 가까웠다. 고향도 같은 전남의 강진康津과 송정리松汀里로 그리 멀지 않는 거리에 위치하고 있다. 그들은 일본 유학시절부터 깊이 사귀어 사별할 때까지 긴밀하게 지냈다. 용아와 사별하고 10여 년간에 영랑은 네 차례나 용아에 대한 회상문을 쓰고 있다.

후기後記(「박용철전집」 1권, 39.5)
인간 박용철(조광, 39. 12)
보유補遺(「박용철전집」 2권,40. 5)
문학이 부업이라던 박용철형(고인신정故人新情)(민성, 49.10)
박용철과 나27)(자유문학, 58.6)

<인간 박용철>·<박용철과 나>·<고인신정故人新情>·<후기後記>·<보유補遺>등 5편은 모두 용아의 사후, 그에 대한 회상의 글이다. <인간 박용

---

27) 그 당시의 잡지에 발표된 것을 다시 발표한 것이다.

철>은 영랑이 용아의 유고를 정리하면서 벗을 잃은 애절한 감정을 쓴 것이고, <박용철과 나>는 영랑과 지용이 함께 용아의 유고를 정리하여 전집이 간행되던 날의 착잡한 심정을 말한 것이다. 그리고 <고인신정>은 용아가 죽은 지 10년이 지난 1948년에 쓴 것으로 이 두 시인의 우의관계를 다시 회고한 것이다. 끝으로 1958년 6월호 ≪자유문학≫에 발표된 <박용철과 나>는 영랑 사후의 일로 그가 『박용철전집』을 편성할 때에 그 후기後記의 글을 제목을 바꾸어 게재한 것이다.

(3) 평문 및 기타

평문으로는 세 편이 있는데, 이것들은 모두 말년에 제작 발표된 것들이다. 8·15해방 직후 정국의 혼란상을 규탄하고 있는가 하면, 출판문화에 대한 육성책을 논의하기도 한다. 그리고 문단에 새로 등단하는 신인들에게 창조성의 결여를 질타하기도 한다.

熱望의 獨立과 冷徹한 現實(민중일보, 47.6.17)
出版文化育成의 構想(신천지, 49.10)
新人에 대하여(민성, 50.4)

먼저 <열망의 독립과 냉철한 현실>에서는 새 정부의 수립 이전, 극도로 어수선했던 정국의 혼란상을 규탄하고 있다. 국민들은 이념적으로 좌와 우, 또는 신탁과 반탁으로 갈리어 서로 대립과 갈등을 일삼고 있었다. 이때에 반탁의 입장에서 국민들에게 호소한 것이 바로 이 평문의 내용이다. 그리고 <출판문화 육성의 구상>은 영랑이 공보처 출판국장으로 있을 때에 출판문화의 육성책에 대해서 논의하고 있다. 말하자면, '해방과 출판계'· '현하출판계의 고찰·'정부수립 후의 상황'·'출판문화에 대한 유의점' 등의 내용으로 되어 있는 이 논문은 당시의 출판계 현황을 살피고 그에 따른 육성책을 제시하고 있다. 끝으로 <신인에 대하여>는 허유석許允碩의 <슬픈 결산서>와 함께 수록된 것으로, 전자 <신인에 대하여>는 기성작가를 대변하여 영랑이 신인에 대한 무기력함을 질타한 것이고, 후자 <슬픈 결산서>는 허윤석이 신인의 입장에서 기성작가들이 남겨놓은 유산의 빈약성을 지적하고 있다.

이외에도 잡문으로 <지용형芝溶兄>·<피서지순례 避暑地巡禮>·<제복制服 없는 대학생>·<민주주의에 대하여> 등 4편이 있다. <지용형>은 1940년 5월호 ≪여성≫지에 실린 것으로, 같은 시문학동인이 정지용을 그의 고향에 다녀가라는 단신短信이고, <피서지 순례>와 <민주주의에 대하여> 설문답設問쏨으로 전자는 1939년 8월호 ≪여성≫지에 실렸고, 후자는 1949년 10월호 ≪신천지≫에 실렸으며, <제복 없는 대학생>은 단평短評으로 1949년 1월호 ≪해동공론≫에 실려 있다.

이상 영랑의 시와 산문을 중심으로 그 서지적 국면을 살펴보았다. 그가 살아온 삶이 그리 길지 않았기 때문에 유작들도 많은 편은 아니다. 아니 다른 사람들에 비하면 적은 편이라 할 수 있을 것이다. 하기야 그보다 훨씬 짧게 살고 간 이상李箱·소월素月·용아龍兒·윤동주尹東柱는 영랑보다 많은 유작들을 남기고 있다.

이것은 무엇 때문일까? 시의 성격으로 보아 영랑과 같은 시인이 다작을 할 수 없다고 본다. 그는 시어의 선택에서 각고한 노력을 기울인다. 그의 시를 보면, 시어 하나하나에 세심한 신경을 쓰고 있는 흔적이 역연하다. 어느 한 작품도 갈고 다듬은 흔적을 찾아볼 수 있다. 말하자면, 언어의 속성인 음운과 율격은 물론, 음상音相·음색音色, 그리고 그 소리의 형상적 속성까지 세심하게 갈고 다듬고 있는 것이다. 그리고 시행과 음보의 경우도 고시가나 전통 민요와의 상관선상에서 고심한 흔적이 돋보이기도 한다.

영랑이 이렇게 시적 표현에다 전력을 기울이다보니 많은 작품들을 쓸 수도 없었을 것이다. 그렇다고 영랑이 산문을 많이 쓴 것도 아니다. 많은 사람들이 즐겨 쓰는 신변기라 할 수 있는 수필도 불과 5~6편에 불과하다. 그것들도 거의 말년에 이르러 쓴 것들이다. 평문도 불과 몇 편 되지 않는다. 그는 오직 시 제작에만 전념했으면서도 80여 편밖에 남기지 못했다. 그것도 단형인 4행시가 거의 절반을 차지하고 있는 것이다.

제6부

시어의 토속성의 문제와
미해결의 과제 — 미래의 과제

시어의 토속성과 향토적 자연

8·15해방 이전까지 영랑은 생활의 거점을 고향집에 두고 있었다. 휘문의숙과 청산학원의 극히 한정된 수학기를 제외하고는 그가 태어난 고향집에서 보낸 것이다. 영랑이 이렇게 고향을 떠나지 않고 살았기 때문에 그의 시는 고향을 둘러싼 아름다운 풍광과 소박한 인정, 그리고 시적 소재나 토속적 언어에서 느끼는 향토적 정서를 그 특색으로 들 수 있다.

영랑의 시에서 언어의 향토색, 곧 전라도 방언의 문제는 그동안 많이 논의되어 왔다. 앞에서 논의된 바, 송영목의 「한국시 분석의 가능성」의 통계표에 나타난 것을 보아도 방언구사의 비율이 상당량을 차지하고 있다.

"전라도 지방어를 영랑 이상으로 시화한 시인은 아직까지 없었다."[1]라고 한 이헌구의 말이나, "남도방언과 그 억양까지 살려 시어의 독특한 면모를 보여주었다."[2]라고 한 정한모의 말과도 같이, 영랑은 향토색이 짙은 전라도 방언을 시어로 구사하여 크게 성공을 거둔 시인이라 할 수 있다.

---

1) 이헌구, 「김영랑평전」(≪자유문학≫ 창간호, 1959), 151면.
2) 정한모, 위의 「조밀한 抒情의 彈奏」(≪문학춘추≫ 1권 9호), 258면.

작품	시행(연/행)	방언/현행 또는 뜻
끝없는 강물이 흐르네	도처오르는~ 빤질한(3)	도처오르는/ 돋아오는 빤질한/반질한
돌담에 소색이는 햇발	돌담에 소색이는 햇발같이(1/1)	소색이는/ 속삭이는
어덕에 바로누어	어덕에 바로누어(1/1) ~ 어덕이야 아시런만(2/1) ~ 귀여운맘 질기운맘(2/3)	어덕/ 언덕 어덕/ 언덕 질기운맘/ 즐거운 맘
오―매 단풍 들겄네	장관에 골불은 감닢~(1/2) 추석이 내일모레 기둘니리(2/1) 바람이 자지어서 걱정이리(2/1)	골불은/ 골붉은 기둘니리/ 기다리리 자지어서/ 잦아서
함박눈	행여나! 행여나! 종금이(1/3) 날더러 어리석단 너무로구려(2/4)	종금이/ 종그리다 너무로구려/너무하구려
쓸쓸한 뫼앞에	쓸쓸한 뫼앞에 후젓이 안즈면(1) 넉시는 향맑은 구슬손 가치(4)	후젓이/ 호젓하게 구슬손/ 아담한 손
꿈밭에 봄마음	은실을 즈르르 모라서(4)	즈르르/ 주르르
님두시고 가는길의	~ 조매로운 꿈길이여(2)	조매로운/ 조마조마한
밤사람 그립고야	보름넘은 달그리매~ (3) ~ 마음아이 서어로아(3)	달그리매/ 달그림자 서어로아/ 서러워서
무너진 성터에	소색이느뇨(4)	소색이느뇨/ 속삭이느뇨
그 색시 서럽다	~ 바람슷긴 구름조각(2)	바람스긴/ 바람스친
바람에 나부끼는	바람에 나붓기는 깔닙(1) 여울에 희롱하는 깔닙(2)	깔닙/ 갈잎 깔닙/ 갈잎

뻘은 가슴을	개풀 수집어 고개숙이네(2)	개풀/ 갯가의 풀
다정히도 불어오는	~ 가부엽게 실어보냇지(2)	가부엽게/ 가볍게
떠날려가는 마음의	~ 포렴한 길을(1)	포렴한/ 포로렴한
눈물속 빛나는	다만 후젓하고 줄대업는~(3) ~ 찬별을 보랏습니다(4)	후젓하고/ 호젓하고 보랏습니다/ 바라보다
빈 포케트에	왼몸은 흐렁흐렁~(2) 눈물도 찟금 나누나(2)	흐렁흐렁/ 흐느끼는 모습 찟금/ 찔끔
어덕에 누워	어덕에 누어 바다를 보면(1)	어덕에 누어/ 언덕에 누워
푸른향물 흘러버린	허공의 소색임을 드르라 한다(4)	소색임을/ 속삭임을
빠른 철로에	이시골 이 뎡거장 행여 이즐나(2) 드나드는 이 뎡거장~(4)	뎡거장/ 정거장 뎡거장/ 정거장
못오실 님이	~ 님의 마음 저지련만(4)	저지련만/ 젖으련만
除夜	제운밤 촛불이 찌르르~(1/1) 제운밤 이 한밤이~(2/2) 히부얀 조히등불 수집은~(3/1) 한해라 기리운정을 몯고싸어~(4/1)	제운밤/ 제야 제운밤/ 제야 히부얀/ 희고 부연 기리운/ 그리운
내 옛날 온 꿈이	내 옛날 온꿈이 모조리~(1/1)	모조리/ 모두 다
그대는 호령도 하실만하다.	창랑에 잠방거리는 섬들을 길러(1/1)	잠방거리는/ 잠겼다 나타났다 하는 모습
가늘한 내움	애끈이 떠도는 내움(1/2) 먼산 허리에 슬리는 보랏빛(1/4) 얼컥 니—는 훗근한 내움(3/4) 서어한 가슴에 그늘이 도나니(4/2) 수심뜨고 애끈하고 고요하기(4/3)	애끈히/ 애를 끊듯이 슬리는/ 피어나다 얼컥 니—는 왈칵 일어나는 서어한/ 서먹하고 서운한 뜨고 애끈하고/ 떠오르고

	산허리에 슬니는 저녁 보랏빛(4/4)	애를끊고 슬리는/ 피어나다	
내 마음을 아실이	내 마음에 때때로 어리우는~ (2/1)	어리우는/ 어리는	
시냇물 소리	바람따라 가지오고 머러지는~ (1/1)	가지오고/ 이제 막 오고	
	내 무건머리 선듯 싯기우느니(2/2)	무건머리/ 무거운 머리	
佛地菴抒情	~ 여승의 호젓한 품을 애끈히~(1/4)	애끈히/ 애를 끊다	
	정년 지름길 섯드른 힌옷입은~(2/2)	섯드른/ 서투른	
	~ 긔려지는 사나이 지낫섯느니(3/3)	긔려지는/ 그리워지는	
	~ 맑고트인날 해는 기우는제(4/1)	맑고 트인날/ 맑고 개인날	
모란이 피기까지는	~ 봄을 기둘리고 있을테요(2)	기둘리고/ 기다리고	
	삼백예순 날 하냥 섭섭해~(10)	하냥/ 마냥	
	나는 아즉 기둘리고 있을테요 ~(12)	기둘리고/ 기다리고	
물보면 흐르고	안쓰런 눈물에 안껴(3/1)	안껴/ 안겨	
	늣김은 후줄근히 흘러흘러~(3/3)	후줄근히/ 기운없고 나른한	
	그밤을 홀히 안즈면(4/1)	홀히/ 홀로	
사개틀린 古風의 툇마루에	~ 업는 달을 기둘린다(1/2)	기둘린다/ 기다린다	
	보시시 깔리우면(2/4)	보시시/ 가벼운 소리	
降仙臺	하잔한 인간 하나(1/2)	하잔한/ 하찮다	
돌바늘 끝에	제몸 살윗드라라면~(1/5)	살윗드라면/ 불태우다	
	불살읫서야 조핫슬 것을(4/2)	불살읫서야/ 불태웠어야	
마당 앞 맑은 새암을	맑은 새암을 드려다본다(1/2)	새암을/ 샘을	
	맑은 새암을 드려다본다(3/2)	새암을/ 샘을	
	맑은 새암을 드려다본다(5/2)	새암을/ 샘을	
황홀한 달빛	정뜬 달은(2/2)	정뜬/ 정이 생긴	
	아름다운 턴동 지동(4/4)	턴동/ 천동 천둥	
杜鵑	~ 후젓한 이 새벽을(1/6)	후젓한/ 호젓한	
	송그한 네 우름 천길 바다밑~ (1/7)	송그한/ 소름끼치는	
	~ 버르르 떨니겟고나(1/8)	버르르/ 바글버글	

	숫지는 못하고 고힌~(2/2)	숫지는/ 사라지는
	~ 그만 지눌겻느니(2/4)	지눌겻느니/ 진력이 낫으니
	~ 가지울니는 저승의 노래(2/5)	가지울니는/ 갓 울리는
	~ 마음 마조 가고지워라(2/8)	마조 가고지워라/ 마저 가고 싶어라
	~ 낯낯 시들피느니(3/1)	시들피느니/시들게 하니
	~ 아니 죽엿슬나듸야(3/2)	죽엿슬나듸야/ 죽였을 것이야
	산ㅅ골에 홀히 우시다~(3/4)	홀히/ 홀로
	~ 얼렁소리 쉔듯 멈추고(3/6)	쉔듯/ 쉰듯
	우지진 진달래 와직지우는(4/6)	우지진/ 우거진 와직지/ 왁자지껄
清明	취여진 청명을 마시며~	취여진/ 추거진
	~ 나도 이아참 청명의(2/4)	이아참/ 이아침
	쫏긴 별쌀의 흐름이 저러햇다(4/5)	별쌀의/별볕의
	윈소리의 앞소리오(5/1)	윈소리/ 부르는 소리
	~ 포근 췩여진 내마음(5/3)	췩여진/ 축여진
거문고	해가 수무번 박뀌였는듸(1/2)	박뀌였는듸/ 바뀌였는데
	~ 잣나비떼들 쏘다다니여(3/2)	쏘다다니여/ 쏘다니어
가야금	뉘 휘여 날켯느뇨(2/3)	날켯느뇨/ 날렸느뇨
	네 목숨이 조매로아(3/4)	조매로아/ 조마조마하게
연·1	내 어린 날 아슴풀하다(1/4)	아슴풀하다/ 아슬하다
	평평한 연실은 조매롭고(2/2)	조매롭고/ 조마조마하고
달마지	~ 떠오름을 기두리신가(1/2)	기두리신가/ 기다리시는가
五月	꾀꼬리는 엽태 혼자~(6)	엽태/ 여태 이제까지
毒을 차고	「虛無한듸!」 독은 차서~(2/4)	「虛無한듸!」/「虛無한데!」
	~ 「虛無한듸!」 허나(3/2)	「虛無한듸!」/「虛無한데!」
墓碑銘	恨되는 한마듸 삭이실난가(8)	삭이실난가/ 새기실는가

江 물	~ 한밤을 애끈히 고히였소(2/2) 아심찬이 그 꿈도~(5/2)	고히였소/ 고였소 아심찬이/ 안심찮다
호젓한 노래	내 소리는 께벗어 봄철이~(4/1)	께벗어/ 발가벗어
집	늬집이라(1/2) 늬들 기여운 소색임을(1/5) ~ 늬는 몇 대채 서뤄우느뇨(2/5) ~ 저릿슬 欄干이(5/1) ~ 힌구름이 사라지는듸(5/3) 한두엇 저즈른 녯일이(5/4)	늬집이라/ 네집이라 늬들 기여운/ 너희들 귀여운 소색임을/ 속삭임을 늬는/ 너는/ 서뤄/ 서러워 저릿슬/ 저렸을 사라지는듸/ 사라지는데 저즈른/ 저지른
북	~ 꼭 마저사만 이룬 일이란(2/1) 떠밧는 鳴鼓인듸 자가락을~(5/1)	마저사만/ 맞아야만 鳴鼓인듸/ 鳴鼓인데
바다로 가자	~ 가슴이 뻐근치야(4) ~ 울고불고 하였지야(8)	뻐근치야/ 뻐근하여 하요지야/ 하였지
놓인 마음	오랜 세월 싀닷긴(1/5)	싀닷긴/ 시달린
絶望	~ 아들이였을 뿐인듸(15)	뿐인듸/ 뿐인데
연·2	~ 그때버텀 벌써 시든상 싶어(5)	그때버텀/ 그때부터
忘却	~ 잊어버리고 살어왔는듸(1/2) 한양 그 모습 아름다워라(2/2) ~ 아모 가젤것 없으매(2/3)	살어왔는듸/ 살아왔는데 한양/ 마냥 가젤것/ 개갤것
感激 8·15	쇠사슬 즈르룽 풀리던 그날(1/3)	즈르룽/ 주르룩
발짓	~ 소란소리 풍겼는듸~(1) 묵근히 옮겨 딛는~(5)	풍겼는듸/ 풍겼는데 묵근히/ 무겁게
行軍	뉘 후여 날컷느뇨(2/2)	날컷느뇨/ 날렸느뇨
五月 아츰	비개인 五月 아츰(1/1) 이 맘 훙근 안저졌스리오만은(2/4)	아츰/ 아침 훙근/ 훙건

수풀 아래 작은 샘	얽혀져 잠긴 구슬손결이(6) 샘은 애끈한 젊은 꿈(11)	구슬손결이/ 아담한 손결이 애끈한/ 애를 끊는 듯한
池畔追憶	~ 두던길 삿분~(2) ~ 서어하나마 인생을 느끼는듸(12) 부프은 봄물결 위의~(15)	두던길/ 두럭길 서어하나마/ 서운하지만 느끼는듸/ 느끼는데 부프은/ 부플은
五月恨	내 품에 남은 다순길 있어(4) 풍기는 내음에 지늘껴것만(14)	다순길/ 따슨길 지늘껴것만/ 진력이났지만

위에서 어감이나 뉘앙스를 위해서 영랑 자신이 창조한 어휘도 있을 것으로 생각한다. 아무튼 이러한 남도의 방언들이 갖는 억양이나 향토색을 가미하여 형성된 시의 율격이나 음상에서 훨씬 더 생동감을 느끼게 하기도 한다. 그리고 또한 영랑의 시적 소재, 특히 그 초기의 시는 그의 고향의 아름다운 자연과 농촌의 소박한 인정을 소재로 하고 있는 바, 이것은 말할 것도 없이 그가 살았던 시대상황과 삶의 의도적 반영이라 할 수 있다.

> 창랑에 잠방거리는 섬들을 길러
> 그대는 탈도업시 태연스럽다
>
> 마음을 휩쓸고 목숨 앗아간
> 간밤 풍랑도 가소롭구나
>
> 아침 날 빛에 돛 높이 달고
> 청산아 봐란듯 떠나가는 배
>
> 바람은 차고 물결은 치고
> 그대는 호령도 하실만하다
> ─<그대는 호령도 하실만하다>의 전문

다도해연안에 위치한 영랑의 고향집에서 바라보는 바다의 풍경이다. 북으로 대숲이 병풍처럼 둘러싸고 남으로 푸른 물결이 출렁이는 바다, 그 위에 멀리 떠오르는 크고 작은 섬들을 영랑은 이렇게 표현한 것이다.

영랑의 고향집 앞에 넓게 펼쳐진 바다에 잠긴 섬들을 오리새끼들처럼 잠방거린다고 한 표현을 두고 극도의 찬사를 아끼지 않았던 정지용은 그 섬들을 길러내는 것은 창랑이 하는 짓인지도 모른다고 하였다.³⁾ 크고 작은 섬들을 '잠방거리는 오리새끼'로 본 것도 특이하지만, 풍랑이 휩쓸고 간 어두운 밤이 지나면 아무 일 없었던 듯이 고요해지는 바다, 어부들이 돛을 높이 달고 출어하는 모습은 장관이 아닐 수 없다. 그러나 이 시는 이런 아름다운 바다 풍경을 형상화한 기법도 뛰어나지만, 돛을 높이 달고 떠나는 어부들의 '호령'의 함의도 심상치가 않다. '슬픔'과 '눈물' 속에서 은거하던 영랑이 돛을 높이 달고 호령하고 나서는 새 출발을 의미하기도 한다.

영랑의 초기시편들은 대체로 아름다운 향토적 자연과 인정풍속을 소재로 하고 있다. 바다로 향한 아름다운 자연과 그 품속에 살고 있는 순박한 사람들의 인정과 풍습을 아름다운 가락으로 노래하고 있다. 아니 도시인의 생활 습속과 각박한 세정世情의 추이와는 사뭇 다른 원초적原初的 삶을 살아가는 사람들의 소박한 심성과 끈적끈적한 인정을 아름답고 섬세한 가락으로 가다듬고 있는 것이다.

위에서 살펴본 바와 같이 영랑의 시에 나타난 향토색 짙은 시어나 자연풍광과 소박성은 독특한 시적 경지를 이루고 있다. 이것은 마치 소월과도 같다. 소월이 국토의 복단에 위치한 정주定州 땅에서도 외진 농가 마을에서 평생을 살면서 그곳의 아름다운 자연과 인정 풍속을 민요조로 노래했다고 하면, 영랑은 국토의 남단 강진康津 골의 온화한 자연의 풍광과 인정풍속을 아름다운

3) 정지용, 앞의 「시와 감상」(≪여성≫3권 8호), 50면.

가락으로 노래한 것이다. 이들이 이렇게 국토의 남과 북에서 살면서 각기의 향토색 짙은 토속어와 자연풍광의 아름다움을 서정적으로 노래하여 우리들을 울려주기도 하고, 마음을 한껏 순화하여 소박한 심성을 갖게 하기도 한다.

전기 및 서지적 국면과 미해결의 문제

오늘날도 영랑의 문학에 대한 연구는 계속 이어지고 있다. 근래에 지방화 시대를 열어가면서 각 지방마다 향토문인들의 기념사업을 대대적으로 펼쳐서 관광자원으로 활용하고 있다. 영랑의 경우도 마찬가지로 그가 태어나서 자란 고향 강진에서 영랑의 생가를 복원하고 시문학기념관을 건립하여 해마다 기념행사를 하면서 많은 관광객들을 불러 모으고 있다고 한다.

그러나 이러한 기념사업들이 영랑의 문학에 대한 본질적 연구와는 동떨어진 이야기라 할 수 있다. 그것은 어디까지나 문화유산을 관광사업의 일환으로 활용하고자 하는 데 더 큰 목적이 있는 것이다. 그렇다고 이런 사업이 전혀 무의미한 것은 아니다. 자라나는 청소년들에게 교육적 효과를 거두고 있다는데 큰 의미를 부여할 수도 있는 것이다.

우리는 대상이 되는 시인이나 작가에 이런 외적인 것과 함께 내적인 것에도 소홀해서는 안 된다. 무엇보다도 해당 작가의 문학에 대한 철저한 연구도 수반되어야 한다는 것을 잠시도 잊어서는 안 된다. 그래야만 이러한 기념사업을 펼친 목적과 취지에 부합되기 때문이다.

영랑의 경우, 전기 및 서지의 국면에서 철저히 조사하여 전기적 차원에서 연구한 주전이(周佺二[4])에 의해서 많은 문제점들이 해결된 것으로 안다. 그렇다고 우리는 영랑에 대한 모든 문제가 해결되었다고는 할 수가 없다. 이 세상 어느 것이건 완벽한 것은 있을 수가 없다. 한 사람이 다하지 못한 것을 또 다른 사람들이 보완하면서 그 완벽한 것으로 이르러 가는 과정이 학문이라 할 수 있다. 여기서 필자는 영랑의 문학 연구를 위한 보완작업으로 전기 및 서지의 국면에서 해결되어야만 할 미해결의 문제를 제기하고자 한다. 이러한 문제의 해결은 해가 더해 갈수록 점점 더 어려워진다는 것은 말할 것도 없다. 왜냐하면 그 당시를 말해줄 정보 제공자들은 물론, 자료조사를 하기가 더욱 어려워지기 때문이다.

1. 생애와 전기적 국면의 문제

영랑의 전기적 차원에서 제기되는 문제점을 논의하기에 앞서 그가 이 세상에서 살고 간 전 역정(歷程)을 간추려 보면,

> 영랑은 국토의 남단인 전남 강진읍에서 태어나, 그곳에서 초등과정을 마치고, 서울로 올라와 휘문의숙에 입학하였는데, 3·1운동 당시 고향으로 돌아가 독립만세 운동의 모의를 주도하다가 사전에 검거되어 대구형무소에 수감되기도 했다. 그후 영랑은 일본으로 건너가 청산학원 중등부를 마치고 동 학원 인문과에 진학하여 영문학을 전공하다가 관동대진재로 학업을 중단하고 만 것이다. 이후 용아龍兒 박용철朴龍喆과 함께 시문학동인을 결성하면서 시작활동은 본격화된다. 그는 고향

---

4) 주전이, 『시인 영랑 김윤식 전기』(국학자료원, 1997)

을 거의 떠나지 않고 고향에 살면서 시를 쓴 것이다. 그가 고향을 떠나 서울로 옮긴 것은 8·15해방 직후의 일이다. 그는 9·28 수복 당시 서울 의 탈환전의 유탄에 맞아 사망할 때까지 서울에서 잠시 살았다.

와도 같다. 영랑의 경우, 전기적 국면이 그 시대 다른 시인이나 작가들과는 달리 많이 해결된 것으로 생각한다. 그것은 바로 앞에서도 말했듯이, 영랑과 같은 고향 출신의 후배 주전이의 열정적인 추적으로 많은 문제들이 해결되 었다. 그럼에도 누구나 미해결의 문제는 남게 마련이다. 그래서 많은 사람들 이 같은 대상을 두고 다각적인 각도에서 끊임없이 접근하여 각기의 목소리 를 이어가고 있는 것이다.

1) 아명과 아호의 문제—채준과 영랑

영랑의 본명은 윤식允植이다. 그는 어릴 적에 '채준'으로 불리기도 했다고 한다. 그런데 이것이 어떻게 얼마나 불리었는지 잘 알 수가 없다. 그리고 '영 랑永郞'은 아호이다 그런데 이 아호를 어떻게 해서 영랑이 사용하게 되었는지 명확히 알 수가 없다. 아마도 그가 금강산에 여행했다가 그곳의 '영랑봉'이나, 아니면 '영랑호永郞湖'에서 딴 것이라고 하지만, 그것이 확인된 것은 아니다.

아무튼 영랑은 거의 아호로서 작품 활동을 하고 있다. 따라서 그의 본명은 우리들에게 무척 낯설게 느껴지고 있는 것은 소월素月·육사陸史·목월木月·지 훈芝薰의 경우와도 같다. 영랑을 포함한 이들은 거의 본명이 매우 생소하다 할 만큼 아호로 많은 작품들을 발표하고 있다.

2) 용아와 박열과의 남은 문제—'휘문의숙—고보'와 청산학원

초등학교 과정인 강진 관서제(강진보통학교 전신)와 강진보통학교를 마친 것 은 주선이周全二에 의해 당시의 학적부를 찾아 확인되었다. 그리고 3·1운동 당시 휘문고보를 중단하고 일본으로 건너가 청산학원 중등부를 마치고 동학원의 전문부에 진학하여 영문학을 전공한다. 그런데 여기서 휘문고보나 청산학원의 학적부는 아직 확인하지 못하고 있다. 따라서 그의 재학 기간이나 학교생활의 구체적인 사실들이 정확하게 밝혀져 있지 않다. 주전이도 일본 청산학원의 학적부를 추적하기 위해 많은 노력을 기울였지만, 결국 찾지 못했다는 것이다.

그리고 영랑이 고향집에서 처음으로 탈출하여 목포에서 밤배를 타고 인천에 도착하여 잠시 머물면서 인천상업학교에 적을 두었다고 하는데, 그 진위문제가 해결되지 않고 있다. 영랑이 인천에 머문 기간이 그가 학교에 적을 두었다고 하기에는 너무나 짧았던 것이 아닐까 한다. 그러나 이 문제를 해결한다는 것은 불가능하다고 본다. 그때를 증언해줄 사람들이 거의 세상을 떠났기 때문이다.

영랑과 아주 가까웠던 용아와의 사이가 잠시 불편했던 문제이다. 이것은 용아가 펴낸 ≪시문학≫과 ≪문학≫에는 많은 작품을 발표하고 있는데 반해서, ≪문예월간≫에는 단 한 작품도 발표하지 않고 있는 것으로 미루어 알 수가 있다. 이 문제에 대해서는 용아가 사망한 뒤에 영랑이 그때를 회상하여 쓴 글 가운데 단편적으로 나타나 있기는 하다. 그러나 그것이 구체적이지 않고 개연적인 논급으로 그쳐 있을 뿐이다. ≪문예월간≫지에 가담한 필진들의 어느 누가 그렇게 영랑의 마음에 들지 않았으며, 그 까닭이 무엇인지가 명확하게 밝혀지지 않고 있다.

그리고 일본 청상학원 시절에 혁명가 박열朴烈과 사귀었던 사실이 너무나 추상적으로 전해지고 있다. 그때 그들이 처음으로 만나 같은 하숙집에서 잠시 함께 살면서 의기가 투합했다고만 전해지고 있을 뿐이다. 그들의 관계가 어느 정도였으며, 그것이 영랑의 민족사상 형성에 미친 영향문제도 좀 더 구체화되어야만 할 것 같다. 그리고 그들이 그 이후나 또는 8·15해방이 되어서도 전혀 만나지 않았는지 그런 것도 한번 짚어볼 문제가 아닐까 한다.

3) '북'과 이중선과의 남은 문제─육자배기와 판소리

영랑이 판소리나 육재배기 민요를 좋아했다는 것에 대한 문제이다. 특히 육자배기의 명창 이중선李中仙을 좋아했다고 하는데, 이에 대한 구체적인 사실이 밝혀져 있지 않다. 이것은 영랑의 시에 나타난 율격이나 음상의 특색, 곧 '촉기燭氣'의 문제를 해결하는 데 매우 중요한 요소가 되기도 한다.

영랑이 음악을 좋아했다고 하는 것은 잘 알려진 사실이다. 그런데 그가 민요나 판소리에 대하여 얼마나 조예가 깊었는지, 그것도 꼼꼼히 짚어볼 필요가 있다. 그리고 '자네 소리하게 내 북을 치제'라고 한 바와도 같이 영랑이 '고수鼓手'라고 전해지기도 하는데, 그 경지가 어느 정도인지 알 수가 없다. 영랑의 시에서 음악성의 문제는 매우 중요하다고 본다. 특히 민요의 가락과 향토의 음운이나 율격의 문제는 영랑의 시와 불가분리의 관계에 놓여져 있는 것이다.

4) 마재경과 최승희와의 남은 문제─두 연인과의 관계

영랑과 마재경馬載慶과의 관계도 제대로 밝혀져 있지 않다. 마재경이 잠시 영랑의 집에 하숙하고 강진보통학교에서 교편을 잡고 있을 때에, 이들은 연인관계로 발전한다. 그런데 영랑이 일본으로 유학을 떠나게 되자, 서로 편지로 사랑을 나눌 수밖에 없었다. 그러다가 관동대진재 직전에 마재경이 일본으로 건너오면서 그들은 반갑게 만나게 된다. 그러나 마침 그때가 여름방학 직전이라서 그들은 개학하면 또 다시 만나기로 하고 헤어졌으나, 2학기 개학을 바로 앞두고 불의의 대진재로 그들은 다시 만나지 못한 것으로 되어 있다. 그 뒤로 마재경과의 관계가 어떻게 된 것인지 전혀 알려져 있지 않다.

그리고 당시 명성이 높았던 무용가 최승희崔承喜와의 열애설이 있었는데, 양가의 반대로 결혼하지 못했다고만 전해지고 있을 뿐이다. 양가에서 반대한 이유가 명확하게 밝혀져 있지 않다. 영랑이 후에 최승희는 한 사람의 아내가 되는 것보다는 무용가로서 타고난 천재성을 세계에 떨치도록 한 것이 무척 잘했다고 하기도 하지만, 그들이 결혼하지 못한 것에 대한 구체적인 것이 밝혀져 있지 않다.

2. 유작들과 서지적 국면의 문제

영랑은 그렇게 많은 작품들을 남기지 않았다. 이제까지 정리된 것을 보면, 시작이 역시를 포함하여 89편이고 산문이 20여 편이 있을 뿐이다. 그의 전시 편들은 대부분 수집 정리된 것으로 보이기도 하다. 하지만 아직도 정리하지 못한 것들이 있을 수도 있다. 그런데 그 수는 그리 많지 않을 것 같다. 이것들은 현재 낙질되어 결호가 되었거나, 아니면 새로 찾아지는 그 시대 신문이나 잡지들이 나타날 때에만 그 수집이 가능할 것으로 생각된다.

1) 시편들과의 남은 문제

영랑은 살아생전에 한 권의 시집을 출간했다. 1935년 시문학사에서 발간한 『영랑시집』이 바로 그것이다. 1949년 중앙문화사에서 출간한 『영랑시선』은 시문학사에서 나온 『영랑시집』 초판본을 중심으로 몇 편을 보충하고 있을 뿐이다.

영랑의 유작 정리가 본격화된 것은 1970~80년대로 접어들면서 비롯된다. 당시의 신문이나 잡지들이 정리되어 영인본이 나오면서 각 지상에 발표된 시와 산문들이 수집 정리되기 시작했다. 그래서 1981년 필자가 엮은 영랑전집에서 그의 시와 산문이 본격적으로 정리되기 시작한 것이다.[5] 그러나 아직도 정리하지 못한 또 다른 유작들이 더 있을 것으로 추정되기도 하지만, 이것은 당시에 출간된 신문이나 잡지가 새로 발굴될 때만이 가능하다고 본다.

2) 산문들과의 남은 문제

작품연보에는 나와 있으나, 아직 수집하지 못한 산문이 몇 편 있다. 이것들은 그 발표지의 소장처가 밝혀져야만 해결될 수 있을 것이다. 이에 관련된 새로운 자료가 나오기 전에는 그 정리가 불가능하다고 본다.

영랑은 그의 시에서 향토어를 많이 구사하고 있는데, 오늘날 출간되고 있는 전집이나 선집에서 이것들을 모두 표준어로 바꾸고 있다. 이렇게 하면 향토어의 의도적인 구사로 형성되는 시적 특색이 지워지게 마련이다. 따라서 영랑의 시는 그가 의도한 대로 향토의 운율과 음상 등의 조화로 형성되는 특색을 밝히면서 영랑이 말하는 '촉기燭氣'의 본질을 파악해야만 할 것 같다.

이상 영랑의 전기적 국면과 서지적 국면에서 해결되지 못한 문제 몇 가지를 제시해 보았다. 이것들은 앞으로 새로 나타날 자료들로만 해결될 수 있을 것이다. 그러나 당시 영랑과 함께 했던 친구들이나, 가족들과도 같은 가까운 정보제공자들에게 얻어질 정보는 거의 없을 것으로 생각된다. 이것은 그만큼 많은 세월이 흘러서 그런 가까운 정보제공자들이 대부분 떠나고 없기 때문이다. 따라서 당시에 출간된 신문이나 잡지에 발표된 작품들이 새로 발굴될 때만이 가능할 것으로 생각된다.

---

5) 김학동 편저, 『모란이 피기까지는』(문학세계사, 1981).
   1981년 문학세계사에서 필자가 펴낸 『모란이 피기까지는』은 영랑의 시와 산문을 총 정리한 전집이다. 여기에는 그때까지 필자가 새로 수집한 많은 시와 산문을 수록하고 있다.

부록·1 원전연구

일러두기

◇ 여기서는 영랑의 시에서 번역시편들을 제외한 85편의 작품을 대상으로 삼았다.
  이것들이 현재 밝혀진 영랑의 전 시편이라 할 수 있다.

◇ 시가 처음으로 발표된 신문이나 잡지의 수록분과 『영랑시집』 초판본(시문학사,
  1935) 및 『영랑시선』(중앙문화사, 1949)에 수록된 시편들의 차이를 밝혀본 것이다.

◇ 제목에 원문자 ①②③은 발표지와 시집의 구분인데, ①은 작품이 처음 발표된
  신문이나 잡지의 수록분에 나타난 시의 제목이고 ②는 『영랑시집』 초판본에서
  는 제목 없이 일련번호로 구분되었는데, 바로 그 번호를 가리킨다. ③은 1949년
  에 영랑의 생전에 마지막으로 펴낸 『영랑시선』에 표시된 일련번호와 시집 후미
  에 붙인 시 제목이다.

◇ 신문이나 잡지에 발표되지 않고 직접 시집에 실린 작품들은 공란으로 처리했고, 신
  문이나 잡지에 발표되었으나 시집에 실리지 않았던 것들은 '미수록'으로 표기하였다.

◇ 시어의 차이는 사소한 것도 모두 적시하여 첫 발표지로부터 『영랑시집』 초판본
  과 『영랑시선』에 이르기까지의 변화를 '→'를 이용해서 단계화하였다.

◇ 첫 발표지로부터 『영랑시집』 초판본과 『영랑시선』에 모두 수록된 작품은 3단
  계로 되어 있고, 이들 가운데서 어느 하나에 실리지 않았을 때는 2단계로 되어
  있다. 그리고 이 두 시집에 실리지 않고 신문이나 잡지에 발표된 것을 후에 새로
  발굴된 것들은 대비 대상이 아니기 때문에 그 제목만 제시하였다.

<u>끝없는 강물이 흐르네</u>(시문학, 1930.3)

제목 ① 동백닙에 빗나는 마음

② 1

③ 끗업는 강물이 흐르네

형식: 5행

　1 <u>흐르내</u>→ <u>흐르네</u>→ 흐르네

　2 <u>도도내</u>→ <u>도도네</u>→ 도도네

　5 <u>흐르내</u>→ <u>흐르네</u>→ 흐르네

<u>돌담에 소색이는 햇발</u>(시문학, 1930.5)

제목 ① 내 마음 고요히 고흔 봄 길우에

② 2

③ 돌담에 소색이는 햇발

형식: 4행 2연

　1-2 우슴짓는 →우슴짓는 →웃음짓는

　　 샘물가치→샘물가치→샘물같이

　1-4 우러르고십다→우러르고십다→우러르고싶다

　2-1 붓그럼가치→붓그럼가치→부끄럼같이

　2-2 물결가치→물결가치→물결같이

　2-4 바라보고십다→바라보고십다→바라보고싶다

<u>어덕에 바로 누워</u>(시문학, 1930.3)

제목: ① 어덕에 바로누어

② 3

③ 어덕에 바로 누어

형식: 4행 2연

   1-2 쯧업시→뜨업시→뜻없이

   1-3 이겻습내→이겻습네→이졌습네

   1-4 그하날→그하날→그하늘

   2-1 미리서→어덕이야→어덕이야

      아랏거니→아시련만→아시련만

   2-2 가는우슴→가는우슴→가는웃음

   2-2 한쌔라도→한때라도→한때라도

   2-3 하날아래→하날아래→하늘아래

   2-4 감기엿대→감기엿대→감기엿데

뉘 눈결에 쏘이었소(영랑시집, 1935.11)

 제목: ①

    ② 4

    ③ 뉘 눈결에 쏘이었오

형식: 4행 2연

   1-1 쏘이엿소→ 쏘이었오

   1-2 하날빛→ 하늘빛

   1-4 밧게→ 박게

      재앙스럽소→ 재앙스럾오

   2-2 붓그러워→ 부끄러워

   2-3 홀란스런→ 홀란스란

   2-4 재앙스럽소→ 재앙스럾오

<u>오―매 단풍 들겄네</u>(시문학, 1930.3)

  제목: ① 누이의 마음아 나를 보아라

  　　 ② 5

  　　 ③ 오―매 단풍 들겄네

  형식: 4행 2연

  　　 1-1 들겄내→ 들겄네→ 들겄네

  　　 1-2 장광에→ 장광에→ 장ㅅ광에

  　　 1-3 감닙→ 감닙→ 감닢

  　　 1-4 들겄내→ 들겄네→ 들겄네

  　　 2-1 내일모래→ 내일모레→ 내일모레

  　　 2-4 들겄내→ 들겄네→ 들겄네

<u>함박눈</u>(시문학, 1930.3)

  제목: ① 원망

  　　 ② 6

  　　 ③ 한박눈

  형식: 4행 2연

  　　 1-1 차자가오리→차자가오리→차저가오리

  　　 1-2 기약하신→긔약하신→기약하신

  　　 2-3 몰랐스료만→몰랐스료만→몰랐으료만

<u>눈물에 실려가면</u>(영랑시집, 1935.11)

  제목: ①

  　　 ② 7

  　　 ③ 미수록

형식: 4행 2연

※ 이 작품은『영랑시집』초판본의 7번째에 실린 것으로, 잡지에도『영랑시선』에도 수록되어 있지 않다.

쓸쓸한 뫼 앞에(시문학, 1930.3)

제목: ① 쓸쓸한 뫼 아페

　　　② 8

　　　③ 쓸쓸한 뫼 앞에

형식: 6행 1연

　1 뫼아페→ 뫼아페→ 뫼앞에

　　　안즈면→ 안즈면→ 앉으면

　2 갈안즌→ 갈안즌→ 갈앉은

　　　양금줄 가치→ 양금줄 가치→ 양금줄 같이

　4 女玉像 가치→ 구술손 가치→ 구슬손 같이

　5 산골로→ 산골로→ 산ㅅ골로

　6 산골로→ 산골로→ 산ㅅ골로

꿈 밭에 봄 마음(시문학, 1930.5)

제목: ① 꿈바테 봄 마음

　　　② 8

　　　③ 꿈 밭에 봄마음

형식: 5행 1연

◇ 첫 발표지에서는 '꿈 밭에 봄 마음 가고 또 간다.' 맨 앞의 1행인데, 『영랑시집』과『영랑시선』에서는 이것을 5행으로 배열하고 있다.

◇『영랑시집』분과『영랑시선』분과는 어구의 표기에서 일치하고 있다.

<u>님 두시고 가는 길의</u>(시문학, 1930.3)

제목: ① 없음(「사행소곡」 중)

② 10

③ 30(「사행시」 중)

형식: 4행시

1 애슨한→ 애끈한→ 애끈한

2 쩌질듯한→ 꺼질듯한→ 꺼질듯한

  쇰길이여→ 꿈길이여→ 꿈길이여

4 고인눈물→ 고힌눈물을→ 고힌눈물을

  손싀트로→ 손끗으로→ 손끝으로

  쎄치나니→ 깨치나니→ 깨치나니

<u>허리띠 매는</u>(시문학, 1930.5)

제목: ① 없음(「사행소곡」 중)

② 11

③ 31(「사행시」 중)

형식: 4행시

2 <u>으느ㄴ한</u>→ 으는한→ 은은한

3 흰날의→ 힌날의→ 흰날의

  아지랑이→ 아즈랑이→ 아즈랑이

4 흰날의→ 힌날의→ 흰날의

  아지랑이→ 아즈랑이→ 아즈랑이

풀 위에 매져지는(시문학, 1930.3)

  제목: ① 없음(「사행소곡」 중)

       ② 12

       ③ 32(「사행시」 중)

  형식: 4행시

      1 매저지는→ 매져지는→ 맺어지는

      3 정기가→ 정긔가→ 정긔가

        숨가치→ 꿈가치→ 꿈같이

        <u>흐르고</u>→ <u>오르고</u>→ <u>오르고</u>

좁은 길가에(시문학, 1930.3)

  제목: ① 없음(「사행소곡」 중)

       ② 13

       ③ 33(「사행시」 중)

  형식: 4행시

      1 길가에→길가에→길ㅅ가에

      4 뫼아페→뫼아래→뫼아레

밤 사람 그립고야(시문학, 1931.10)

  제목: ① 없음(「사행소곡」 중)

       ② 14

       ③ 34(「사행시」 중)

  형식: 4행시

      2 말업시→ 말업시→ 말없이

밤사람→ 밤ㅅ사람→밤ㅅ사람

3 보름너믄→ 보름넘은→ 보름넘은

숲향기 숨길을(영랑시집, 1935.11)

　제목: ①

　　　　② 15

　　　　③ 35(「사행시」중)

　형식: 4행시

　　　　1 가로막엇소→ 가로막었오

　　　　2 깨이여지고→ 깨이어지고

　　　　4 새워버렷소→ 새워버렸오

저녁 때 저녁때(시문학, 1930.3)

　제목: ① 없음(「사행소곡」중)

　　　　② 16

　　　　③ 36(「사행시」중)

　형식: 4행시

　　　　1 저녁쌔→ 저녁때→ 저녁때

　　　　2 붓잡지→ 붓잡지→ 붙잡지

　　　　4 쌔아서가오→ 쌔아서가오→ 빼아서가오

문허진 성터에(시문학, 1930.3)

　제목: ① 없음(「사행소곡」중)

　　　　② 17

　　　　③ 37(「사행소곡」중)

형식: 4행시

    3 횟긋→ 희끝희끝→ 희끗희끗

산골을 놀이터로(문학, 1934.1)

제목: ① 없음(「사행소곡」 중)

    ② 18

    ③ 38(「사행시」 중)

형식: 4행시

    1 山골을→ 산ㅅ골을→ 산ㅅ골을

    새악시→ 시악시→ 시악시

    2 구슬가치→ 구슬가치→ 구슬같이

    맑으련만은→ 맑으련마는→ 맑으련만은

그 색시 서럽다(영랑시집, 1935.11)

제목: ①

    ② 19

    ③ 39(「사행시」 중)

형식: 4행시

    1 그 얼골→ 그 얼굴

    2 가을하날→ 가을하늘

    3 떠갓스랴→ 떠깠으랴

바람에 나부끼는(시문학. 1931.10)

  제목: ① 없음(「사행소곡」 중)

      ② 20

      ③ 51(「사행시」 중)

  형식: 4행시

    3 눈물매즌→ 눈물매즌→ 눈물맺은

    4 손잣이여→ 손ㅅ짓이여→ 손ㅅ짓이여

뻘은 가슴을(시문학, 1931.10)

  제목: ① 없음(「사행소곡」 중)

      ② 21

      ③ 52(「사행시」 중)

  형식: 4행시

    2 수지버→ 수집어→ 수집어

    3 만젓고나→ 만젓고나→ 만젓고나

다정히도 불어오는(시문학, 19305)

  제목: ① 없음(「사행소곡」 중)

      ② 22

      ③ 41(「사행시」 중)

  형식: 4행시

    1 바람이길내→ 바람이길래→ 바람이길내

    2 실어보냇자→ 실어보냇자→ 실어보냈오

    3 하날끗을→ 하날갓을→ 하늘갓을

떠날러 가는 마음의(영랑시집, 1935.11)

제목: ①

② 23

③ 40(「사행시」 중)

형식: 4행시

1 포럼한→ 파름한

4 끈으며→ 끊으며

그 밖에 더 아실이(문학, 1934.1)

제목: ① 없음(「사행소곡」 중)

② 24

③ 47(「사행시」 중)

형식: 4행시

2 적은옷깃→ 저진옷깃→ 젖인옷깃

3 애달븐→ 애닯은→ 애닯은

4 매치고→ 매치고→ 매지고

매치엿음을→ 매치엿슴을→ 매치였음을

뵈지도 않는 입김의(시문학, 1930.2)

제목: ① 없음(「사행소곡」 중)

② 25

③ 42(「사행시」 중)

형식: 4행시

2 하날ㅅ테→ 하날끝에→ 하늘끝에

오름과 가치→ 오름과 가치→ 오름과 같이

3 대숩의→ 대숲의→ 대숩의

　기혀 차즈려→ 기혀 차즈려→ 긔혀 찾으려

4 바늘싯 가치→ 바늘끝 가치→ 바늘끗 같이

사랑은 깊으기(문학, 1934.1)

　제목: ① 없음(「사행소곡」중)

　　　② 26

　　　③ 미수록

　형식: 4행시

　　　1 깊으기→ 기프기

　　　3 않으나→ 안으나

　　　4 않으나→ 안으나

마음이란 말속에(영랑시집, 1935.11)

　제목: ①

　　　② 27

　　　③ 43(『사행시』중)

　형식: 4행시

　　　1 보기실혼→ 보기싫은

　　　2 뉘침→ 뉘이침

　　　3 그 말삼→ 그 말슴

눈물 속 빛나는(시문학, 1931.10)

　제목: ① 없음(「사행소곡」 중)

　　　　② 28

　　　　③ 45(「사행시」 중)

　형식: 4행시

　　　1 빗나는→ 빛나는→ 빛나는

　　　　우슴속→ 우슴속→ 웃음속

　　　2 하날에→ 하날에→ 하늘에

　　　　써도는 구름!→ 떠도는 구름→ 떠도는 구름

　　　3 줄데업는→ 줄대업는→ 줄대없는

　　　4 보랏습니다→ 부랏습니다→ 부랐읍니다

밤이면 고총아래(문학, 1934.1)

　제목: ① 없음(「사행소곡」 중)

　　　　② 29

　　　　③ 46(「사행시」 중)

　형식: 4행시

　　　2 하날보고→ 하날보고→ 하늘보고

　　　　웃음 좀 웃고→ 우슴 좀 웃고→ 웃음 좀 웃고

　　　3 외론 할미꽃→ 외론 할미꽃→ 외론 할미꼿

빈 포케트에 손 찌르고(시문학, 1931.10)

　제목: ① 없음(「사행소곡」 중)

　　　　② 30

　　　　③ 48(「사행시」 중)

형식: 4행시

    2 찌끔 나누나→ 찟금 나누나→ 씻끔 했노라

    3 쏠쏠쏠→ 쫄쫄쫄→ 쭐쭐쭐

    4 서런 소리→ 서른 소리→서른 소리

      씻스면 시퍼라→ 씻스면 시퍼라→ 외었으면 싶어라

저 곡조만 마저(문학, 1934.1)

 제목: ① 없음(「사행소곡」 중)

     ② 31

     ③ 53(「사행시」 중)

 형식: 4행시

    3 해와 가치→ 해와 가치→ 해와 같이

      떳다 지는→ 떳다 지는→ 떴다 지는

    4 내일 또→ 내일 또→ 새날 또

향내 없다고(시문학 1930.5)

 제목: ① 없음(「사행소곡」 중)

     ② 32

     ③ 49(「사행시」 중)

 형식: 4행시

    1 업다고→ 업다고→ 없다고

    3 들꽂은→ 들꽂은→ 뜰꽃은

    4 철업는→ 철업는→ 철없는

      발끄테→ 발끝에→ 발끝에

<u>언덕에 누워</u>(시문학 1930.5)

  제목: ① 없음(「사행소곡」중)

      ② 33

      ③ 50(「사행시」중)

  형식: 4행시

    2 업지만→ 업지만→ 없지만

    3 떠오는→ 얼골 떠오는→ 얼골 떠오는 얼굴

<u>푸른향물 흘러버린</u>(시문학 1930.3)

  제목: ① 없음(「사행속곡」중)

      ② 34

      ③ 54(「사행시」중)

  형식:4행시

    3 가을 눈이→ 가을 눈(眼)이→ 가을 눈이

      나래를 치며→ 그 나래를 치며→ 그 나래를 치며

<u>빠른 철로에</u>(문학, 1934.1)

  제목: ① 없음(「사행소곡」중)

      ② 35

      ③ 미수록

  형식: 4행시

    2 이 정거장→ 이 뎡거장

      잊을나→ 이즐나

    4 이 정거장→ 이 뎡거장

      잊을나→ 이즐나

생각하면 부끄러운(영랑시집, 1935.11)

　제목: ①

　　　　② 36

　　　　③ 미수록

　형식: 4행시

　※ 잡지에도 발표되지 않고 『영랑시선』에도 수록되지 않다.

　　『영랑시집』 초판본에만 수록되어 있다.

왼 몸을 감도는(영랑시집, 1935. 11)

　제목: ①

　　　　② 37

　　　　③ 44(「사행시」 중)

　형식: 4행시

　　　1 피ㅅ줄이→ 핏줄이

　　　2 뭉치여 잇네→ 뭉치여 있네

　　　3 날낸 소리→ 날랜 소리

　　　　날낸 칼 하나→ 날랜 칼 하나

　　　4 그 피ㅅ줄→ 그 핏줄

　　　　버릴 수 업다→ 버릴 수 없다.

못 오실 님이(시문학 1930.5)

　제목: ① 없음(「사행서곡」 중)

　　　　②

　　　　③

　형식: 4행시

※ 이 작품은 잡지에만 발표되고『영랑시집』이나『영랑시선』에 수록되지 않다가 후에 발굴되어 시집에 수록되기 시작했다.

除夜(시문학, 1930.3)

　제목: ① 除夜

　　　　② 38

　　　　③ 25 除夜

　형식: 2행 4연

　　　　1-1 찌르르→ 찌르르→ 찌르르

　　　　　2 써러지는가 → 떨어지는가 → 떨어지는가

　　　　2-1 썻다→ 떳다→ 떴다

　　　　3-2 써붓는→ 떠붓는→ 떠붓는

　　　　4-1 못고 싸어→ 몬고 싸어→ 몽고 싸어

　　　　　2 흰그릇에→ 힌그릇에→ 흰그릇에

내 옛날 온 꿈이(시문학, 1930.5)

　제목: ① 하날가ㅅ다은데

　　　　② 39

　　　　③ 22 내 옛날 온 꿈이

　형식: 2행 4연

　　　　1-1 사람의→ 내 옛날→ 내 옛날

　　　　　2 실리여간 → 실리어간 → 실리어간

　　　　1-2 깃븜이→ 깃븜이→ 기쁨이

　　　　3-1 깃븜을→ 깃븜을→ 기쁨을

2 한업시 → 한업시 → 한없이

4-2 깃븜이 → 깃븜이 → 기쁨이

그대는 호령도 하실만하다(영랑시집, 1935.11)

　제목: ①

　　　②40

　　　③7 그대는 호령도 하실만하다

　형식: 2행 4연

　　　1-1 섬들을 길러 → 흰물새려냐

　　　2-1 마을을 → 마을

　　　3-1 아츰날빛에 → 아침날빛에

　　　　2 봐란듯 → 보아라

아파 누워 혼자 비노라(영랑시집 1935.11)

　제목: ①

　　　②41

　　　③

　형식: 불규칙 3연

　※ 이 작품은 원래 제목이 없는 것이었는데 첫 행 절을 따서 붙인 것이다. 이 작품은 잡지에도 발표되지 않고, 또 『영랑시선』에도 실려있지 않고, 『영랑시집』 초판본에만 41번째로 수록되어 있을 뿐이다.

가늘한 내음(시문학 1930.5)

  제목: ① 가늘한 내음

      ② 42

      ③ 1 가늘한 내음

  형식: 4행 4연

      1-2 앳근히→ 애끈히→ 애끈히

      1-4 보랏빗→ 보랏빛→ 보랏빛

      2-1 보랏빗→ 보랏빛→ 보랏빛

      2-2 일흔→ 일흔→ 잃은

      2-3 정녈에→ 정녈에→ 정렬에

      2-4 이 가슴 노코→ 이 가슴 노코→ 이 가슴 놓고

         갓슬줄이야→ 갓슬줄이야→ 갔을줄이야

      3-2 차즈라→ 차즈라→ 차으려

      3-3 갯물이→ 개ㅅ물이→ 개ㅅ물이

         노이듯→ 노이듯→ 노히듯

      4-1 내키다마는→ 내키다마는→ 내키다 마-는

      4-2 도나니→ 도나니→ 도-나니

      4-3 앳근하고→ 애끈하고→ 애끈하고

      4-4 슬리는→ 슬니는→ 슬리는

         보랏빗→ 보랏빛→ 보랏빛

내 마음을 아실 이(시문학, 1934.10)

  제목: ① 내 마음을 아실 이

      ② 43

      ③ 11 내 마음을 아실 이

형식: 1·3연 3행, 2·4행 4행

    1-2 내 혼자ㅅ마음→ 내 혼자ㅅ마음→ 내 혼자 마음

       날가치→ 날가치→ 날같이

    1-3 게실 것이면→ 게실것이면→ 계실 것이면

    2-2 소김업는→ 속임업는→ 속임없는

    2-3 이슬가튼→ 이슬가튼→ 이슬같은

    2-4 감추엇다→ 감추엇다→ 감주었다

    3-2 내 혼자ㅅ마음→ 내 혼자ㅅ마음→ 내 혼자 마음

       날가치→ 날가치→ 날같이

    4-1 행맑은→ 향맑은→ 향맑은

    4-3 불비테→ 불빛에→ 불빛에

       히미론→ 회미론→ 히미론

    4-4 내 혼자ㅅ마음은→ 내 혼자ㅅ마음은→ 내 혼자 마음은

시냇물 소리(시문학, 1931.10)

  제목: ① 시내ㅅ물 소리

      ② 44

      ③ 미수록

  형식: 6행 2연

    1-5 산ㅅ골→산골

    1-6 숨에든셈→꿈에든셈

    2-3 黃金소반에→황금소반에

※ 이 작품이 ≪시문학≫ 3호에 발표될 때에는 1연에 7~8행의 "힌구름 발아래 피어나는 上八潭/ 玉皇의 오랜 서름 사모친 꿈이라서"가 있는데 시집에서는 이것을 빼고 있다. 잡지분에도 인쇄된 것을 지우고 있다.

모란이 피기까지는(문학, 1934.4)

　제목: ① 모란이 피기까지는

　　　　② 45

　　　　③ 3 모란이 피기까지는

　형식: 불규칙 분연되지 않음

　　　　2 기둘니고→ 기둘리고→ 기둘리고

　　　　　잇슬테요→ 잇슬테요→ 있을테요

　　　　6 꽃닢마저→ 꽃닙마저→ 꽃닢마저

　　　　7 천디에→ 천지에→ 천지에

　　　　　없어지고→ 업서지고→ 없어지고

　　　　8 문허젓느니→ 문허젓느니→ 문허졌느니

　　　　10 하냥→ 하냥→ 한양

　　　　12 기둘니고→ 기둘리고→ 기둘리고

　　　　　잇슬테요→ 잇슬테요→ 있을테요

　　　　　찰난한 슬픔의→ 찰란한 슬픔의→ 찰란한 슬픔의

佛地菴抒情(문학 1934,.2)

　제목: ① 佛地菴抒情

　　　　② 46

　　　　③ 57 佛地菴

　형식: 1~2 4행, 3~4연 3행

　　　　1-1 기척없이 솟은→ 기척업시 소슨→ 기척없이 솟은

　　　　　4 애끊이→ 애끈히→ 애끊이

　　　　2-2 흰옷 입은→ 힌옷 입은→ 흰옷 입은

3 별ㅅ살 같이→ 별ㅅ살 가치→ 별ㅅ살 같이

3-1 못견듸는 냥→ 못견듸는 양→ 못견듸는 냥

　　뒤쫓앗으나→ 뒤조찻스나→ 뒤쫓았으나

2 끝업는지라→ 끝업는지라→ 끝없는지라

　　품엇을뿐→ 품엇슬뿐→ 품었을뿐

3 지낫엇느니→ 지낫섯느니→ 지났었느니

4-1 잇음즉한→ 잇슴즉한→ 있음즉한

2 이루윗느냐→ 이루웟느냐→ 이루웠느냐

　　가엾어라→ 가엽서라→ 가엾어라

3 모이는→ 모히는→ 모이는

<u>물 보면 흐르고</u>(영랑시집, 1935.11)

제목: ①

　　　②47

　　　③8 물보면 흐르고

형식: 3행 4연

2-1 힌날에→ 흰날에

2 끝업시→ 끝없이

3-2 흐튼닙→ 흐튼닢

3 늣김은→ 느낌은

4-1 홀히 안즈면→ 홀히 앉으면

降仙臺 돌바늘 끝에(영랑시집, 1935.11)

　　제목: ①

　　　　　② 48

　　　　　③ 미수록

　　형식: 불규칙 자유시

　　※ 이 작품은 『영랑시선』에도 실리지 않고, 『영랑시집』 초판본에만 수록
되어 있다.

사개틀린 古風의 툇마루에(영랑시집, 1935.11)

　　제목: ①

　　　　　② 48

　　　　　③ 미수록

　　형식: 4행 3연

　　※ 이 작품은 『영랑시선』에도 실리지 않고, 『영랑시집』 초판본에만 수록
되어 있다.

마당 앞 맑은 새암을(영랑시집, 1935.11)

　　제목: ①

　　　　　② 50

　　　　　③ 미수록

　　형식: 불규칙 자유시

　　※ 이 작품은 『영랑시선』에도 실리지 않고, 『영랑시집』 초판본에만 수록
되어 있다.

<u>황홀한 달빛</u>(영랑시집, 1935.11)

　제목: ①

　　　　② 51

　　　　③ 미수록

　형식: 4행 5연

※ 이 작품은 『영랑시선』에도 실리지 않고, 『영랑시집』 초판본에만 수록

되어 있다.

<u>杜鵑</u>(영랑시집 1935.11)

　제목: ①

　　　　② 52

　　　　③ 58 杜鵑

　형식: 8행 4연

　　　1-1 뱉은 피는→ 뱉은 피

　　　　4 끈임업시→ 끊임없이/ 흐려노앗다→ 흘려놓았다

　　　　5 쪼껴숨음직한→ 쪼겨숨음직한

　　　　6 황홀하야→ 황홀하여

　　　　7 송괴한→ 송기한/ 놀래고→ 놀래이고

　　　　8 하날ㅅ가→ 하늘ㅅ가/ 떨니겟고나→ 떨리겠고나

　　　2-2 흘니윗느니→ 흘리윗느니

　　　　4 지늘겻느니→ 지늘겼느니

　　　　5 가지울니는→ 가지울리는

　　　　6 저괴→ 저기/ 죽엄의→ 죽음의

　　　　7 저 힌등→ 저흰등/ 흐늣겨 가신다→ 흐느껴 가신다.

3-1 비탄의 넉시→ 비탄의 넋이/ 시들피느니→ 시들피나니

　2 죽엿슬나듸야→ 죽었을나듸야

　4 따라가셧드라니→ 따라가시였느니

　5 한만흔→ 恨많은

　6 얼넝소리→ 얼렁소리/ 쉔듯→ 쉰듯

　7 띄윗슬제→ 띄웠을제

　8 불럿스리라→ 불렀으리라

4-4 목메엿느니→ 목메었느니

　5 죽어업스라→ 지고없으리

<u>淸明</u>(영랑시집, 1935.11)

　제목: ①

　　　② 53

　　　③ 19 淸明

　형식: 5행 5연

　　1-1 가을 아참→ 가을 아침

　　2-2 알수잇고→ 알수있고

　　　3 알수잇다→ 알수있다

　　　4 이 아참→ 이 아침

　　3-1 어린애→ 어린애라

　　　2 남엇다→ 남었다

　　　3 남엇거든→ 남었거든

　　　5 숨쉬지 안엇느뇨→ 숨쉬지 않었느뇨

　　4-1 해ㅅ발이→ 햇발이/ 쏘다오아→ 쏘다지면

2 冠을 쓴다→ 冠을 쓰고

3 그때에 토록하고→ 트르록 실으르

5 별쌀의 흐름이→ 별살의 흐름이/ 저러햇다→ 저러했다

5-1 앞소리오→ 앞소리요

3 포근 췩여진→ 폭은 취여진

4 낮익은 고향을→ 시원한 골에/ 차젓노라→ 돌은 한낫 풀닢이라

5 평생 못떠날→ 평생을 이슬밑에

　내집을 드럿노라→ 자리잡은 한낫 버러지로라

거문고(조광, 1939.1)

제목: ① 거문고

　② 미수록

　③ 미수록

형식: 3행 4연

※ 이 작품은 잡지에만 발표되어 있는 것을 새로 발굴하여 후에 출간된 시집들부터 수록하기 시작한 것이다.

가야금(조광, 1939.1)

제목: ① 가야금

　② 미수록

　③ 미수록

형식: 불규칙

※ 이 작품은 잡지에만 발표되어 있는 것을 새로 발굴하여 후에 출간된 시집들로부터 수록하기 시작한 것이다.

이 작품은 뒤에 '行軍'으로 바꾸어 개작되기도 한다.

연·1(여성, 1939.5)

　제목: ① 연·1

　　　② 미수록

　　　③ 23 연·1

　형식: 4행 4연

　　　1-2 하날에→ 하늘에

　　　　3 아슴풀하다→아슨풀하다

　　　2-1 하날은→ 하늘은

　　　　2 평평한→ 편편한

　　　3-1 끊어갔더면→ 끊어지든날

　　　　2 날 어찌찾어→ 부르고 울다

　　　　3 실낫 믿고→ 실낫이 서러워

　　　　4 어린 압바 피리를 불다→ 아침저녁 나무 밑에 울다

　　　4-1 하얀 넋 담고→ 하얀 넋 담ㅅ고

달맞이(여성, 1939.4)

　제목: ① 달마지

　　　② 미수록

　　　③ 미수록

　형식: 미분연

　※ 이 작품은 잡지에만 발표되어 있는 것을 새로 발굴하여 후에 출간된
시집들로부터 수록되기 시작된 것이다.

五月(문장 1939.7)

　제목: ① 五月

　　　　② 미수록

　　　　③ 4 五月

　형식: 미분연

　　　 2 푸루러졌다 → 푸르러진다

　　　 5 들어났다 → 드러났다

毒을 차고(문장, 1939.11)

　제목: ① 毒을 차고

　　　　② 미수록

　　　　③ 56 毒을 차고

　형식: 1~3연 4행/ 4연 2행

　　　　 4 벗도 선뜻 → 산뜻 벗도

　　　 2-2 屢億千萬 世代가 → 億萬세대가

　　　　 3 나종에 → 나중에

　　　 4-1 독을 품고 → 독을 차고

　　　　 2 내 깨끗한 → 내 외로운/ 마음 → 魂 / 위하야 → 위하여

墓碑銘(조광, 1939.12)

　제목: ① 墓碑銘

　　　　② 미수록

　　　　③ 미수록

　형식: 미분연

※ 이 작품은 잡지에만 발표되었다가 후에 새로 발굴되어 시집에 실리기
시작했다.

한줌 흙(조광, 1940.3)
　제목: ① 한줌 흙
　　　　② 미수록
　　　　③ 55 한줌 흙
　형식: 불규칙
　　　　1-2 찌져노았다→ 찢어놓았다
　　　　4-2 기특한 것→거룩한 것
　　　　5-1 아쉰 마음→아신 마음
　　　　6-2 밧비→바삐/ 다저라→다져라

江물(여성, 1940.4)
　제목: ① 江물
　　　　② 미수록
　　　　③ 미수록
※ 이 작품은 잡지에 발표되어 있었으나 후에 새로 발굴되어 시집에 수록
되기 시작했다.

偶感(조광, 1940.6)
　제목: ① 偶感
　　　　② 미수록
　　　　③ 미수록
　형식: 3행 5연

※ 이 작품은 잡지에 발표되었다가 후에 새로 발굴되어 시집에 실리기 시작했다.

호젓한 노래(여성, 1940.6)

   제목: ① 호젓한 노래

        ② 미수록

        ③ 내 홋진 노래

   형식: 2행 5연

       2-1 그늘업는→ 그늘없는

        2 덥헛네→ 덮었네

       3-1 안 니는→ 안 이는

        2 출렁거리네→ 출렁거린듸

       5-2 마음씨 양→ 마음씨 냥

春香(문장, 1940.9)

   제목: ① 春香

        ② 미수록

        ③ 59 春香

   형식: 7행 7연

       1-3 부서저도→ 부서져도

       2-2 피ㅅ칠해논→ 피칠해논/ 드리치는데→ 드리치는대

       3-1 병든자리→ 멍든자리/ 마디마디→ 마듸마듸

        2 젖어버렸다→ 젖어내렸다

        3 선듯→ 서뜻

4-1 눈아프게→ 눈앞으게

2 春香이는→ 春香은

4 웃었다→ 우섰다

7 되었노라→ 되었지야

5-1 까무러처선→ 까무러처서는

3 끊기고→ 끈끼고

6 卞氏보다→ 卞哥보다/ 殘忍無智하야→ 殘忍無智하여

※ 이 작품이 ≪문장≫지에 처음으로 발표될 때에 2~3연을 제외한 전체
가 5연으로 되어 있다. 따라서 이 작품은 『영랑시선』에 실리는 과정에서
보충된 것으로 생각된다.

집(인문평론, 1940.8)

제목: ① 집

② 미수록

③ 21 집

형식: 5행 5연

2-3 머난 날→머언 날

2-3 은행닢이 나른갑드니→ 하눌 날흐든 銀춈닢이

3-4 안겨들다→ 안겨든다

5 사럿니라→ 사렀니라

4-3 누엇달뿐→ 누었달뿐

4 밧분 손이→ 바쁜 손이

5 차저오고→ 찾어오고

5-1 저뤗슬→ 저뤘을

2 먼산판다→ 한가하다

3 한구름이→ 흰구름도

4 저즈른→ 저질러논/ 넷일이→ 부끄러운짓

5 하날 만하→ 하늘처름/ 아슬하다→ 아슨풀하다

북(동아일보, 194612.10)

제목: ① 북

② 미수록

③ 28 북

형식: 불규칙

1-1 북을 치제→ 북을 잡지

2-2 잦아지다→ 자저지다/ 휘몰아보아→ 휘모라보아

4-3 컨닥타요→ 컨닥타—요

5-1 떠밧는→ 떠받는/ 이즈오→ 잊으오

2 떡떡궁!→ 떡 궁!/ 고요 잇어→ 고요 있어

6-1 소리하세→ 소리하게/ 북을 치제→ 북을 치지

바다로 가자(민중일보, 1947.8.7)

제목: ① 바다로 가자

② 미수록

③ 29 바다로 가자

형식: 6행 5연

1-5 그리하야→ 그리하여

6 가잣구나 →가갔구나

2-1 숨막히고→ 숨마키고

2 그리하야→ 그리하여/ 하엿지야→ 하였지야

4 터져나고→ 터저나고

3-5 걸여도→ 걸려도/ 짓자구나→ 짓쟀구나

6 가젓노라→ 가졌노라

4-1 떠나가잣구나→ 떠나가쟀구나

4 떠나가잣구나→ 떠나가쟀구나

5-1 사슬 벗은→ 사슬버슨/ 겨레로다→ 겨래로다

3 애기별→ 아가별

4 머리우엔→ 머리엔

5 쫙 갈린→ 쫙 깔린

※ 이 작품은 첫 발표지에서는 분연하지 않고 있다.

놓인 마음(신천지, 1948.10)

제목: ① 놓인 마음

② 미수록

③ 20 땅검이

형식: 불규칙

1-2 훤듯→ 훤뜻

4 이미→ 임의/ 산울림→ 山울림

5 싀닥긴→ 시닷긴

3-2 놓인 마음→ 놓친 마음

새벽의 處刑場(동아일보, 1948.11.14)

  제목: ① 새벽의 處刑場

       ② 미수록

       ③ 미수록

  형식: 미분연

絶望(동아일보, 194811.16)

  제목: ① 새벽의 處刑場

       ② 미수록

       ③ 미수록

  형식: 미분연

겨레의 새해(동아일보, 1949.1.6)

  제목: ① 겨레의 새해

       ② 미수록

       ③ 미수록

  형식: 미분연

연·2(백민, 1949.1)

  제목: ① 연·2

       ② 미수록

       ③ 24 연·2

  형식: 미분연

      1 얽한→얼킨

2 설움의→서름의

6 벌써→벌서

7 그 흰 실낫 같은→그 실낫 같은

8 얼씬거리면→얼신거리면

11 멀어지는구나→멀어지든구나

※ 이 작품이 처음으로 잡지에 발표될 때는 9~10행이 "아이고! 모르지/ 불타 자는 바람/ 타다 꺼진 불똥"으로 되어 있다. 그런데 『영랑시선』에서는 "아이고! 모르지/ 불타 자는 바람 타다 꺼진 불ㅅ동"으로 되어 있다. 이것은 아무래도 잡지에 처음으로 발표될 때의 것이 자연스러운 행법이 아닐까 싶다.

忘却(신천지, 1949.8)

제목: ① 忘却

　　② 미수록

　　③ 60 忘却

형식: 4행 5연

　1-1 걷든 걸음→ 걷든 걸음

　　2 죽음이사→ 죽엄이사/ 벌써→벌서/ 다아 잊어버리고

　　　→다 이저버리고/ 살어왔는듸→사라왔는듸

　　3 자꼬→작고/ 그 죽음→그 죽엄

　　4 호기로아→호기로히/보랐고 있느니→ 보랐고 있느니

　2-2 안아 기르던 →안어길으든

　3-1 고앗드래도→고았드래도/ 쓰리고 달끔하여도

　　　→쓰고 달끔하여도

2 노릇이어라→노릇이여라/ 다──허무하오라→다 허무하오라

3 행복했던들→행복했든들/ 참다윗들들→참다윘든들

4-2 헤매다→허매다/ 겨래이어든→겨레이어든

3 죽음이→죽엄이/ 卑怯할소냐만은→卑怯할소냐

4 꼭 붓잡고 노칠 안느냐→ 꼭 붙잡고

5-1 내 죽음을→ 내 죽엄을

2 죽음도→ 죽엄도

3 죽음이야→죽엄이사

4 그 죽음→그 죽엄/ 다──忘却하엿지만→다 忘却하였지만

感激 八·一五(서울신문 1949.8.15)

　제목: ① 感激 八·一五

　　　　② 미수록

　　　　③ 미수록

　형식: 불규칙

발짓(민성, 1949.8)

　제목: ① 발짓

　　　　② 미수록

　　　　③ 미수록

　형식: 미분연

行軍(민족문화, 1949. 10)

　제목: ① 行軍

　　　　② 미수록

③ 미수록

형식: 2행 5연

※ 이 작품은 <가야금>을 개작한 것이다.

五月 아침(문예, 1949.9)

　제목: ① 五月 아츰

　　　② 미수록

　　　③ 5 五月 아침

　형식: 불규칙

　　　1-1 五月 아츰→五月 아침

　　　　3 ―讚嚴한 햇살→燦嚴한 해ㅅ살

　　　2-3 香薰 엇지→香薰 어찌

　　　3-1 이 아츰→이 아침

　　　　5 새 하늘→새 하늘을

　　　4-1 몰핀 냄새도→麝香 냄새도/ 잊어버렸대서야→이저버렸대서야

　　　　2 되지 않소→아니되오

수풀 아래 작은 샘(경향신문, 1949.5.30)

　제목: ① 수풀 아래 작은 샘

　　　② 미수록

　　　③ 16 수풀 아래 작은 샘

　형식: 미분연

　　　5 동우갓을 →동우갔을

　　　6 얽혀져→얼켜져

　　　8 종종걸음 →종종거름

언―땅 한길(영랑시선, 1949.11)

   제목: ①

        ②

        ③ 27 언―땅 한길

   형식: 4행 2연

池畔追憶(민족문화, 1950.2)

   제목: ① 池畔追憶

        ② 미수록

        ③ 미수록

   형식: 미분연

千里를 올라온다(백민, 1950.3)

   제목:① 千里를 올라온다

        ② 미수록

        ③ 미수록

   형식: 4행 6연

어느 날 어느 때고(민성, 1950.3)

   제목: ① 어느 날 어느 때고

        ② 미수록

        ③ 미수록

   형식: 불규칙

五月恨(신천지, 1950.6)

제목: ① 五月恨

　　　② 미수록

　　　③ 미수록

형식: 미분연

|부 록|

부록 · 2

영랑의 가계도

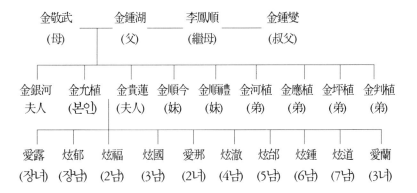

김영랑의 생애 연보

1903 (1세)	1월 16일, 음력으로는 1902년 12월 18일 전남 강진군 강진읍 남성리 211번지에서 아버지 김종호金鍾湖와 어머니 이경무李敬武 사이에서 4남3녀 중 장남으로 태어났다. 영랑이 태어날 때, 남성리 일대는 '탑골'로 불리고 농업을 생계로 삼고 살아가는 한산한 마을이었다. 본관은 김해金海, 아명兒名은 '채준'이고 본명은 윤식允植이다. 아호 영랑永郎은 금강산의 제일봉인 영랑봉永郎峰과 고성군의 영랑永郎湖에서 따온 것이라고 한다. 그는 대대로 이어온 부농富農의 장손으로 태어나 비교적 여유로운 생활을 할 수 있었다.
1911 (9세)	강진보통학교에 1학년에 입학하다. 그는 보통학교에 입학하기 전에 북산골에 위치한 한문서당에서 친구들과 함께 한문수학漢文修學을 했다.
1915 (13세)	강진보통학교 4년 과정을 우수한 성적으로 마치고 졸업했다. 상급학교 진학을 고집하는 영랑과 이를 극구 만류하던 아버지와의 의견 대립으로 고민하다가 어머니의 도움으로 가을에 고향을 탈출하여 인천에 잠시 머물렀다고 한다.[6]
1916 (14세)	2월, 인천생활을 정리하고 서울로 올라와 기독교청년학관 영어과에 입학하여 영어를 수학하다. 그의 아버지는 계속 그를 고향으로 돌아오게 하기 위해 편지와 전보를 연달아 보냈다고 한다. 9월, 학관에 일개월간 휴학계를 내고 고향으로 돌아가 동향 도원리 김첨사의 딸, 그보다 두 살 위인 김은하金銀河와 결혼했다.

1917 (15세)	4월, 기독교청년학관 영어과의 학업을 마치고, 휘문의숙에 입학하다. 당시 휘문의숙에는 선배로 홍사용·안석주·박종화 등이 있었고, 동급생 으로 행인杏仁 이승만李承萬(화가)이 있었다. 그의 후배로 정지용과 이태준은 물론, 그를 포함한 선배들과 함께 한국 문단을 대표하는 시인과 소설가로 우뚝 서게 된 것이다.
1918 (16세)	4월, 하숙집 할머니가 전해준 아내 김은하의 위급 전보를 받고 서둘러 귀향길에 올랐다. 그 중간에서 아내의 죽음을 확인하고 통곡을 한다. 아내의 사망원인은 동남아 유행성 감기였다고 한다. 영랑은 <쓸쓸한 뫼 앞에>를 비롯하여 몇 편의 시를 통하여 아내의 죽 음을 몹시 슬퍼하고 안타까워하고 있다.
1919 (17세)	3·1운동이 일어나자, 휘문의숙 3학년으로 학업을 중단하고 고향으로 내 려가 그와 뜻을 같이하는 동지들을 규합하여 독립만세 운동을 주도하다 가 검거되어 1년 징역형을 받고, 4월에 대구형무소로 이송되어 수감된다. 9월 중순, 대구형무소에서 석방되어 집으로 돌아왔다. 아버지는 아들의 장하고 큰 뜻을 이루도록 하기 위해서 일본유학을 시킬 것을 결심한다. 10월, 수감생활의 고통에서 완전히 벗어나게 하기 위하여 아버지의 권 유로 금강산 여행에 오르게 된다. 금강산 여행을 마치고 서울로 돌아온 영랑은 서울을 본거지로 인천·안 동·수원⋯⋯등지를 여행한다. 이 여행은 이듬해 고향으로 돌아오라는 아버지의 편지를 받은 2월까지 이어진다.
1920 (18세)	3월, 긴 여행길에서 돌아온 영랑은 중국 유학을 희망했으나 아버지의 만류로 단념하고 일본유학을 하기로 한 것이다. 아버지는 그가 여행에서 돌아오기 전에 일본에 유학중인 집안의 형 안 식安植 형제에게 영랑의 일본유학을 주선해줄 것을 부탁했으니 그들로 부터 소식이 오면 떠나라고 하다. 5월, 앞뜰에는 모란이 활짝 피어 있는 화창한 봄날 가까운데 여행을 마 치고 돌아와 보니 한 젊은 여인이 그의 집 앞뜰 모란꽃 밭을 거닐며 어 머니와 이야기를 주고받고 있었다. 그녀는 바로 이화전문학교를 마치고 이곳 보통학교 선생으로 부임한 마재경馬載慶으로, 어머니 친구의 딸이기도 했다.

	영랑의 집에서 직장에 다니기로 한 마재경은 영랑과 사귀게 된다. 영랑의 어머니도 그들이 사귀다가 결혼하기를 바랐던 것이다.
	8월, 여름방학에 재경과 함께 그녀의 고향에 가기로 되어 있었지만, 일본에서 안식형이 귀국함에 따라 그 약속은 지키지 못하고, 영랑은 안식 형제들과 함께, 일경들의 눈을 피해 여수항을 거쳐 부산항에서 관부연락선關釜聯絡船 '신라환新羅丸'을 타고 일본으로 향했다.
	배에서 내려 잠시 쉬었다 다시 기차를 갈아타고 도쿄에 도착한 영랑은 거처를 안식형의 하숙집에다 정하고 청산학원靑山學園 중등학부의 편입학 수속을 마쳤다.
	10월, 우에노 음악당 주최 슈베르트 바이올린 연주회를 감상하고 돌아오자 하숙집 주인이 영랑이 3·1운동 만세사건에 가담한 사실을 알고 나가라고 하여, 청산학원의 같은 반 친구인 박경탁朴庚卓의 집으로 옮겼다. 거기서 그는 친구 경탁의 소개로 지하운동을 하던 박열朴烈과 처음으로 만나게 된다. 그때부터 박열은 일본에 항거하는 지하운동에 전념하고 있었다.[7]
	11월, 우연히 같은 학교에 유학중인 용아龍兒 박용철朴龍喆을 만나게 된 것이 계기가 되어 용아의 하숙집으로 하숙을 옮기면서 깊은 우의友誼를 다지게 된다.
1921 (19세)	1월, 휘문의숙 시절에 가장 절친했고, 후에 화가가 된 이승만李承萬으로부터 받은 편지는 그가 가와바다미술학교川端美術學校로 진학하기 위해 도쿄에 온다는 반가운 소식이었다.
	영랑과 용아는 동기휴가를 이용하여 마재경이 부탁한 최승일과 결혼해 산다는 동생 마현경馬賢敬을 만나기 위해 그의 남편인 최승일崔承一을 찾아갔으나 그들이 함께 살고 있지 않다는 것을 알게 된다.
	4월, 새 학기가 시작되어 영랑과 용아는 학업에 열중하면서 틈틈이 음악회와 영화관에 함께 다니기도 했다.
	7월 말, 하기휴가를 맞아 영랑은 안식·형식 형제와 함께 귀향했다. 용아는 몸이 날로 쇠약해져 영랑의 권고로 한 달 앞서 돌아와 고향에 머물고 있었다.
	한편 영랑은 하기휴가가 끝나갈 무렵, 성악을 전공하기 위해 음악학교 진학을 희망했으나, 아버지의 반대로 영문학 전공으로 바뀌게 된 것이다.
	9월, 새 학기가 시작되어 학교로 돌아온 영랑은 도서관에 파묻혀 셸리·

	키츠·워즈워드·예이츠·바이런 등 영시에 심취하고 있었다. 용아를 문학으로 유도하기 시작한 것도 이 무렵이다. 12월, 동기휴가 동안 영랑과 용아는 돌아오지 않고, 도서관을 찾아 문학 작품을 읽는 한편, 음악회 등 각종 공연활동을 관람하면서 보냈다.
1922 (20세)	2월, 유학차 일본에 온 이승만과 만나, 그 동안 못한 이야기를 나누면서 향수를 달래기도 했다. 용아와 행인(杏仁: 李承萬)은 그때 처음으로 만나 게 된 것이다. 3월, 3·1절을 맞아 한국유학생들이 도쿄의 히비야공원에 모여 대한독립 만세를 부르다 일경에 검거되어 수감된 지 3일 만에 풀려났다. 4월, 청산학원 영문과에 진학하여 본격적으로 영문학을 공부하기 시작했 고, 같은 해 가을에 영랑은 용아와 함께 '후지산富士山'을 등반하기도 했다. 영랑과 용아는 겨울방학에도 귀향하지 않고 공부하면서 용아와 함께 음악회에 다니면서 음악을 감상하기도 했다. 어느 겨울밤, 영랑·용아·형식 등과 '우에노' 음악당 주최로 열린 베토벤 연주회 감상을 마치고 나오는 길에 정지용(동지사대학 영문과 재학중) 과 채동선蔡東鮮(와세다대학 영문과 재학중)을 극적으로 만나게 된다.
1923 (21세)	4월, 용아가 영랑의 권유로 동경 외국어대학 독문과에 진학하여 독문학 을 본격적으로 공부하다. 7월 초, 마재경이 학교에 사표를 내고 유학차 김영랑을 찾아왔다. 그녀 의 유학경비는 영랑의 어머니가 마련해 주었다고 한다. 7월 말, 용아가 몹시 약해져서 마침내 자리에 눕게 되자, 영랑은 안식 등 과 함께 그를 데리고 귀향하면서 마재경과 또 다시 헤어지게 된다. 9월, 관동대진재로 인해 영랑이 학업을 중단했기 때문에, 마재경과 일 본에서 다시 만나기로 한 약속도 무위로 돌아갔다. 그 이후로 마재경을 만나지 못한 것으로 전해지고 있는데, 그 이유는 잘 알려져 있지 않다.[8] 영랑이 유학을 중단하고 고향집에 머물게 되자, 강진에서는 그를 중심 으로 차부진, 김현구 등의 문학동호인들이 향토문학동인회를 결성하고 '청구靑丘'라는 동지지를 내면서 창작품의 품평회를 자주 가졌다. 영랑 의 창작활동은 이때부터 비롯된 것이다.

1924 (22세)	1월, 연희전문학교를 그만두고 돌아와 고향집에 머물고 있는 용아와 함께 함경남도 삼방三防 약수터를 찾기로 하고 출발했다. 그들은 요양을 목적으로 한 여행이기 때문에 거기서 오랫동안 머무르게 된다. 그 여행길에서 그들은 이당以堂 김은호金殷鎬 화백과 처음으로 만나게 되었다고 한다. 6개월 동안의 긴 요양과 금강산을 거쳐 서울로 돌아온 그들은 박종화·홍사용·정지용·이태준·이승만 등 휘문고보의 선후배 문인들을 비롯한 신흥 사회주의 문인들과 만나 친교를 맺게 된다. 영랑이 최승일의 여동생 최승희崔承喜를 만나 사귀기 시작한 것도 이 무렵이다. 가을, 홍난파 작곡 발표회에 초대되어 서울에 올라온 영랑은 그 발표회를 마치고 최승희와 둘이서 고궁과 남산길을 거닐면서 깊은 사랑에 빠져들게 된다.
1925 (23세)	영랑은 최승희와 결혼하고자 했으나, 부모의 완강한 반대로 단념하지 않을 수 없었다. 이 무렵 영랑은 자주 서울을 내왕하면서 최승희를 만나 음악회는 물론 각종 연주회를 관람한 것으로 전해지고 있다.
1926 (24세)	목포에서 병원을 경영하고 있는 숙부 김종섭金鍾燮의 주선으로 개성 출신으로 호수돈여학교를 졸업하고 원산 루씨아여학교에서 교편생활을 하고 있는 김귀련金貴蓮과 결혼하게 된다. 결혼식은 개성 중앙예식장에서 동아일보의 송진우사장이 주례를 섰고, 들러리는 친구 이승만이 섰다고 한다.
1927 (25세)	3월, 첫 아이 이자 장녀인 애로愛露가 고향집에서 출생하다. 그의 집안에서는 큰 잔치가 벌어졌다. 겨울, 영랑을 비롯한 청구향토문학 동인들이 청소년들을 불러다 초당이 아니면 사랑방에서 야학을 열었다. 이 무렵 신흥사회 계몽의 선구자로 영랑을 중심으로 농민들을 계도해가고 있었다.
1928 (26세)	봄, 용아로부터 편지를 받자, 송정리를 찾아가 용아와 함께 문학사업을 기획하고 집으로 돌아오다. 장남 현욱炫郁 고향집에서 출생하다.
1929 (27세)	1월, 서울에 올라간 용아가 정지용·이하윤·정인보·염형우 등과 만나 교유하고 있다는 소식과 함께 영랑의 상경을 기다리겠다는 편지를 받고

	서울로 올라가 머물면서 많은 문우文友들과 만났다.
	차남 현복炫福 고향집에서 출생하다.
	11월, 광주학생운동이 일어나자 형식과 함께 광주로 가서 그 참상을 보고 송정리 용아의 고향집을 찾아 용아의 부친을 뵙고 집으로 돌아와 보니 용아가 보낸 편지가 그를 기다리고 있었다.
	정지용·이하윤 등을 동인으로 하고 동인지 ≪시문학≫ 발간을 준비하고 있으니, 그의 작품은 어떤 것을 실을 것인지를 정해달라는 것과 그렇잖으면 지용과 함께 강진으로 내려가겠다는 내용의 편지였다.
	그의 편지대로 연말 가까이에 지용과 함께 용아가 영랑의 고향집으로 찾아와 ≪시문학≫ 창간을 위한 마지막 의논을 마치고 돌아갔다.
1930 (28세)	1월, 영랑은 ≪시문학≫지 편집과 동인들의 참여 상황을 살피기 위해 서울에 올라 왔다가 최승희 무용의 제일차 귀국공연을 관람하고 고향으로 돌아와 그녀와 결혼하지 않은 것이 참으로 잘된 것임을 깨닫게 된다. 이것은 만약 자신과 결혼하여 세계적 무용수를 가정에 가두었다면 그의 장래가 어떻게 되었을까 하는 염려에서 나온 말이라 할 수 있다.
	3월, 용아·지용·하윤·수주·담원(薝園: 鄭寅普) 등과 함께 시문학동인을 결성하여 동인지 ≪시문학≫을 창간하다. 영랑은 <동백닙에 빗나는 마음>을 위시하여 4행소곡을 합쳐서 13편의 시작품을 발표하고 있다.
	5월, 신석정·김현구·허보 등을 새 동인으로 참여시켜 ≪시문학≫ 2호를 발간한다. 영랑은 여기에 <제야>와 4행소곡을 포함하여 창작시 9편과 예이츠의 역시 2편을 발표하고 있다.
	10월, ≪시문학≫지의 위기를 호소하는 용아의 편지를 받았는데, 지용의 작품이 못 나온다는 내용이었다. 순수시를 지향한 고답적 편집방침이 동지의 수명을 단축하게 되었다는 세평이 사실일 수도 있다.
1931 (29세)	10월, 동인지 ≪시문학≫ 3호가 1년 넘게 나오지 못하다가 간행된다. 영랑은 동지에 <내 마음 아실이>와 4행소곡을 합쳐서 7편의 시작품을 발표하고 있다.
1932 (30세)	모를 제때에 못 낼만큼 가뭄이 들었다. 마을 사람들은 기우제를 지내기도 하였지만 좀처럼 비가 내리지 않아 이앙기를 놓쳐 흉년이 들었다.
	가을, 굶주리는 사람들에게 무엇이든지 배불리 먹이려고 하는 영랑의

	후한 인정에 감사하고 많은 사람들이 그를 따랐다고 한다.
	3남 현국炫國 고향집에서 출생하다.
1933 (31세)	1월, 지난해부터 신병으로 누웠던 어머니가 사망하다.
	영랑 내외는 어린 자녀들과 여러 명의 어린 동생들을 함께 돌보면서 집안
	살림을 맡아서 꾸려가야 한다는 것이 무척 어렵다는 것을 절감하게 된다.
1934 (32세)	1월, 용아가 주재한 ≪문학≫ 창간호에 <그 밖에 더 아실이> 등 4행
	소곡 6편을 발표하다.
	2월, ≪문학≫ 2호에 <불지암서정佛地菴抒情>을 발표하다.
	4월, ≪문학≫ 4호에 그의 대표작 <모란이 피기까지는>을 발표하다.
	가을, 타작이 한창인 저녁 무렵 용아가 영랑의 고향집을 찾아와 그를 반
	갑게 맞이하여 현구와 함께 며칠을 머물면서 영랑의 시집 출판을 위한
	원고를 모아가지고 송정리 고향집으로 돌아갔다.
	영랑은 처음에는 고사했으나 용아의 간청에 못 이겨 원고를 마련해주
	었다고 한다.
	차녀 애나愛那 강진 고향집에서 출생하다.
	아버지께서 이봉순李鳳順과 재혼하다. 호적상에는 1940년에 재혼한 것
	으로 되어 있으나, 이들 사이에 아들 판식判植이 1935년 11월에 출생한
	것으로 보아 이 무렵에 재혼한 것으로 보인다.
1935 (33세)	9월, 시집의 편집을 마쳤는데 서문을 어찌할 것인가를 묻는 용아의 편
	지를 받았다. 그러나 시집은 서문 없이 출간되었다.
	11월, 시문학사에서 용아가 편집하여 첫 시집 『영랑시집』을 출간하다.
	이 시집은 시문학사간으로는 『정지용시집』에 이어 두 번째로 나왔는
	데, 총 53편의 작품이 수록되어 있다.
	4남 현철炫澈 강진 고향집에서 출생하다.
1936 (34세)	5월, 명월관明月館에서 약 20명의 문우들이 모여 영랑시집 출판기념회를
	1차로 가졌고, 몇몇이 남아서 2차로 영보永保빌딩에서 모임을 가졌다.
	시집이 나온 지 6개월 뒤에 출판기념회를 갖게 된 까닭은 잘 알려져 있
	지 않다. 아무튼 이 시집이 나온 이후 3년 동안은 작품발표가 거의 없었
	던 공백기라 할 수 있다.
	9월, 어느 새벽에 고향 친구인 오승남·양병우·오웅추 등이 신사 참배를
	강요하는 부모를 뿌리치고 영랑의 집으로 피해 와서는 마침 거기에 머

	물고 있는 소리꾼 임방울·이화중선·이중선 등과 어울려 한판 놀고 나서 마을 사람들을 계도하기 위한 야학을 기획하기도 한다. 이들 소리꾼들은 김영랑의 부친 생일잔치에 초청된 것인데, 그들이 한번 초청되면, 의례 보름 아니면 한 달 정도 머물다 간다는 것이다. 가을, 서울서 개최하는 한국가곡 제1세대 애창가곡발표회를 감상하고 적선동 용아의 집에 머물러 있는데, 마침 시인부락을 결성하고자 기획하고 조언을 얻기 위해 함형수와 함께 찾아온 서정주와 처음으로 만나게 된다.
1937 (35세)	9월, 용아의 부인 임정희 여사로부터 용아의 건강이 좋지 않으나, 부친의 병환으로 여동생 봉자鳳子와 그의 남편 김환태(金煥泰: 문학평론가)와 함께 송정리 고향집으로 내려온다는 내용의 편지를 받고, 곧바로 그곳으로 달려가 그들을 만나고 돌아오다.
1938 (36세)	1월 초순에 서울로 올라간 용아와는 한동안 소식이 끊겼다. 무료하게 지내던 영랑은 봄날의 어느 새벽 집을 떠나 옥천동(玉泉洞: 海南소재)을 거쳐 대흥사大興寺와 진도珍島를 둘러서 돌아오다. 4월 중순, 지용으로부터 용아의 병세가 위중하다는 편지를 받고 급히 상경하여 그가 입원한 병원으로 찾아갔다. 세브란스 병원에서 성모병원으로 옮겼을 때, 용아는 이미 말을 못하고 필담으로 의사를 소통할 수밖에 없었다. 5월 12일 오후, 용아는 34세의 젊은 나이로 사직동 261번지에서 요절하다. 용아는 지용을 통해서 천주교에 귀의하여 영세를 받고 눈을 감았다. 장례식은 전통방식으로 치렀다고 한다. 9월, 오랫동안의 침묵을 깨고 수필 <감나무에 단풍드는 전남의 9월>을 ≪조광≫지에 발표하고, 바로 이어서 ≪여성≫지에 시 <오─ 매 단풍들것네>를 <가을>로 개제하여 발표하다. 5남 현태炫邰 강진 고향집에서 출생하다.
1939 (37세)	1월부터 12월까지 <거문고>·<가야금>·<달마지>·<두견과종달이>·<인간 박용철> 등 여러 편의 시와 산문을 ≪조광≫·≪여성≫·≪조선일보≫·≪문장≫ 등에 발표하다. 5월, 용아의 부인 임정희 여사를 비롯하여 김영랑·정지용·이헌구 등 몇몇 문우들이 그의 유고를 정리하여 『박용철전집』을, 임정희 여사의 「

	간행사』와 영랑의 「후기」를 말미에 붙여 시문학사에서 출간하다.9) 6남 현종炫鍾 강진 고향집에서 출생하다.
1940 (38세)	2월부터 8월까지 <춘심>·<춘설>·<춘수>·<수양垂楊> 등 일련의 수필을 ≪조선일보≫에 연재하기도 하고, <한줌 흙>·<강물>·<우감偶感>·<호젓한 노래>·<춘향>·<집> 등의 시편들을 ≪조광≫·≪여성≫·≪문장≫·≪인문평론≫ 등에 발표하기도 한다. 1938~1940년까지에 걸쳐진 일련의 시작품들은 그의 시력으로 보아 중기에 해당되는데, 태평양전쟁을 전후한 일본 식민지치하의 암울했던 시대상을 나타낸 것들로 절망의 극한적 상황의식과 '죽음'을 주제로 하고 있다. 7남 현도炫道 강진 고향집에서 출생하다.
1944 (42세)	태평양전쟁이 막바지에 이르자, 일본의 억압정책이 날로 심해지고 급박하게 돌아가는 국제정세에 휘말려 암울했던 극한적 상황의식은 우리 지식인들을 침묵하게 했다. 영랑도 고향집에 은거하면서 집안일을 돌보는 일 이외에 작품 활동은 거의 하지 않았다. 일제 말의 가혹한 수탈정책으로 신음하는 소작인들의 궁핍한 생활을 조금이라도 돕고자 영랑은 농지 일부를 그들에게 나누어 주기도 했다. 그는 지주로 살면서도 언제나 가난한 사람들을 내 일처럼 돌보았기 때문에 향리에서 '큰 어른' 또는 '선생님'으로 숭앙을 받았고, 그도 그렇게 곧고 바르게 행동했다. 3녀 애란愛蘭 강진 고향집에서 출생하다.
1945 (43세)	8·15해방은 김영랑에게 너무나도 커다란 감격이 아닐 수 없다. 누군가 일본의 패망 소식을 하루 전에 알려주어 영랑을 비롯한 강진읍의 지식인들은 모두 숨을 죽이고 라디오에 귀를 기울이고 있었다. 정오의 시보에 맞춰 일본천황의 '무조건 항복'이라는 떨리는 목소리가 전파를 타고 울려오자, 영랑은 환성을 지르며 문을 박차고 마당으로 뛰어나와 배서방(머슴)을 불러 징을 울리게 하여 마을 사람들을 그의 집으로 불러 모아 감추어 두었던 태극기를 들고 시내로 몰려나가 만세를 목이 터지도록 불렀다.

	16일 저녁 무렵, 아무의 지시도 없었으나, 영랑과 안식 등을 비롯한 지도층 인사들이 읍사무소 회의실에 모여 그곳 행정과 치안대책을 위해 '건국준비위원회'를 결성하여 영랑은 선전부장을 맡아 활동했다. 9월 26일, 아버지 종호鍾湖 사망하다. 12월, 건국준비위원회를 해체하고 '대한독립촉성국민회의'를 결성하여 영랑은 청년단장이 되어 활동하면서 정치계에 첫발을 내딛게 된다.10)
1946 (44세)	12월 10일, 1940년 8월 ≪인문평론≫지에 시작품 <집>을 발표한지 6년이 지나서야 오랜 침묵을 깨고 ≪동아일보≫에 <북>이란 시를 발표하다.
1947 (45세)	6~8월에 걸쳐서 ≪민중일보≫에 평문 <열망의 독립과 냉철한 현실>과 시 <바다로 가자>를 발표하다. 아마도 <바다로 가자>는 민족해방의 벅찬 환희와 감격을 노래한 것으로, 해방 직후에 쓴 것으로 보인다.
1948 (46세)	5월, 제헌국회의원 선거에 출마했으나 낙선했다. 친구 차부진이 선거관리위원장을 맡아 영랑을 적극 지원했지만, 득표율이 최하위에 머물렀다. 7월, 어느 밤 자정쯤 영랑의 온 식구들이 잠든 사이에 집 뒤의 대숲에 화재가 발생했다. 잠결에 깬 영랑은 머슴들을 독려하여 본채 가까운 대를 모두 자르게 하여 불길을 잡아 큰 피해는 없었다. 그러나 이것은 그의 선거 때에 대립되었던 좌익계 청년들이 저지른 것이라고 후에 밝혀졌다. 9월 말, 대대로 이어온 집을 떠나 가족을 이끌고 서울로 올라와 성동구 신당동 290번지 74호에 거처를 정했다. 이렇게 서울에 올라온 영랑은 이헌구·김광섭·박종화 등 서울에 있는 문우文友들과 교유하게 된다. 10월, ≪신천지≫ 10월호에 <한줌 흙>·<놓인 마음>·<절망>·<새벽의 처형장> 등 4편의 시와 <민주주의 대하여>란 설문답을 발표하기도 한다.
1949 (47세)	영랑이 서울에 정착한지 1년 만에 공보처 출판국장으로 취임하였는데, 이것이 그가 처음이자 마지막으로 갖게 된 공직이다. 그가 ≪신천지≫ 10월호에 <출판문화 육성의 구상>이란 논문을 쓰게 된 것도 바로 이 때문이다. 이사로 어수선했던 서울 생활이 차츰 안정되자 영랑은 문우들과 자주 내왕하면서 작품 활동이 본격화되는데, <겨레의 새해>·<망각>·<감격 8·15>·<5월 아츰> 등 8편의 시작품과 바이너트 원작의 '나치 반항

	의 노래' 시편인 3편의 역시와 <고인신정故人新情>·<출판문화 육성의 구상> 등의 수필과 평문을 ≪동아일보≫·≪경향신문≫·≪신천지≫ 등에 발표하다. 11월, 김광섭·이헌구·서정주 등이 주재한 『영랑시선』이 중앙문화사에서 출간되다.
1950 (48세)	4월, 영랑은 공보처 출판국장직을 사임하게 되는데, 그 이유는 잘 알려져 있지 않다. 1~5월까지 <압허누어>·<천리를 올라온다>·<어느날 어느때고>·<지반정경池畔靜景>·<오월한五月恨>·<신인에 대하여> 등 5편의 시와 1편의 평문을 ≪신사조≫·≪민성≫ 등에 발표하다. 6월 22일, 그의 고향친구 차부진이 서울에 올라와 영랑과 오랜만에 반갑게 만나 이틀을 함께 지내다가 6·25사변이 터지기 전날 저녁에 헤어졌다. 그 때 영랑은 차부진에게 고향으로 다시 돌아가고 싶은 심정을 몇 번이고 토로했다고 한다. 6·25사변 당시 미처 피란을 못간 영랑은 고향친구 형식의 집과 임성빈의 집을 번갈아 오가면서 피신하다가 9·28 수복을 앞둔 양군의 공방전에서 날아온 유탄의 파편으로 복부상을 입고 치료도 받아보지 못하고 다음날 사망하다. 그의 유해는 전쟁의 혼란으로 가족들이 끄는 손수레에 실려 남산 기슭에 묻히게 되었다. 10월 1일, 계모 이봉순李鳳順 사망하다.
1954	11월 14일, 가족들을 비롯하여 이하윤·이헌구·김광섭 등 그와 가까운 문우들이 주재하여 망우리忘憂里 공동묘지로 이장하고 묘비를 세우다.
1956	5월, 정음사에서 『영랑시선』이 간행되었는데, 이것은 김광섭·이헌구·서정주 등이 주재하여 중앙문화사에 나온 시집을 그대로 펴낸 것이다.
1970	전남 광주광역시 소재 광주공원 '시인동산'에 용아의 시비와 함께 영랑의 시비를 세우다. 시비에는 <모란이 피기까지는>의 일절이 새겨져 있다.
1975	7월 12일, 강진청년회의소 창립 2주년을 맞아 그 기념사업으로 윤상하·추용남 등의 주관으로 군립도서관 안에 영랑의 시비를 건립하다. 비면에는 그의 대표작 <모란이 피기까지는>의 전문이 새겨져 있다.

1979	11월 29일, 김유홍을 비롯한 유지들이 결성한 '김영랑동상건립추진위원회'가 주재하여 영랑의 동상을 강진읍 동문 입구 광장에 건립하고 그 거리를 '영랑 거리'라 칭명하다.
1981	8월 25일, 영랑의 시와 산문을 총집성한 전집과 전기 및 서지적 국면과 그의 시력노정을 총체적으로 고찰한 평전을 포함한 『모란이 피기까지는』(김학동 편저)을 문학세계사에서 출간하다.
1983	5월10일, 강진읍 문인들의 동인지 '모란촌'의 10주년 기념사업으로 모란촌의 동인과 전남문협이 공동으로 주최하여 영랑문학 강연회를 강진극장에서 가지다.
1985	임두일·차부진 등을 비롯한 유지들이 '김영랑 생가 보존 및 복원' 추진위원협의회를 결성하다.
1986	영랑의 생가 전라남도 기념물 제89호로 지정되면서 도청에서 지원하는 도비와 군비로 영랑의 생가를 매입하는 등 각종 사업비를 조성하여 복원사업을 추진하다.
1988	5월 10일, 제16회 강진군민의 날에 금릉문화제 행사의 일환으로 복원된 영랑의 생가에 시비를 건립하다. 시비에는 대표작 <모란이 피기까지는>이 새겨져 있다.
1989	1월 18일, 영랑의 부인 김귀련 여사가 84세를 일기로 사망하다. 유해는 경기도 용인 천주교 공원묘지에 안장되다.
1990	3월 1일, 망우리 공동묘지에 있던 영랑의 유해를 경기도 용인 천주교 공원묘지에 있는 그의 부인 곁으로 이장하다.
1996	5월 20일, 홍용만 화백이 30호 크기로 그린 영랑의 영정을 복원된 생가에 설치하다. 6월 14일, '한국 현대문학 사적지 표지 제막사업'의 일환으로 영랑의 생가에 표지석 제막식을 가졌다. 7월 5일, 월간 '순수문학사' 주관으로 영랑문학상을 제정하고 제1회 문학상이 제정되어 이후로 해마다 연례행사로 치러지고 있다고 한다.
2007	국가지정 문화재 중요 민속자료 제252호로 지정되면서 국가로부터 지원을 받아 갖가지 기념사업이 추진되기 시작하다.
2012	그 동안 국가의 지원을 받아 강진군청 문화원이 주관하여 추진해오던 시문학기념관이 완공되어 3월 5일에 개관하고, 그곳을 찾는 내방객들

을 맞이하고 있다. 이 기념관에는 시문학동인들의 시집과 산문집을 비롯하여 그 밖의 근대 시인들의 시집뿐만 아니라, 잡지 및 기타에 이르기까지 많은 자료들을 확보하여 전시하는 한편, 각종 문화행사를 활발하게 펼치고 있다.

6) 이때에 인천상업학교를 다녔다는 설이 있으나 확인된 것은 아니라고 한다.
7) 1923년 관동대진재 당시 일본 황실폭파 거사의 미수범으로 검거되어 8·15해방까지 22년 넘게 수감되었다가 석방되었다고 한다.
8) 일설에는 제부인 최승일의 도움으로 유학했다는 설과, 관동대진재 때에 행방불명이 되었다는 설이 있다고 한다.
9) 『박용철전집』 1권은 시집으로 1939년 시문학사에서 나왔고, 2권은 산문집으로 1940년 시문학사에서 출간되었다.
10) 이 단체는 후에 '대한국민회 대동청년단'으로 개칭되면서 좌익단체와 맞서게 된다.

영랑의 작품연보

	동백닙에 빗나는 마음	시문학(3)	시
	어덕에 바로 누어	시문학(3)	시
	누이의 마음아 나를 보아라	시문학(3)	시
	四行小曲七首	시문학(3)	시
	뵈지도 안는 입김의		
	님두시고 가는 길의		
	문허진 성터에		
	저녁째 저녁째		
	풀우에 매저지는		
	푸른향물 흘러버린		
	좁은 길가에		
	除夜	시문학(3)	시
1930	쓸쓸한 뫼아페	시문학(3)	시
	원망	시문학(3)	시
	내 마음 고요히 고흔 봄길우에	시문학(5)	시
	꿈바테 봄마음	시문학(5)	시
	四行小曲五首 :	시문학(5)	시
	허리띄매는 시악시		
	못오실 님이11)		
	다정히도 부러오는		
	향내 업다고		
	어덕에 누어		
	가늘한 내음	시문학(5)	시
	하날ㅅ가 다은데	시문학(5)	시
	하날의 옷삼(예이츠 원작)	시문학(5)	역시

	이늬스프리(예이츠 원작)	시문학(5)	역시
1931	내 마음을 아실이	시문학(10)	시
	四行小曲 五首:	시문학(10)	시
	밤ㅅ사람 그립고야		
	눈물속 빗나는 보람과		
	뷘 포케트에 손찌르고		
	바람에 나붓기는 깔닙		
	뺄은 가슴을 훤히 벗고		
	시내ㅅ물 소리	시문학(10)	시
1934	四行小曲六首	문학(1)	시
	그 밖에 더 아실이		
	밤이면 고총 아래		
	저 곡조만 마조		
	山골을 노리터로		
	사랑은 기프기		
	빠른 철로에		
	佛地菴抒情	문학(2)	시
	모란이 피기까지는	문학(4)	시
1935	『영랑시집』 게재지 미상분12) ④ 뉘 눈결에 쏘이엿소. ⑥ 바람이 부는 대로13) 7) 눈물에 실려가면 15) 숲향긔 숨길을(四行小曲) 19) 그 색시 서럽다(〃) 23) 떠날러가는 마음의(〃) 27) 미움이란 말 속에(〃) 36) 생각하면 붓그러운(〃) 37) 왼몸을 감도는	시문학사(11)	시집

	40) 그대는 호령도 하실만 하다		
	41) 아퍼누어 혼자 비노라		
	47) 물보면 흐르고		
	48) 降仙臺 돌바늘 끝에		
	49) 사개틀닌 고풍의 툇마루에		
	50) 마당앞 맑은 새암을		
	51) 황홀한 달빛		
	52 杜鵑		
	53) 淸明		
1938	감나무에 단풍드는 전남의 九月	조광(9)	수필
	가을14)	여성(10)	시
1939	거문고	조광(1)	시
	가야금	조광(1)	시
	달마지	여성(4)	시
	연	여성(5)	시
	後記	『박용철전집』(5)	잡조
	杜鵑과 종달이	조선일보(5.20~21)	수필
	五月	문장(7)	시
	避暑地巡禮	여성(8)	설문답
	毒을 차고	문장(11)	시
	墓碑銘	조광(12)	시
	人間 朴龍喆	조광(12)	수상
1940	春心	조선일보(2.2)	수필
	春雪	조선일보(2.23)	수필
	春水	조선일보(2.27)	수필
	垂楊	조선일보(2.28)	수필
	한줌 흙	조광(3)	시
	江물	여성(4)	시
	芝溶兄	여성(5)	서간

	偶感	조광(6)	시
	호젓한 노래	여성(6)	시
	집	인문평론(8)	시
	春香	문장(9)	시
1946	북	동아일보(12.10)	시
1947	熱望의 獨立과 冷徹한 現實	민중일보(6,17)	평문
	바다로 가자	민중일보(8.7)	시
1948	한줌 흙	신천지(10)	시
	놓인 마음	신천지(10)	시
	絶望	동아일보(11.6)	시
	새벽의 處刑場	동아일보(11.14)	시
1949	겨레의 새해	동아일보(1.6)	시
	연	백민(1)	시
	制服없는 大學生	해동공론(3)	잡조
	나치 反抗의 노래(바이너트 원작)	신천지(3)	역시
	屠殺者의 軍隊를 떠나라!		
	히틀러에 대하는 獨逸兵士		
	兵士들이여 이제		
	는 아무 希望도 없다.		
	수풀아래 작은 샘	경향신문(5.30)	시
	忘却	신천지(8)	시
	발짓	민성(8)	시
	感激 8·15	서울신문(8.14)	시
	五月아츰	문예(9)	시
	故人新情	민성(10)	수필
	出版文化育成의 構想	신천지(10)	평문
	行軍	민족문화(10)	시
	民主主義에 대하여	신천지(10)	설문답

	언―땅 한길	『영랑시선』(11)[15]	시
	북	신천지(12.10)	시
1950	池畔追憶	민족문화(2)	시
	千里를 올라온다	백민(3)	시
	어느날 어느때고	민성(3)	시
	新人에 對하여	민성(4)	평문
	압허 누어	신사조(5)	시
	五月恨	신천지(6)	시

(※ 작품연보의 시와 산문의 제목은 모두 당시의 표기법이나 한문을 그대로 썼다.)

---

11) <못오실 님이>는 『영랑시집』(시문학사 간, 1935)에 수록되어 있지 않은 유일한
   작품이다.
12) 앞의 일련번호는 『영랑시집』(시문학사 간, 1935)에 수록될 때에 붙인 작품 번호이다.
13) <바람이 부는대로 >는 『영랑시선』(중앙문화사 간, 1949)에 실릴 때 '한박눈'으로
   개제하고 있다.
14) <누이의 마음아 나를 보아라>(시문학 1호)와 <오―매 단풍 들것네>(영랑시선)
   를 <가을>로 개제한 것이다.
15) 『영랑시선』(중앙문화사 간, 1949)에 수록될 때에 붙인 번호 27이다.

영랑(永郎) 김윤식 평전

| 초판 1쇄 인쇄일 | 2019년 6월 20일 |
| 초판 1쇄 발행일 | 2019년 6월 29일 |

지은이	김학동
펴낸이	정진이
편집장	김효은
편집/디자인	정구형 우정민
마케팅	정찬용 이성국
영업관리	한선희 우민지 최재희
책임편집	정구형
인쇄처	제삼인쇄
펴낸곳	국학자료원 새미(주)
	등록일 2005 03 15 제25100−2005−000008호
	경기도 파주시 소라지로 228-2 (송촌동 579-4)
	Tel 442−4623 Fax 6499−3082
	www.kookhak.co.kr
	kookhak2001@hanmail.net

| ISBN | 979-11-89817-19-0 *03800 |
| 가격 | 15,000원 |

* 저자와의 협의하에 인지는 생략합니다.
  잘못된 책은 구입하신 곳에서 교환하여 드립니다.
  국학자료원 · 새미 · 북치는마을 · LIE는 국학자료원 새미(주)의 브랜드입니다.
* 이 도서의 국립중앙도서관 출판예정도서목록(CIP)은 서지정보유통지원시스템 홈페이지(http://seoji.nl.go.kr)
  와 국가자료종합목록 구축시스템(http://kolis-net.nl.go.kr)에서 이용하실 수 있습니다.
  (CIP제어번호 : CIP2019024317)